國際學術研討會

古龍武俠小說 領先時代半世紀

【記者賴素鈴／報導】江湖代有才人出，這廂古龍凋零二十載，那廂今朝懸賞百萬獎新秀，浪淘不盡，唯有武俠熱愛，不隨時間變易，在學術研討會上更見分明。以「一代鬼才：古龍與武俠小說」爲主題，淡江大學第九屆文學與美學國際學術研討會昨起在國家圖書館，展開爲期兩天的議程，紀念武俠小說家古龍逝世二十周年，新生代學者與古龍故舊齊聚一堂，以文論劍話武俠。

日前與淡大中文系教授林保淳共同發表《台灣武俠小說發展史》，武俠小說評論家葉洪生昨天在專題演講中，直批胡適1959年底發表「武俠小說下流論」是「胡說」，學界泰斗的不當發言以及隨即展開的「暴雨專案」，反而促成1960年起台灣武俠新秀的繁興，「武俠小說迷人的地方，恰恰在門道之上。」，葉洪生認定，武俠小說審美四原則在文筆、意構、雜學、原創性，他強調：「武俠小說，是一種『上流美』。」

集多年心血完成《台灣武俠小說發展史》，葉洪生認爲他已爲從十歲起迷上武俠小說的半世紀畫上完美句點，並且宣布他「以後決心退出武俠論壇，封劍退隱江湖」。

雖然葉洪生回顧武俠小說名家此起彼落，套太史公名言「固一世之雄也，而今安在哉？」，認爲這是值得深思的嚴肅課題，昨天意外現身研討會而備受矚目的溫世禮，則爲了紀念同是武俠迷的哥哥溫世仁，推出第一屆「溫世仁武俠小說百萬大賞」，即日起至今年10月3日截止收件，經兩階段評選後於明年12月7日公布首獎得主，預料將會是一場武林新秀的龍虎爭霸戰。

看明日誰領風騷？風雲時代出版社發行人陳曉林眼中的古龍，其實領先他的時代半世紀，以致如今雖然古龍逝世20年，陳曉林認爲大家對古龍的了解仍然有限，預言未來世代更能和古龍的後設風格共鳴。

昨天這場研討會，也凸顯武俠小說作爲一項文學研究門類，仍有待開發學習空間。多位與會者都指出，武俠小說的發表、出版方式和管道具考證難度，學術理論與論文格式的建立待加強。而武俠名家的版權之爭、市場競爭力，也增加出版推廣困難，古龍武俠小說的版權糾紛、司馬翎作品的版權官司也成爲研討會的場外話題。

與

武俠小說

第九屆文學與美

古龍兄為人慷慨豪邁，跌蕩自如，變化多端，文如其人，且復多奇氣，惜英年早逝。余與古兄當年交好，且喜讀其書，今殊不見其人，又無新作可讀，深自悼惜。

金庸

一九九六、十、十一、香港

護花鈴
（下）

古龍精品集 73

護花鈴

（下）

目錄

十六　笑傲生死

就在此時，遠遠本有幾條人影奔來，一聽嘯聲響起，便倏然頓住腳步，其中一人身材窈窕，秋波盈盈，正是郭玉霞。

她身側一左一右，兩個男子，一個是瀟瀟灑灑任風萍，一個是面容蒼白的石沉，身後四個老人，卻是江南七鷹中的兄弟。

郭玉霞柳眉一皺，道：「這會是誰，怎地……」

黑鷹堵住耳朵，顫聲道：「聽來像是昔年火焚『萬獸山莊』的風漫天，以絕頂內力化成的『破玉嘯』。」

郭玉霞秋波一轉，道：「風漫天，他難道還沒有死麼？」

任風萍道：「聞道那風漫天昔年曾以『破玉嘯』震懾萬獸，是以才會大破『萬獸山莊』，嘯聲一起，比佛家的『獅子吼』還具威力，今日聽來，也不過如此而已。」

郭玉霞媚笑道：「那不過是我們離得還遠而已。」輕輕一拉任風萍的腕子，道：「既然姓風的老怪在這裡，就算我們倒楣白來一趟好了，快走爲妙。」拉著任風萍，轉身而行。石沉目光瞬也不瞬地凝注在郭玉霞拉著任風萍的纖手，眉宇間亦不知是憤怒抑或是悲哀，但終於還是垂首跟在郭玉霞身後，如飛掠去，去得有如來時一般迅快。

這七人來而復返，那邊的人自然全不知道，南宮夫人早已轉過頭去，不忍再看。嘯聲漸漸低弱，有如嘯聲般嬝娜，但卻另有一種奪人神志的威力。

嘯聲之中，慘嚎也變爲呻吟，夾雜著一片野獸咀嚼之聲，南宮平只覺心頭熱血翻湧，再也忍受不得，他雖然明知這些人俱是十惡不赦之徒，對於善良的人來說，他們甚至比狼豺虎豹還要惡毒。

但他畢竟是人，南宮平忍不住動了惻隱之心，仁心一起，嘯聲對他便全無作用，他如飛掠到鐵籠前，雙手揮動，將鐵籠一齊打開，一步竄到風漫天身前，大喝道：「罷手，罷手。」

風漫天目光一閃，亦不知是驚奇抑或是喜悅，嘯聲一頓，突地仰天長笑起來。

笑聲一起，亦有如洪鐘大呂，萬鼓齊鳴，不但有震人心弦之力，而且是驚天動地之威。數十隻猛獅一聞笑聲，刹那間只見獅虎煞威，豺狼無力，有如遇到對頭剋星一般，連當前的血肉都顧不得了。

鐵籠中還有二十餘個僥倖未死，掙扎至今的漢子，一聽這笑聲，卻有如當頭棒喝，一齊震醒，連滾帶爬地逃了出來。鐵大竿右臂已被齊根咬去，趙雄圖滿身血跡淋漓，亦不知傷了多少處，胡振人卻早已屍骨破碎，飽了獅吻。

刹那間所有的人俱都連滾帶爬地逃得乾乾淨淨，杜小玉暗道一聲：「僥倖。」也無聲無息地走了。

風漫天鐵杖一點，身形飛掠，只聽一連串鐵杖點地的「叮叮」聲響，他隨手在野獸身上一斫，夾頭一把抓起，便將之拋入箱內，片刻間竟將數十隻獅虎狼豹一齊制住，一齊拋入箱內，那百十條毒蛇，也像是蚯蚓一般地爬回箱子裡，大地間又恢復了平靜，若不是地上一遍血肉狼藉，誰也看不出這裡方才已發生過一幕令人不忍卒睹的人間慘劇。

風漫天仰天笑道：「你們飽餐了一頓惡人的血肉，又可乖乖給我蹲上數十天了。」

南宮平道：「這便是你飼獸的方法麼？」

風漫天笑道：「以惡徒來飼猛獸，豈非是天地間最合理之事？牛羊狗馬是畜類，卻遠比這類惡徒可憐得多，何況他們是自己送上門來的。」

南宮平木立半晌，只覺無言可對，但目中卻已有瑩瑩淚光泛起。

魯遷仙吐出一口長氣，尋著酒葫蘆，痛飲了幾口，長嘆道：「我當真未曾想到你箱子裡裝的竟是這些東西，只奇怪這些猛獸藏在箱子裡竟會如此服貼，我若非眼見，怎能相信？」

風漫天笑道：「此事說來，並無奇處，我制住這些猛獸的手法，正如武林高手點人穴道一般，野獸雖然不似人類有固定穴道，但周身血液循環，卻和人類一樣有固定系統，你只要算準時間，看準部位，在牠血液流經之處一斫，使牠血液立時凝住，便是再兇狠的野獸，一樣也可被你制住。」

南宮常恕道：「如此說來，這手法豈非如『排教』中的『下手』一樣？」要知「下手」一法，雖與「點穴」之道有異曲同工之妙，其實手法卻是大不相同！

風漫天撫掌道：「這正與排教中之『下手』一樣，只是當今江湖上，懂得此法的人已不太多了。」他們在這裡談論著武林傳言中說來比「點穴」更加玄妙的「下手」之法，南宮平卻充耳不聞，心中只在暗自思忖，如何埋葬鐵籠裡的殘屍斷體，如何收拾這一片血腥，只聽身後輕輕一嘆，南宮夫人道：「我來幫你。」他雖然一言未發，但南宮夫人卻已看出了他的心意，當下眾人便在山林中掘了一個大坑，將殘屍斷肢全都埋了下去，堆起一個高高的土墳，直到日後此事在江湖中傳說開來，武林中人便將此地喚作「惡人塚」。

半個時辰過後，馬群才漸漸恢復常態，但數百匹健馬，卻已被嚇死大半，車馬再復前行，人人俱都不再說話，心頭俱是十分沉重，會時越來越短，別時越來越近，二日後到了三門灣，極目遠眺，已可見到那一片湛藍的海水。

天水相連，碧波盪漾，南宮平初次見到大海，精神不覺一振，將兩日前積鬱心頭的悶氣，全部一掃而空，中華自唐代以來，海運已開，這三門灣一地，正是浙幫、皖幫、徽幫商人出口貿易的必經之路，是以市面倒也十分繁盛，只是街道上行走的人群，大多都帶著幾分粗獷之氣，連微風吹到身上，都似乎帶著些鹹味。

黃昏一過，街上便充滿了短衣赤足，敞胸露臂的船伕、漁翁，身上的海水猶未全乾，髮自帶著海水的鹽粒，便三五成群，出來買醉，他們衣衫雖襤褸，囊中雖羞澀，但面上的笑容，卻甚是開朗，久被大海薰洗的漢子，心胸自然開闊得多。

南宮平只覺這城市的風味與人物俱是這般新奇，不禁留在店門外，不忍遽入，但方自流連半晌，便已聽得南宮夫人的呼喚之聲。

風漫天腸胃中除酒之外，彷彿便別無他物，才一坐定，又喝將起來，一斤落肚，他突地自懷中取出一條長長的紙單，展在桌上，紙單上字跡零亂，大小不一，有的寫得風緻透逸，有的寫得鐵劃銀勾，有的寫得力透紙背，有的卻寫得有如幼童塗鴉，有的是柳體，有的是顏體，有的是王草，有的是魏隸，有的是孩童體，有的卻是誰也認不出是什麼體來。

開頭一行寫的是「汞一百斤，鉛三百斤」，接著是「綿線一百斤，精鐵一千斤」，還寫著一些零零碎碎千奇百怪之物，卻原來是張貨單，卻又俱非日用之物，最後一節，開的貨物竟是「猛虎、雄獅雌雄各一頭，毒蛇一百二十條，狼、豹雌雄各兩頭。」眾人心中不覺大是奇怪，不知道那百十年來一直被武林中人視爲聖地的「諸神殿」，要這些東西作甚？

南宮平目光一掃，看到最後一行，寫的竟是「惡人十名」四字，心頭不禁又是一跳，脫口道：「惡人難道也算貨物麼，要來有何用處，你卻又要到哪裡買去？」

風漫天微微一笑，道：「你慢慢自然就會知道的。」笑容之間，隱含神秘，神秘之中，卻又帶著一些悲哀，南宮平猜不透他表情中的含義，卻也沒有再問，風漫天飽餐一頓，便去採購，卻也不見他帶有貨物回來。

到了晚間，風漫天擺上一桌極爲豐盛的酒菜，開懷暢飲，高談闊論，談的俱是些風花雪月，以及他生平得意之事，他口才極佳，說的當真令人忘倦，俱都忘了問他何時啓程，自何處啓程，他也絕口不提有關「分手」之事。

不知不覺間，更漏已殘，風漫天突地端起酒壺，爲南宮常恕等四人各斟滿一杯，舉杯說道：「長亭十里，終有一別，天下無不散的筵席，風漫天再至江南，能見到各位如此風光霽月的朋友，實是高興得很，只是聚日不多，別時已至，飲完了這一杯送別之酒，風某便該去了。」

衆人只當他貨物尚未辦齊，在這裡總該還有數日勾留，聞言不覺一震。

南宮夫人顫聲道：「如此匆忙做什麼，風大俠如不嫌棄，請再多留幾日，待我爲風大俠再整治一些酒菜……」

魯遷仙道：「正是正是，人生聚散無常，你我一別，不知何時再能相見，何不留在這裡，再痛飲幾杯孔雀開屏？」

風漫天微笑不答，舉杯道：「請、請。」衆人對望一眼，仰首一飲而盡。

南宮夫人目光深深凝注著南宮平，道：「風大俠好歹也要等過了今日再走，今夜我好好做幾樣菜……」突覺頭腦一陣暈眩，一句話竟然也說不下去！

剎那間人人都覺眼花撩亂，天旋地轉，面上的杯、盤、碗、筷都像是風車一樣的旋轉起來，南宮夫人心念一動，爲之大駭，呼道：「平……兒……」站起身子，往南宮平走去。

風漫天仰天長笑道：「人生本如黃粱一夢，生生死死，聚聚散散，等閒事耳，各位俱是達人，怎地也有這許多兒女俗態，咄……」

「咄」字方自出口，只聽一陣杯盞跌倒聲，衆人竟都倒了下去。

南宮平只覺眼重心眩，再也支持不住，模模糊糊，矇矇矓矓間，他只看見他慈母的憂鬱悲哀的眼波，像十月的秋水一樣……終於，他的靈魂與肉身，都深深地墮入無邊的黑暗，有如死亡一般的黑暗！

諸神殿，這虛無縹緲的神秘之地，莫非只是聰明人用來欺騙世上愚人的一個騙局？

莫非世上根本就沒有「諸神殿」一地？

莫非「諸神殿」只是存在死亡中而已！

南宮平迷迷糊糊間到了一個島嶼，只見遍地俱是瑤花瓊草，奇珍異果，閃亮的黃金，眩目的珠寶，滿滿鋪了一地，他踐踏著，就正如人們在踐踏泥土一樣，綿羊與猛虎，共臥在一株梧桐樹下，樹上棲臥著一對美麗的鳳凰，梧桐的葉子，卻是整塊的翠玉。

遠處有一座高大的宮殿，白玉爲階，黃金作柱，金樑玉瓦建成的殿背，高聳入雲，幾與天齊，來往的人群，也都是仙風道骨，不帶半分火氣，他恍恍惚惚地信步前行，突地見到他父母雙親也雜在人群中行走，大喜之下，狂奔而去。

哪知腳步竟忽然不能動彈，彷彿突然被人點住穴道，他又驚又急，苦苦掙扎，刹那間只見到所有的珍寶花果都變作了惡臭垃圾，往來的人群也都化爲了毒蛇猛獸，梅吟雪、葉曼青、王素素、龍飛，以及他的父母雙親，都被數十條毒蛇緊緊纏住，毒蛇的眼睛，卻忽然都變成郭玉霞含笑的秋波……

他用盡全身之力，大喝一聲，奮然躍起……張開眼來，眼前卻只有一盞孤燈，散發著柔和的光輝，四下水聲潺潺，他舉手一掠，滿頭冷汗，汗透重衣，才知道方才只不過是一場噩夢。

轉目望處，四壁蕭然，只有一床、一几、雙椅，高處有一扇小小的窗戶，窗外群星閃爍，原來他已睡了一天一夜，他定了定神，掙扎站起，只覺地面不住搖晃，再聽到四下的流水聲，他才突然發覺，他已置身海上。

就在方才昏睡之間，他已遠離了紅塵，遠離了親人，遠離了他生長的地方，所有他熟悉與他深愛著的人們，此刻已與他遠隔千里之外，而且時間每過一分，他和他們也就更遠離一分。

一念至此，他只覺心胸欲裂，不禁悲從中來，突地重復坐下，熱淚奪眶而出，難道他的生命真的從此便不再屬於他自己了麼，那豈非等於生命便從此結束？但父母師門之恩，俱都未報，紅塵中他還要去做的事，更不知尚有多少？

也不知過了多久，他突地伸手一抹淚痕，奮然長身而起，自語道：「我還要回去的，我還要回去的……」

突聽門外朗聲一笑，風漫天推門而入，道：「你還要回去麼？」

南宮平挺胸道：「正是！」

風漫天笑聲一頓，長嘆道：「好、好，你有此志氣也好！」他手持巨壺，腳步蹌踉，酒意更濃。

南宮平雖然有許多話想要問他，但見他如此神情，只得住口，過了半晌，海風突盛，強勁的風聲，在船外呼嘯而過，海行更急，也卻更加搖晃。

但只有獨腿的風漫天，在搖晃的船板上，卻走得平平穩穩，他搬來許多酒食，與南宮平對坐而飲，轉瞬間天光已亮，南宮平只聽四下漸漸有了嘈雜的腳步與人語聲，不時還夾著獅虎的吼聲。

一線陽光，穿窗而入，風漫天突地長身而起，道：「隨我來！」

兩人一齊出了船艙，南宮平一眼望去，只見海天極處，金光粼粼，四下天水相接，金光波影，景色當真壯觀已極，但船板上卻是說不出的齷齪零亂，四下滿堆著箱籠雜物，後梢邊卻放著一排鐵籠，籠中的獅虎豺狼，俱已自箱中放了出來，一見生人，便不住怒吼劇躍，張牙舞爪。

一個消瘦而沉默的漢子，敞著衣襟，立在後梢掌舵，另一個矮小臃腫的漢子，穿著一身油膩的衣衫，滿頭癩瘡，立在他身邊嘻嘻醜笑。

南宮平一見此人，心中便有說不出的厭惡，漁人船伕，雖然窮困，但大多俱是明朗而潔淨的，此人卻是既齷齪，又猥瑣，笑聲更是刺耳難聞，忍不住問道：「此人是誰？」

風漫天道：「伙夫。」

南宮平呆了一呆，想到今後自己要吃的飯菜，竟是此人所做，胸口已不覺起了一陣噁心，皺眉道：「怎麼尋來如此人物？」

風漫天哈哈一笑，道：「我能尋著這些船伕，卻已大非易事，縱是生長海面之人，又有誰願意跟著陌生的船飄洋過海？」

南宮平道：「那麼前輩你又是如何找來的？」

風漫天突然張手一招，那八哥便遠遠飛了過來，風漫天道：「叫七哥來。」那「八哥」咕咕叫道：「七哥，七哥……」低低飛了一圈，甲板突地掀起一塊，一個黝黑的漢子，自船板下一躍而出。

南宮平目光轉處，心頭不禁又是一跳，原來此人生相更是奇特，身材矮短寬闊，有如棺材一般，背脊彎曲，頭陷入肩，行動卻是輕捷靈敏無比，輕輕一步，便已到了風漫天身前，面目之醜惡，更是駭人聽聞，獠牙闊口，下頷突出，有如野獸般激動魯莽之色，垂首道：「主人有……有何吩咐？」語聲嘶啞緩慢，口齒極是不清。

風漫天哈哈一笑，道：「我與他兩人，乘著一艘獨木之船，飄洋過海，來到江南，此番回去，誰還願意如此吃苦？何況又多了不知多少貨物，自然要換隻最大的船，自然要用許多船伕。」

南宮平道：「多少船伕？」

風漫天道：「莫約十一二人，你可要見見他們？」

南宮平連聲道：「不用了！」他見到這野獸般的「七哥」與那癩頭漢子，心中已是作嘔，哪裡還願再看別人？轉開目光，望向籠中的猛獸，只覺那些獅虎豺狼雖然兇猛，卻也比這兩人看來順眼得多。

這海船製造甚是堅固，只有一根船桅，確是難見的大船，此刻船帆俱都張起，便連後檣也已縱帆，都被海風漲滿，藍天碧海，萬里無雲，南宮平初次來過這種海上生活，不兩日便已漸漸將胸中的不快忘去，反而充滿新奇之感，只恨不得早日到達目的，完成責任，那時用盡千方百計，也要重回江南。

船上船伕，大多形容古怪，面色陰沉，一個個不住以奇怪的目光，窺伺著南宮平，有如野獸窺伺獵物一般，完全不似海上常見的船伕，南宮平心中不覺暗中起了警惕，但風漫天卻似滿不在意。

他每日清晨，陽光初昇之際，都要站到船頭，撮口長嘯一番，直震得海天都掀起波瀾，除此之外，便是終日坐在艙中飲酒，而且言語越來越少，有時甚至終日不發一言。

他不但自己飲酒，而且每餐每飯，都要強勸南宮平喝上幾杯他那葫蘆裡的烈酒，南宮平每次見到那癩子端來菜飯時，心頭都覺得十分難受，不喝幾杯烈酒，當真是食難下嚥。

那癩子廚師當真齷齪已極，連臉都未曾洗過一次，幸好船上清水甚是珍貴，他菜又燒得極好，雖然人人厭惡於他，卻還可容忍，他終日唯有癡癡呆笑，更似乎什麼事都不放在心上，每見到南宮平時，都咧嘴的一笑，使得南宮平一聽他的笑聲，就趕緊將目光轉過一邊。

船行數日，舉目四望，仍是海天茫茫，見不到一片陸地。

南宮平忍不住問道：「不遠了麼？」

風漫天卻只是冷冷回答：「到了你自會知道！」

船行越久，他臉色就越陰沉，酒也喝得越多，這自是大違常情之事，只因無論是誰，離家漸近，心裡總是該高興的。

這一日風浪甚大，南宮平多喝了幾杯，想起親人，心頭不覺甚是煩悶，悄悄出了艙門，走到船頭，只見天上星群影入海中，天水相映，幾乎令人分不出哪裡是天，哪裡是海。

他心神方覺一暢，突聽甲板上傳來一聲癡笑，接著船板一陣輕響。

南宮平實是不願見到此人，眉頭一皺，身形閃動，輕輕掠至船艙旁的陰影中，只見兩個船伕夾著那癩子伙夫躍上船面，南宮平本待閃身入艙，見到這三人行跡彷彿十分鬼祟，心念一轉，手掌一搭，全身隱沒在船艙邊的短簷下。

只見那兩個船伕，一個身形枯瘦，身材靈便，名叫「金松」，另一人卻是陰沉的舵手「趙振東」，這兩人船上生涯俱都十分精到，在船伕中彷彿甚有權威，是以南宮平都認得。

金松一上船面，四望一眼，輕輕道：「缺點子！」

趙振東冷冷道：「你再去四面踩踩盤子，掌舵的不是併肩子！」

他兩人出口竟是江湖黑話，南宮平不禁更是疑雲大起。

要知「缺點子」便是無人之意，「踩盤子」乃是探查，「併肩子」便是「朋友」，這幾句話綠林豪強最是常用，南宮平雖非老江湖卻也懂得。

金松果然展動身形，四下探查了一番，身形輕捷靈便，輕巧竟似極有根基，嗖地自南宮平身側掠過，搖頭道：「沒有動靜，只有掌舵的那廝還在艙那邊，而且伏在舵上，似已睡著了！」

趙振東微一頷首，將那癩子廚師拉到一堆貨物下，那癩子跌跌撞撞，笑也笑不出來了，趙振東面色一沉，嗖地自靴裡拔出了一柄解腕尖刀，在癩子面前一晃，陰惻惻笑道：「你要死要活？」

那癩子駭得縮成一團，結結巴巴地說道：「自……自然要活！」

趙振東道：「要活就得聽老子們的話，老實告訴你，老子們都是殺人不眨眼的人物，你只要是在海面上混的，大概就聽過老子們的名字，老子就是『舟山海豹幫』的『海豹』趙老大！」

那癩子不由一愣，苦著臉道：「大……大王有何……吩咐小人都聽話。」他一駭之下，話更說不清了。

趙振東冷冷一笑，道：「諒你也不敢不聽！」自懷中取出一個紙包，接道：「明天給我漂漂亮亮地做了一鍋海帶雞湯，把這個一半下在湯裡，一半混在飯裡！」

那癩子顫聲道：「雞湯裡不用放胡椒鹽的！」

趙振東笑罵道：「呆子，這不是胡椒，告訴你這就是殺人的毒藥，無論是誰，吃下半點，立刻七竅流血而死，你記著千萬不要將它放入口裡，事成之後，老子們發了財，少不得也要分你一點，但你若走漏一點消息，老子們就要把你大卸八塊，拋下海裡餵魚，知道了麼？」

那癩子點頭如搗蒜，連聲應了，金松輕輕一笑，道：「小弟這幾日暗地觀察，這一票油水就足夠我兄弟快樂半輩子，只是不但那跛子跟那怪物有些扎手，那個漂漂亮亮的小白臉，手底下也有兩下子。」

趙振東冷「哼」一聲，道：「你當汪治，孫超，連那邊掌舵的那死臉子李老三是好人麼？我看這三人混上船來，也沒有安著好心，八成也是黑道上的朋友，只是他們既然不是咱弟兄一路，明日索性連他們也做翻了算了！」

這兩人輕言細語，直聽得南宮平暗中心驚，心中暗道：「僥倖，天教我無意中窺破他們的陰謀，否則豈非要著了他們道兒。」

心念轉動間，突聽左面一聲衣袂帶風之聲「嗖」地劃過。

南宮平心頭一驚，只見一條黑影人影一掠而來，冷冷道：「趙老大你好狠心，連我兄弟你也要一齊做翻餵魚麼？」

趙振東面色大變，翻身躍起，掌中緊握尖刀，輕叱道：「誰？」

黑影中緩步走出一人，死眉死眼，長腳大手，面上不帶半分表情，正是被趙振東暗中喚做「死臉子」的李老三。

趙振東、金松如臨大敵，虎視眈眈，李老三神情卻仍是呆呆板板，緩步走了過去，道：「癩皮狗，快把毒藥拿出來。」

那癩子縮在箱籠間，當真有幾分像是癩皮狗，趙振東叱道：「你先把命拿來！」刀光一閃，便要撲上前去。

李老三道：「且慢動手，要知我令你們交出毒藥，並無惡意，那跛子是何等角色，豈是一包毒藥就可以解決得了的，若是被他發覺，豈非打草驚蛇，壞了大事，快把毒藥抛入海裡，我自然另有好計來對付他們。」

趙振東果然停下腳步，但口中仍在發狠，道：「你是什麼玩意，我『海豹』趙老大要聽你的！」

李老三冷冷道：「你不認得我麼？我就是……」突然湊到趙振東耳邊，輕輕說了幾個字。

趙振東面色大變，身子一震，「噹」地一聲，連掌中的尖刀都落到地上，顫聲道：「你……你老人家怎……」

李老三道：「不要多話，快回到艙裡睡覺，時候到了，我自會通知你，你『海豹幫』顯然辛苦了一趟，我也不會虧待你們。」

趙振東道：「是，是……」拉起金松就走。

那癩子畏縮地跟在後面，「李老三」突然一把抓起他臂膀，厲聲道：「好大膽的殺胚，你當太爺沒有看出你是什麼變的麼！拿命來！」右掌一揚，立掌如刀，刷地一掌，向癩子天靈直劈而下！

南宮平心中大奇：「難道這癩子也是個角色？」

那癩子卻早已駭得癱在地上，只見「李老三」一掌已將震破他頭頂天靈，他卻仍然動也不動，哪知「李老三」掌勢突地一頓，只是在癩子肩頭輕輕一拍，道：「不要怕，我只是試試你的，去吧！」

他無論做什麼事，面上都絲毫不動聲色，話一說完，轉身回到舵邊，那癩子爬起來爬下艙板，目光卻在有心無意之間，望了望南宮平隱身的短簷。

南宮平不禁又是一驚，只聽船艙上一隻老鼠跑過，他方才只當那癩子發現他行藏，哪知那癩子只不過是看到了老鼠而已。

南宮平啞然一笑，見到四下再無人影，輕輕掠下，一手拉開船艙之門，方待閃身而入……哪知他目光一抬，黑暗中竟赫然有一雙發亮的眼睛，瞬也不瞬地緊盯著他，彷彿早已隱在船艙門後，等著他進來似的。

南宮平一驚之下，雙掌一錯，護胸防身，只見面前的不過只是那怪物「七哥」而已。

「七哥」咧開闊口，露出那一排森森白牙，朝他一笑，便轉身走開，腳步間真當沒有一絲聲音。

南宮平又驚又奇，忖道：「難道這怪物也聽到了方才那些話麼？怎地他卻不動聲色！」大步走入，找著風漫天，只見他仍在燈下喝酒，他從不睡覺，也不吃飯，老天生下他來，彷彿只是爲了喝酒似的。

他頭也不回，緩緩道：「還沒有睡麼？可是要喝兩杯？」

南宮平沉聲道：「前輩若再喝酒，以後只怕永遠喝不成了！」

風漫天朗聲一笑，道：「世上竟當真會有能令老夫喝不成酒的事麼？如此說來，我倒當真要聽上一聽！」話說完，又滿滿喝了一口。

南宮平道：「前輩可知道船上的船伕，全是殺人越貨的海盜麼？」他一口氣將方才所見所聞全都說了出來。

哪知風漫天卻全然不動聲色，南宮平皺著眉道：「晚輩雖也未將這些惡賊放在心上，但既已知道他們的陰謀，好歹也該有所舉動……」

風漫天哈哈一笑，道：「你當我不知道麼！自他們踏上此船那一刻開始，我便知道這些人裡全無一個好人，只有那癩子癡癡呆呆，並非他們一路，是以我才要癩子來做伙夫，但我猶自放心不下，早已在酒中下了可解百毒之藥，是以我每餐都要你喝上幾杯，便是防他一手，至於他們若要動武，哈哈，那便是他們死期到了，你看我終日飲酒，當我真的醉了？」

南宮平暗嘆一聲，道：「前輩之能，當真非人能及……」

風漫天大笑截口道：「我不過年老成精，看得較清楚而已，你若是到了我這樣的年紀，便知道世上的陰謀詭計俱都可笑得很，只是……那李老三看來倒是個角色，卻不知道他是什麼變的……」

南宮平道：「此人必定大有來歷，但在前輩你的面前，只怕他也難施展了！」他此刻對風漫天已由心中欽服，絕非故意奉承。

風漫天大笑道：「不管他有什麼來歷，他要姓趙的那廝不要在酒菜中下毒，倒是聰明得很，無論是多高明的迷藥，無論他下在何物之中，老夫若是看他不出，便算枉活這七八十年了！」

南宮平道：「前輩難道不準備揭破他們的陰謀麼？」

風漫天道：「我每日長嘯，便是爲了要唬住他們，否則他們只怕早已動手了，若是揭破陰謀，殺了他們，還有什麼人來做船上的苦工？」他仰天一笑，道：「這幫惡人遇著老夫，只怕是合當倒楣了。」

南宮平心中突地一動，懍然道：「前輩貨單上最後一項，難道便要以他們充數麼？」

風漫天笑道：「正是，我早知會有人自動送上門來，是以絕不費心去找，到了地頭……到了地頭……」笑聲突地一頓，又痛飲起來。

南宮平暗嘆一聲，只覺這老人既是可敬，又是可怕，目光轉處，只見他雙眉突地緊緊皺在一處，心中竟似甚是憂悶，一杯接一杯，不住痛飲，忽又回過頭來，道：「老夫生平唯有一件憾事，你可知道那是什麼事麼？」

南宮平搖頭道：「不知。」

風漫天「啪」地一聲，將掌中巨觥，重重放到桌上，長嘆道：「老夫生平憾事，便是飲酒不醉，便是終日不斷的喝，仍是清清楚楚，當真可悲可嘆。」

南宮平大奇道：「千杯不醉，是爲海量，乃是人人慕羨之事，有什麼可悲可嘆？」

風漫天道：「常言道：『一醉解千愁』，世上飲酒，十之八九，多是爲了消愁解憂，古往今來，聖賢豪傑，英雄詩人，有幾個逃得開這個『酒』字，便是爲了人人心中俱有煩悶之事，『何以解憂，唯有杜康！』那曹阿瞞雖是大奸巨惡，這句話卻是說得對的，那謫仙詩人李太白說得更妙，『勸君更進一杯酒，與爾同消萬古愁！』哈哈，萬古愁，哈哈，好一個萬古愁！這三字一個字便值得喝上一杯！」

他拿起巨觥，連盡三杯，方自接口道：「世人飲酒，俱是爲了消愁，量淺之人喝上一點，便能將憂愁混然忘卻，豈非大妙，海量之人，久飲不醉，既費金錢，又耗時間，已是大大不幸，若似老夫這般，永遠喝它不醉，更是不幸中之最最不幸了，豈非可悲可嘆之事！」

這一番言論，南宮平真是聞所未聞，不禁大笑道：「話雖如此說法，但老前輩一生英雄，名滿天下，晚來更能隱於武林中人心目中的天堂樂土『諸神之殿』，可說是福壽雙全，卻又爲了什麼定要以酒消愁？」

風漫天呆呆地愣了半晌，喃喃道：「諸神之殿，諸神之殿……」突地揮手苦笑嘆道：「我已有酒爲伴，你去睡吧！」

南宮平直到入睡以前，心裡還在奇怪，不知道風漫天爲何如此愁苦，第二日他上到船面，只見趙振東、金松，以及「李老三」等人仍是照常做事，他自然也裝作糊塗，但心中卻又不禁爲這些人的命運悲嘆。要知他生長大富之家，幼有才子之名，長有英雄之譽，可說是個天之驕子，是以悲天憫人之心，便分外濃厚。

風漫天索性連日來的長嘯都免卻了，酒喝得更兇，南宮平見他精神似乎日漸萎頹，心頭憂鬱日漸沉重，就正如那籠中的獅虎一樣。

要知海上食物清水最是珍貴，自無足夠的飲食供給獅虎，再加以浪大船搖，獅虎豺狼雖是陸上之雄，到了海上，卻也不慣，幾日下來，這一群猛獸早已被折磨得無精打采，威風盡失，就連吼聲聽來俱是有氣無力。

南宮平看看風漫天，看看這一群猛獸，不禁爲之嘆息。

四面仍是海天茫茫，連船舶的影子都看不到，入海自已極深了，李老三面如死水，坐在船邊，拿了根釣竿釣起魚來，到了黃昏，風漫天拿著葫蘆上了船板，倚在船桅上看他釣魚，似乎看得津津有味。

南宮平笑道：「大海中釣魚，可釣得著麼？」

風漫天道：「只要有餌拋下水去，多少總會有一兩條魚來上鉤的！」

話聲未了，「李老三」釣竿一揚，果然釣上一條魚來，滿身細鱗，微帶紅色。

風漫天嘆道：「這條魚正是海中最稱美味的『紅魚』，下酒最是佳妙，只可惜沒有令堂那樣的妙手烹調而已。」

提到南宮夫人，南宮平神色不禁一陣黯然，但瞬即展顏笑道：「在下的手藝，卻也不差哩。」

風漫天大喜道：「真的麼？」

南宮平笑道：「自是真的！」他爲了要爲這老人暫解愁緒，竟真的拿過那尾鮮魚下艙做起菜來。

要知「烹飪」一道，其中亦有極深的功夫，極大的學問，火候、刀法、作料，有一樣差錯一點，味道就大不相同，但南宮平天資絕頂，不但詩詞書畫，一學便精，就連做菜，竟也無師自通，風漫天興高采烈，看他做菜，那癩子也一直在旁癡癡呆笑。

片刻間便已做好，一條魚端將出來，果然是色、香、味俱全，風漫天早已等不及了，一面喝酒，一面吃魚，還未回到船艙，便已將魚吃了大半，眼見一盤子裡只剩下半段魚尾，一個魚頭，方自訕訕笑道：「你做的菜，你也要吃上一點！」

南宮平含笑夾起一段魚尾，慢慢咀嚼，他看到這老人的笑容，心裡也甚是開心，風漫天回頭一望，只見那怪物「七哥」也站在旁邊咧嘴而笑，彷彿甚是羨慕，便含笑道：「你想吃麼？魚頭拿去！」

那怪物「七哥」拿起魚頭，整個拋入口裡，竟連皮帶骨地大嚼起來，當真有如野獸一般，南宮平見了他的吃相，不禁暗中皺眉。

風漫天哈哈笑道：「好，好，有其母必有其子，想不到你居然也燒得一手——」語聲、笑聲，突地一齊頓住，他語聲本自越說越響，有如紙鳶越放越高，此刻笑聲突頓，有如紙鳶被人一刀斬斷長線，又被狂風呼地捲走。

只見他雙目圓睜，面色漸漸變青，突地狂吼一聲：「不好！」呼地一掌，五指箕張，筆直向南宮平抓來！

南宮平驚愕之下，全然呆住，哪知風漫天一掌抓來，竟是劈手奪過了南宮平手中猶未完全吃淨的半段魚骨，厲喝道：「好畜牲，老夫竟上了你的當了！」喝聲淒厲，目眥皆張，手掌一揚，魚骨「刷」地飛出，向立在船艙邊，手中猶自拿著釣竿的「李老三」擊去。只聽一縷尖風，破空而至！「李老三」陰陰一笑，掠開數尺。

「奪」地一聲，魚骨全都嵌入艙板裡，風漫天大喝道：「魚中有毒！快動手將這般惡徒全都殺淨！」鐵枴一點，飛身而起。

「七哥」仰天長嗥一聲，當真有如惡虎兇狼一般，十指箕張，抓向「海豹幫」中的一條漢子，那漢子早已被這一聲狂嗥駭倒，竟然不知躲閃，被他一把抓住，十隻手指，全都插入胸骨之中，半聲慘嗥未盡，已自氣絕身死。

「七哥」隨手一抖，將那人的心肝五臟俱都掏出，竟放到口中大嚼起來，只見他目閃兇光，滿面鮮血，口中咀嚼有聲，怪笑著撲向另一條漢子。

那漢子早已心裂膽寒，不敢回手，撒腿就跑，哪知，七哥一聲怪笑還未笑完，突然兩眼一翻，仰天跌倒，滿口的鮮血，沿著嘴角流了出來。

南宮平一掌擊斃了一條大漢，與「金松」交手方自一招，亦覺頭腦暈眩，不能支持，心中暗道一聲：「罷了！」他不願落到這一群惡賊手中，身形一展，便要投海自絕！

哪知趙震東卻突地一把拉住了他的腰帶，獰笑道：「你想死得這麼舒服麼？真是做夢。」竟一把將他拉了回來，但他卻已不省人事了！

那邊風漫天身形如風，撲向「李老三」，「李老三」見了他如此神情，如此武功，亦是暗暗心驚，不敢招架，閃身而退，口中卻冷笑道：「老匹夫，你還不倒下！」他身形雖快，風漫天更快得不可思議，巨掌一撈，閃電般抓住了「李老三」的衣衫。

「李老三」大驚之下，全力前衝，只聽「嘶」地一聲，衣衫撕作兩半，「李老三」心膽皆喪，頭也不回「噗」地跳下海去。

風漫天霍然轉身，鐵枴一點，便已到了一條彪形大漢身前，這大漢身材極爲魁梧，面容更是兇惡，在賊黨中有「大力鬼」之稱，此刻還妄想招架一陣，哪知風漫天伸手一抓，便已將他龐大的身子舉了起來，隨手向外拋去，摔在船板之上，這大漢厲吼一聲，天靈碎裂，腦漿直濺出五尺開外。

風漫天身形不停，撲向「金松」，他自知已中迷毒，便想將船上的惡賊全都殺淨，哪知他中毒已深，所中的迷藥，又是異品，縱然功力通神，卻也支持不住，只覺目眩神迷，眼前「金松」的人影，由一變二，由二變四，刹那間竟似變成了無數條人影，在他身旁飛來舞去。

他自知再也無法支持，一代英雄，竟落於小人之手，他不禁狂吼一聲：「恨煞我也！」揮手拋出了脅下的鐵枴，便翻身跌倒，這最後一擊，他不但用盡全身之力，便連胸中的悲憤之氣，也隨之發出，這力道是何等驚人！

只聽一陣狂風呼嘯而來，金松呆呆地愣在當地，竟不知閃避，原來他早已被嚇破了苦膽，只見一條鐵枴，生生自他前胸穿入，後胸穿出，勢力未歇，餘力猶勁，「奪」地一聲穿入艙板，竟將「金松」生生釘在艙板之上。

這一切發生俱在剎那之間，船板上僥倖未死的人，一個個早已駭得膽破心寒，呆如木雞，雙掌一捏，掌心俱是冷汗。

留在甲板下廚艙中的癩子，聽到甲板上的響動、慘呼，連忙爬上甲板。

但這時南宮平、風漫天與那怪物「七哥」俱已昏倒在地，只有那「八哥」在船桅上飛來飛去，咕咕叫道：「笑話，笑話……」突然一頭撞在船桅上，沿著船桅，跌落下來，只有海風依然，船行依然，彷彿什麼事都沒有發生過似的。

「李老三」水淋淋地自海中爬了上來，目光一掃，淡淡道：「還好還好，只死了四個！」揮手道：「快拋入海裡，將甲板上洗乾淨，明日清晨我要好好款待這三條畜牲。」

經歷了這許多變故，他面上還是聲色不動，俯身在南宮平、風漫天，以及那怪物「七哥」身上，各個點了三處大穴，心裡卻還不放心，又以油浸的麻繩、藥製的牛筋，將他們綁得緊緊的，方自入艙更衣。趙振東等人早已對他佩服得五體投地，遵命收拾甲板，看來他方才在魚餌上下了極烈的迷藥，那條魚吃了魚餌，便已滿含迷毒，風漫天一時大意，只當自己眼見他自海上釣的魚，又是南宮平親手做的，更加以「李老三」本是極力攔阻別人下毒的人，這條魚想必萬萬不會有毒，便放心吃得乾乾淨淨。

哪知道這條萬萬不會有毒的魚裡，下的卻是天下無藥可解的迷魂毒粉，等到風漫天自知中毒，再想以內力逼出的時候，已自來不及了，這一代英雄竟被人有如粽子似的綑在甲板上。

直過了一個對時，星月昇起落下，天光又復大亮，「李老三」睡足了覺，更衣而出，令人在他們身上淋了三桶海水，方自悠悠醒來。

南宮平只覺一陣陽光刺目，一陣笑聲刺耳，悚然醒來。

只聽「李老三」冷冷笑道：「我三十六條計謀，只不過施出一計，你們便已著了我的道兒，倒教我失望得很。」口裡雖說失望，但語聲中卻滿是得意。

南宮平張眼望去，只見自己與風漫天以及那怪物「七哥」，俱都是被縛在一隻鐵籠的欄杆上，除了眼睛之外，全身上下不但絲毫不能動彈，而且麻木得失去知覺。

甲板上早已洗得乾乾淨淨，像是一條魚肚朝天的巨鯨，浸浴在海上明亮的陽光下，甲板上的人，卻像是一群春天的蚱蜢，不住在各處跳來跳去，興奮得片刻都無法安靜，趙振東雖然立在船尾掌舵，但目光也不住地朝這邊的箱籠打量。

「李老三」手裡可多了一條長長的鞭子，他一揚鞭梢，筆直地指到風漫天的鼻子上，冷笑道：「風漫天，你還有什麼話說，聽說你武功之高，一時無兩，但此刻你卻也只好任憑我宰割。」

風漫天雖已醒來，但始終未曾張開眼來，此刻突地冷「哼」一聲，緩緩道：「老夫早已活得夠了，你要剮要割，任憑尊意。」

李老三道：「我等這機會已等了數十年了，今日你終於落到我的手中，我若是叫你舒舒服服地死去，實在有些對不起你。」他語聲本是沙啞低沉，但說到最後兩句，突地變得異常尖銳。

風漫天雙目一張，容顏慘變，道：「你……你，竟然是你！」

「李老三」仰天笑道：「好好，你終於認出了我，只是，卻已太遲了！」隨手一鞭揮出，長長的鞭梢，呼嘯著自風漫天身側揮過。

南宮平只聽身後一聲虎吼，原來他身後的鐵籠裡竟關著一隻猛虎。

那猛虎似乎正待躍起，但被「李老三」隨手一鞭，打得再也不敢動彈，伏耳貼在地上，有如遇著對頭剋星一般。

南宮平聽到這「李老三」的語聲，見到他的伏虎之能，心頭一動，突地想起一個人來，駭然道：「得意夫人！」

「李老三」哈哈笑道：「好好，連你也認出了我。」一面說話一面背過身去，話聲一了，他霍然轉回身來，一個面目蠟黃，死眉死眼的「李老三」，便突地變成了年華雖去，但風姿猶存的「得意夫人」！

南宮平暗嘆一聲，忖道：「難怪她面目陰沉，被人喚做『死臉子』，難怪她能在鮮魚腹中下毒，又有伏虎之能，原來她竟是『得意夫人』易容而成，我今日既已落到此人手裡……唉！」閉上眼睛，再也不發一言，因爲他知道在「得意夫人」面前，說什麼話都是多餘的，一心唯有等死而已。

得意夫人走到風漫天面前，伸手在他面上輕輕一摸，輕笑道：「風老頭子，我想你想了這麼多年，今日我打算要怎樣對付你，你可猜得出麼？」

她手腕一轉，掌中便已多了一個小小的絲囊，接口道：「你可知道我這囊中裝的是什麼？」風漫天已闔起眼睛，閉口不語。

「得意夫人」眼波一轉，咯咯笑道：「我這絲囊中裝的是天下至淫的媚藥，任何人只要嗅上一點，立刻就慾火上衝，你可要嗅上一點！」

她易容時雖是「死臉子」，但此刻每說一句話，面上卻有千百種表情，當真是風情萬種，蕩意撩人，趙振東遠遠望來，竟看得癡了。

風漫天容顏已是慘變，但仍閉目不語，得意夫人拈起絲囊，蕩笑著又道：「來，聞聞看，香不香，你嗅過之後，卻又全身不能動彈，那種滋味一定舒服得很，保險比世上任何事都要舒服幾倍……」

南宮平心頭一寒，這種令人聞所未聞的酷刑，當真比世上任何刑罰都要殘酷數倍，他忍不住張眼望去。

只見得意夫人手裡的絲囊已離風漫天鼻子越來越近，風漫天雙目緊閉，滿頭俱是冷汗，這稱雄一世的老英雄，此刻縱然用盡全力，卻也無法將自己的鼻子移動半寸。

突聽身後一聲驚呼，那猛虎被驚得一聲怒吼，將得意夫人的絲囊震得斜斜飛起一些。

得意夫人雙眉一皺，倏然轉身，只見那癲子睜大眼睛望著她，結結巴巴地說道：「你……你老人家怎麼變成了女的？」

得意夫人秋波一轉，突然嬌笑道：「你看我生得漂亮麼？」

那癩子不住點頭道：「漂……漂亮！」

得意夫人笑道：「居然你也分得出別人漂亮不漂亮，好，快去給我做幾樣好吃的菜，我就讓你多看幾眼！」

那癩子咧開大嘴，連連癡笑，雀躍著爬回艙下去了，得意夫人伸手一撫鬢髮，輕輕笑道：「風老頭子，你看連他都知道我……」

秋波轉處，突地發現她身側一條大漢，目光赤紅，野獸般望著她，脫口道：「你幹什麼？」

那大漢身子微微顫抖，滿臉漲得通紅，突地雙臂一張，抱起了得意夫人的身子，大聲道：「求求你，求求你，我……我受不了……」

原來方才絲囊被虎吼一震，囊中的藥粉也震出一些，竟被這大漢順風吸了進去，此刻正已被藥性所迷，慾火焚身，不能自禁。

得意夫人再也想不到他敢抱起自己，一時不防，竟被這漢子兩條鐵一般的手臂抱在懷裡，只覺這漢子渾身淫燙，充滿了熱力，心神竟也不禁隨之一蕩，她本就生性奇淫，此刻不怒反笑，咯咯笑道：「死人……」竟被那大漢和身壓到地上。

趙振東目光一凜，刷地掠了過來，翻腕拔出一把匕首，嗖地一刀，直刺入那大漢的背脊上，厲聲道：「你敢對夫人無禮！」

那大漢厲吼一聲，翻身死去，得意夫人滿面紅暈，站了起來，道：「誰要你殺死他的？」

趙振東呆了呆，得意夫人輕笑道：「噢，我知道了，你是在吃醋！」笑語盈盈中，突地反手一掌將趙振東打在地上滾了兩滾。

得意夫人笑聲頓住，目光冷冷一掃，她已在甲板上所有的漢子面上各各望了一眼，厲聲道：「你們只要好生聽話，我誰也不會虧待你們，但是誰也不能吃醋，知道了麼？」走到趙振東面前，緩緩伸出手掌。

趙振東面色慘變，卻不敢閃避。

哪知她竟在他面上輕撫了一下，突又笑道：「將那廝屍體拋下海去，好生去掌舵，知道了麼？」

趙振東如蒙大赦，唯唯去了！

南宮平將這一切看在眼裡，心裡不禁深深嘆息一聲，落在這種女人手裡，當真是生不如死。

只見那癩子已捧著一面托盤，自艙底鑽了出來，托盤上六碗菜餚，果真做得十分精美，濃烈的香氣，飄盪在海風之間。

得意夫人道：「今日菜飯就開在甲板上，我要一面吃飯，一面來看風老頭子的把戲。」

那幾條大漢如奉綸音，立時間便擺好桌椅，得意夫人端起一杯酒，舉到風漫天的面前，道：「香麼？」又端起一盤菜，在南宮平等三人面前晃了一晃。

那怪物「七哥」白牙森森，眼中幾已冒出火來。

得意夫人將絲囊一搖，笑道：「不要怕，我此刻已變了主意，我要你們先受一受飢渴的折磨，然後再來嚐那慾火焚身的滋味，」揮手道：「把舵且暫先縛在舷上，你們都來喝我的慶功之酒。」

此刻船上除了南宮平三人外，已只剩下七人，合將過來，恰好坐滿一桌，只是這些「海豹幫」的漢子平日雖然兇酷，但見到「得意夫人」這樣的人物，哪裡還敢落坐，但目光偶一觸及得意夫人的眼波，卻又不禁心旌搖搖，不能自主。

海天遙瀾，一碧萬里，臨風飲酒，本可說是人生一大樂事，何況，得意夫人此刻竟將自己平生唯一的強仇大敵制住，心裡更是樂不可支，舉杯笑道：「風漫天呀風漫天，想當年你火焚『萬獸山莊』，趕得我無家可歸，是何等的威風，兩月前在『南宮山莊』，你三言兩語，便險些害得我一命喪身，又是何等的煞氣，但今日你的威風煞氣，又在哪裡？想來我得意夫人，生平還是得意的事多，失意的事少哩！」她一面得意而言，三杯酒已入喉，雙頰間隱現紅暈，秋波中更是水光漾漾。

「海豹幫」那些吃大塊肉，大碗喝酒的朋友，更是早已醉意醺然，畏懼之心被酒意一沖，便沖去了七分，行止之間，自就放肆起來。

那癩子爬上爬下，端菜取酒，雖然累得氣喘咻咻，一雙眼睛，卻忘不了不時死盯得意夫人兩眼。

此時此景，此時此刻，南宮平心中當真是萬念交集，亦不知是該痛哭一場，還是該狂笑幾聲。突見得意夫人一掠鬢髮，緩步走到他身前，上下打量他幾眼，嬌笑道：「小弟弟，你今年有多大了？」

南宮平切齒不語，得意夫人笑道：「年紀輕輕地死了，豈非可惜得很，你若是肯乖乖地來聽姐姐的話，說不定……」突聽一陣「叮噹」亂響，杯盤碗盞，俱都傾倒，那七條漢子，竟也都跌倒在地上，有如醉死了一般。

得意夫人眼皮一轉，笑道：「好沒用的東西，三杯酒就醉倒了……」言猶未了，突地變色道：「不好！」嗖地一步，掠到那癩子身側，纖掌如電，疾地刁住了那癩子的手腕。

那癩子道：「什……什麼事？」

得意夫人厲聲道：「好大膽的奴才，你竟敢在酒中下毒，快將解藥拿出，否則……」那癩子突地仰天一笑，道：「你終於也發覺了麼？只是，卻已太遲了！」

這正是得意夫人自己方才說出的話，她此刻自己聽了，亦是容顏慘變。

南宮平、風漫天齊地精神一振。

只聽那癩子笑道：「這本是你們給我的藥，我再拿來給你們吃，豈非天經地義之事？」

狂笑聲中，「得意夫人」的身子已倒在地上！

那癩子咯咯笑道：「得意夫人，你得意的時候，未免也太短了些。」但言行舉止，仍是癡癡呆呆，瞳瞳朦朦。

南宮平暗嘆忖道：「當真是人不可貌相，海水不可斗量，想不到這樣一條猥瑣的漢子，卻有如此機智，但除了如此癡呆的漢子之外，又有誰能將那麼精明的『得意夫人』騙得過？」

爲何聰明人常會上呆子的當？爲何呆子若要騙人，總是特別容易？只因人們若是太過聰明，別人見了他便要加意提防，但人們見了呆子，自然便不會再有防範之心。

南宮平此刻的心念，正是本著這個道理。

那癩子蹣跚的走過來，爲南宮平等三人解開了繩索，但南宮平等穴道被點，仍是動彈不得。

風漫天道：「大恩不敢言謝，但望閣下再爲在下等解開穴道。」言語間十分恭謹。

那癩子卻癡癡笑道：「什麼穴道？」

風漫天長嘆一聲，道：「閣下既是真人不露相，在下也無法相強！」

南宮平忖道：「此人雖有一顆正直俠義之心，又偶然騙過了得意夫人，但終卻不過只是個俗子而已，風漫天怎地定要說他是個高人？」

只聽風漫天仔仔細細，將解救穴道的方法說了出來，那癩子伏在南宮平身上，依樣畫葫蘆，風漫天說一句，他便做一樣，但饒是這樣，他還是多費了許多冤枉手腳，累得氣喘咻咻。

南宮平只覺一陣陣酸臭之氣，撲鼻而來，實是令人不可忍受，那一雙手掌，更是滿藏油垢，他平生所見的髒人雖然不多，但此人卻可算是第一，穴道一解，不由自主地，一掌將之推開。

那癩子踉踉後退幾步，撲地坐到艙板上。

風漫天面色一沉，道：「你嫌他髒麼？若沒有他這樣的髒人，你這樣的聰明人早已餵了魚了。」

那癩子連連陪笑道：「小的本來就髒，怨不得公子嫌棄。」

南宮平方才那一掌本非有意推出，此刻心裡更大是羞愧，一面解開了風漫天的穴道，一面趕緊去扶起那癩子。

那癩子惶聲道：「不敢當不敢當，莫要弄髒了公子的手。」

南宮平心裡又是難受，又是慚愧。

風漫天也不理他，大聲道：「我風漫天一生未曾向人下跪，但今日……」忽然跪到地上，向那癩子下拜。

那癩子驚惶之下，也拜了下去。

風漫天道：「我拜的不是閣下救了我的性命，而是拜閣下使我不至羞辱而死！」

那癩子結結巴巴卻說不出話來。

南宮平一生之中，心裡從未有此刻這般慚愧，只因他一生之中，委實也未曾做過有背良心之事，當下亦自期期艾艾，感激了一番。

那癩子連聲：「不敢。」

那怪物「七哥」卻提起了一條大漢的雙足，拖向船舷。

南宮平道：「你要做什麼？」

「七哥」道：「拋下海裡餵魚。」

南宮平道：「這又何苦，他們雖然……」

風漫天冷冷道：「你對仇人倒仁慈得很，只可惜對恩人卻……哼哼。」冷哼兩聲，轉首望向別處。

那癩子瞧了南宮平一眼，結巴著道：「殺了他們我也覺有些不忍，不如將他們放在船上的救命小船裡，任憑他們在海上飄流，等他們藥性醒了，是活是死，就全都靠他們的運氣了，這樣豈非好些？」

風漫天嘆道：「閣下既有此意，自是好的。」他雖然本該將他們帶回島上，但此刻卻絕口不提，於是三人一齊放下了小船。

那癩子更跑上跑下，搬來許多食物清水放在小船中。海流激盪，大船與小船片刻間就離得很遠，漸漸小船就只剩下一點黑影，漸漸連點黑影也完全消失，誰也不知道這七男一女在這無情的大海上將會發生什麼事？

自此風漫天再也不要那癩子下入伙艙，他自己面色雖越來越是陰沉，心情雖越來越壞，但對那癩子卻越來越是尊敬。

他三人被制後，得意夫人便命轉舵回航，此刻走的又是回頭路，南宮平想來想去，也發現這癩子實有許多異處，又忍不住問道：「在下不敢，請問一句，不知閣下的高姓大名？」

那癩子癡笑道：「小人的名字哪裡見得了人，但公子你的名字小人卻早已聽過，只因小人認得一人是公子的朋友。」

南宮平大喜道：「真的麼？」

那癩子遙望著海天深處，目光忽然一陣波動，緩緩道：「那人不但是公子的朋友，而且還是公子極好的朋友。」

南宮平喜道：「閣下莫非是認得我的龍大哥麼？」

那癩子道：「不是！」

南宮平道：「那麼必定是石四哥了！」

那癩子道：「也不是！」

南宮平道：「那麼就是司馬老鏢頭？……魯三叔……」他一心想知道這癩子的來歷，當下便將與自己略有交情的新知故友，一齊說了出來。

那癩子連搖頭，南宮平心念一動：「莫非是女的。」脫口將郭玉霞，王素素，甚至連葉曼青的名字都說了出來。

那癩子仍是不住搖頭，但目光卻始終望向別處。

南宮平暗中忖道：「我大嫂生性風流，言語親切，最善交際，王素素最是溫柔，從來不會給人難堪，葉曼青雖是驕傲，但是她倜儻不群，為女子而有丈夫之氣，她們雖然都是女子，但都還有結交此人的可能。」

他黯然一嘆，又忖道：「除了這些人外，只有梅吟雪是我相知的人，但是她天性最是冷漠，又最喜歡乾淨，想她在棺中幽困十年，若換了別人，早已狼狽不堪了，但她自棺中出來時，一身衣服，卻仍是潔白如雲，可稱得上是天下最最喜歡乾淨的人了，此人就算真的是位風塵異人，她也絕不會和他說一句話的，此人若不是風塵異人，我又怎能在個凡夫俗子面前輕易說起她的名字？」

「梅吟雪」這三個字在南宮平心目中，永遠是最最珍貴，也埋藏得最深，隱密得最密的名字，他心念數轉，道：「在下猜不出來。」

那癲子呆呆地望著遠方，黯然良久，方自緩緩道：「除了這些人外，公子就沒有別的朋友了麼？」

南宮平沉吟道：「沒……有……了。」

那癲子又自呆了許久，突地癡笑道：「我知道了，想來那個人不過是想冒充公子的朋友罷了。」一手抓帆繩，站了起來，走到舵邊，垂下頭，去看海裡的波浪。

掌舵的風漫天，回頭看了南宮平一眼，似乎想說什麼，哪知那癲子突地驚呼一聲：「不好了！」

風漫天驚道：「什麼事不好了？」

那癲子一手指著船艙，風漫天俯身望了一眼，面上神情亦爲之大變，原來船艙離開海面，已只剩下了三尺。

南宮平大駭道：「這船難道漸漸在往下沉麼？」

風漫天閉口不答，單足一點，龐大的身軀，呼地一聲，掠下船艙，他鐵枴雖然已被拋入水中，但行動卻仍極是輕捷。

南宮平隨後跟了過去，到了下艙，兩人面面相覷，顏色俱都變得慘白，原來艙門縫間，已汩汩地沁出海水，門裡水聲淙淙，兩人相顧失色之間，艙門已被海水沖開，一股碧綠的海水，激湧而出，這貯放食物貨品的大艙，竟早已浸滿海水，滿艙的貨物，隨之而出。

水勢急烈，霎眼間便已漲至南宮平腹下！

風漫天大喝道：「退。」

兩人一齊躍上甲板，攀在船桅上的「七哥」，也有如猿猴般猱下。

那癩子惶聲道：「怎樣了？」

風漫天沉聲道：「船艙下有了裂口，海水已湧入艙中，大約再過半個時辰，這條船便要沉沒了。」

那癩子茫然半晌，突地頓足道：「難怪，那得意夫人未露行藏前，每日都要到艙裡去一次，想來必定早已在艙裡和隱秘之處，弄了一個裂口，每日去堵上一次，她毒計若是成功，便將那裂口補好，毒計若是不成，就落得大家同歸於盡，而此刻裂口上所堵之物，已被海水沖開，我們卻都不知道。」

南宮平恨聲道：「好狠毒的婦人，難怪她自稱有三十六條毒計了，此刻我們可有什麼補救之道？」

風漫天冷冷道：「除了棄船，還有什麼別的方法？」

那癩子黯然嘆道：「我若不提議將那救生小船，唉……我……我……」

風漫天仰天笑道：「我等性命，本是閣下所救，閣下嘆息什麼，生死由命，富貴在天，死又算得了什麼，只是我終於還是死在那得意夫人手裡，到了黃泉路上，還要看她得意，卻實是難以甘心。」

南宮平轉身道：「我且去看看，能不能……」

風漫天道：「還看什麼？食物清水，俱已被水所浸，你我縱然能飄在海上，也要被活活餓死！渴死！」南宮平呆了一呆，頓住腳步。

那癩子突地輕輕嘆道：「風老前輩，你當真有視死如歸的豪氣。」

風漫天狂笑道：「我早已活得不耐煩了，豈是當真有視死如歸的豪氣？七哥，你且去艙下的海水中找一找有無未曾開罈的酒，未死之前，我總要好好的痛飲一場，也算不虛此生。」

那怪物「七哥」腦海中生似完全沒有生死的觀念，果真下去尋上兩罈酒來，道：「只剩兩罈，別的都沖碎了！」

風漫天拍開罈蓋，立即痛飲起來，船越沉越快，那些獅虎猛獸，雖然久已氣息奄奄，但此刻似也本能地覺出死亡的危機，在籠中咆哮起來，風漫天端坐在艙板中央，眼望著連天的海水，對著罈口，仰天痛飲。

南宮平一面飲酒，一面卻突然嘆息了一聲。

風漫天道：「你嘆息什麼？反正你到了諸神殿上，亦是生不如死，此刻死了，反倒痛快得多。」

南宮平一時也沒有體察出他言下之意，朗聲道：「晚輩雖不才，卻也不是貪生惜命之輩，只是突然想起一個人來，是以忍不住嘆息，他人若是在這條船上，得意夫人的毒計就未必得逞了。」

那癩子眼睛突然一亮，道：「那人是誰？」

南宮平緩緩搖了搖頭，緩緩道：「梅……」

那癩子身軀一震，脫口道：「梅吟雪。」

南宮平變色道：「你認得她？」

那癩子卻不答話，顫聲道：「此時此刻，你怎會想起她來？」

南宮平黯然嘆道：「我怎會想起她來？……唉，我何曾忘記過她。」轉目望去，突見那癩子全身不住顫抖，有如風中寒葉一般，目中亦是淚光盈盈。

南宮平奇道：「閣下怎地……」

那癩子顫聲道：「我聽了你這句話，就是死了，也……」

那怪物「七哥」深深吸了口氣，嗅了嗅海風，突地大喜道：「陸地，陸地……」

風漫天雙眉一揚，道：「什麼事？」

「七哥」道：「前面便是陸地。」

那癩子頓住語聲，改口道：「你怎會知道前面便是陸地？」

風漫天嘆道：「人類雖是萬物之靈，但嗅覺卻遠不及獸類靈敏，你看那些獅虎野獸此刻的神情也大不相同，你知道這些野獸也從海風中嗅出了陸地的氣息。」

那癩子詫聲道：「但是他……」

風漫天黯然一笑，道：「你問我他怎會自風中嗅出陸地的氣味是麼？這個……你不久就會知道了。」闔上眼睛，再也不發一言。

那怪物「七哥」爬上船桅，看了一看，又滑了下來，找了個鐵桶，躍下船艙，船舷離水，此刻只剩下一尺多了。

他三人竟在死亡中突地發現了生機，這本是大大可喜可賀之事，但南宮平、風漫天以及那癩子面上卻竟然全無半分喜色。

南宮平更是滿心狐疑，忍不住問道：「你聽了我那句話，便是死了，也怎樣？」

那癩子呆了半晌，木然道：「便是死了，也覺得你可笑、可憐、可惜得很。」

南宮平失望地嘆息了一聲，出神許久，又忍不住問道：「怎會可惜得很？」

那癩子長身而起，走到船頭，道：「我方才聽你說起你朋友的名字，俱都是武林中聲名響亮的俠士，就連葉曼青、王素素她們，也都是溫柔美麗的女子，但梅吟雪麼……哼哼，她心腸冷酷，聲名又劣，加上年齡比你大了許多，你臨死前偏偏想起她來，豈非可笑、可憐、可惜得很。」

南宮平面色大變，坐在地上，一言不發地連喝了幾口酒，突地緩緩站了起來，緩緩走到那癩子身後，緩緩道：「無論你說什麼，我都知道她是世上最最多情，最最溫柔，最最偉大的女孩子，她爲要救別人，要保護別人，不惜自己受苦難，受侮辱，她縱然聲名不好，她年紀縱然比我大上許多，但她只要能讓我跪在她腳下，我已完全心滿意足。」

那癩子身子震了一震，沒有回過頭來。

南宮平目中一片深情，凝注著那癩子瘡痕斑斑，骯髒醜怪的頭頂，緩緩道：「她是個最愛乾淨的人，但爲了我卻不惜忍受污穢，她是個驕傲的人，但爲了我卻不惜忍受屈辱，她雖然對我千種柔情，萬種體貼，但在我生存的時候都不告訴我，只是獨自忍受著痛苦，只是有一次在我將死的時候，才露出了一些，這不過是爲了……爲了……」話未說完，已是熱淚盈眶。

那癩子雙肩抽動，晶瑩的淚珠，簌簌地流過他那醜惡骯髒的面頰。

南宮平伸手一抹面上淚痕，突地悲嘶著道：「吟雪，你爲什麼還要瞞住我，難道你爲我犧牲得還不夠多……還不夠多麼……」

那癩子突地慘然呼道：「平……」反身撲到南宮平懷裡。

南宮平緊緊抱著她的身子，親著她頭上癩瘡，再也看不到她的醜怪，嗅不到她的髒臭，因爲他已知道這最髒、最醜、最臭的癩子，就是那最真、最香、最美的梅吟雪。

梅吟雪緊抱著南宮平的身子，悲泣著道：「我再也不離開你了，從此以後，世上任何事我都不再放在心上，我就是又老又醜，就是別人口裡的淫婦，毒婦，也要死跟著你，不管你討不討厭我。」

南宮平滿面淚痕，道：「我討厭你，我討厭你，我討厭你，你爲什麼不早些告訴我，你爲什麼要獨自受苦？」

梅吟雪道：「你不知道有多少次我想撕開我外表那討厭的假裝，告訴你我一直是在你身邊的，無論到天涯到海角……」

風漫天仍然端坐不動，頭也未回，但在這冷漠的老人緊緊閉著的眼簾中，卻也已流出了兩行淚珠。

他縱然鐵石心腸，卻也不禁被這其深如海的至情所動，突聽「轟」然一聲，船身驀地一震，甲板上的酒罈，卻都震得跳了起來，濺得滿地俱是酒汁，原來船已擱淺，而距離那滿佈著尖岩與黃沙的海岸，也已不及三十丈了——船裡的海水，卻仍未浸上甲板。

久別重逢的喜悅，誤會冰釋的喜悅，再加以死裡逃生的喜悅，終是比深邃真誠的愛情中必有的那一份憂鬱愁痛濃烈得多。

南宮平、梅吟雪雙手互握，涉著海水，上了那無名而又無人的荒島。

風漫天看到這兩小的柔情蜜意，心中只覺又是歡喜甜蜜，又是悲哀痛苦，蒼天爲什麼總是將濃烈真摯的愛情，安排在磨難重重，艱苦憂慮的生命中？難道平凡的生活，就不會培養出不平凡的愛情麼？

梅吟雪剝開了籠罩在她頭上的易容藥，露出了她那雖然稍覺憔悴，卻更添清麗的面容，這無人的荒島上，便像是盛開起一朵純白秀絕的仙桂幽蘭。

只見海上碧波盪漾，島上木葉青蔥，湛藍的蒼穹，沒有片雲，更像是一顆透明的寶石一樣，天地間滿充著美麗的生機，柔情密意，花香鳥語，死亡、陰謀、毒殺……人間這一切醜惡的事，都像是已離他們很遠了。

一株高高的椰子樹下，他們在傾訴著彼此的相思。

另一株高高的椰子樹下，風漫天卻在啜飲著僅存的苦酒，一陣潮水漲起，將那艘三桅船沖上了海灘，甲板上的獸群，驟然見著陸地，便似又恢復了威風，各各在籠中咆哮不已。

那怪物「七哥」不知在何處尋來許多野果，又拾來一些椰子，但開殼一看，裡面的水汁卻已將乾了，原來還是去年留下的。

梅吟雪斜倚在長長的樹幹上，口裡嚼著一枚果子，輕笑道：「若是我們能永遠在這裡，我真不想回去了，只可惜這艘船可以補的，船補好了，唉……」

海濤拍岸，配著她夢一般的語聲，當真有如音樂一般……

南宮平嘆息道：「誰想回去……」

突見梅吟雪面色驟然一變，驚呼道：「不好！」翻身一掠，向風漫天奔去。

南宮平心頭一震，這兩日來他連聽兩次「不好」，一次是中了迷毒，一次是坐船將沉，兩次俱是險死還生，兩次都是十分僥倖才能逃離險境，此刻他第三次又聽到這「不好」兩字，實是心驚膽戰，驚問一聲：「什麼事？」人也隨之掠去。

梅吟雪一把拉住了「七哥」，惶聲問道：「你方才那兩罈酒是在何處尋得的？」「七哥」瞪著一雙野獸般的眼睛，瞬也不瞬地望著她，一言不發。

風漫天道：「梅姑娘向你問話，正一如老夫向你問話一樣。」

那怪物「七哥」眼睛翻了兩翻，道：「艙裡海水沖激，水罈和酒罈都撞破了，只有那兩罈酒，是另外放在一處高架上的。」他費了許多力氣，才將這句話說完。

梅吟雪呆了一呆，恨聲道：「好狠的得意夫人！」

風漫天面容木然，緩緩道：「我早已覺察出了，但我唯願你們在臨死前這短短一段時期裡，活得愉快一些，是以不忍說出來。」

南宮平茫然問道：「什麼事？難道那兩罈酒裡，也下了毒麼？」

梅吟雪黯然點了點頭，道：「正是，那得意夫人算定船將沉時，風老前輩必定要尋酒來飲，她生怕大海還淹不死我們，便早已在這兩罈酒裡下了劇毒，唉……我怎地這樣糊塗，一時竟沒有想到她所用的毒計，俱是連環而來的，一計不成，還有二計……」她語聲微頓，突然大聲道：「風老前輩，得意夫人所施的迷藥，雖然無法可解，但毒藥與迷藥的藥性卻是大不相同……」

南宮平忍不住道：「有何不同？」

梅吟雪道：「她所施的迷藥以迷人神智爲主，藥性乃是行走於神經大腦之間，而且散佈極速，便是有通天的內力，也無法可施，但這毒藥的毒性，卻是穿行胃腑，內服的毒性，雖比外傷的毒性厲害十倍，但內功若是到了風老前輩這樣的火候，十之八九，可以內力將毒性逼出，風老前輩，你卻連試都未曾試上一試，這是爲了什麼？」

風漫天垂目道：「老夫一個人活在這荒島上，又有何意思？還不如陪你們一齊死了，大家在黃泉路上，也落得熱鬧些。」

梅吟雪呆了半晌，悽然一笑。

南宮平笑道：「我這條命本該早已死過許多次了，此刻不過是撿回來的，老天讓我多活一段時候，讓我見著了你，讓我們還能痛痛快快享受這幾個時辰，我還有什麼不滿意的？」

他仰天一笑，又道：「何況，人生在世，若是堂堂正正地活了一生，又有風老前輩這樣的英雄，和你這樣的女子陪著一齊去死，當真是可慶可幸之事，我南宮平夫復何求？」

風漫天張目望了他一眼，森嚴的目光中，第一次有了慈祥的笑意，喃喃道：「好好……」

梅吟雪垂下眼簾，偎向他身邊，死亡雖已將至，但他們卻毫無畏懼，反而面含微笑，攜手迎接死亡！

死亡！你雖是千古來最最可怖之事，但你有什麼値得驕傲之處！

椰子樹的陰影，靜靜地籠罩在他們身上，也不知過了多久，風漫天突地一拍大腿，大聲道：「你們還等什麼？」

南宮平、梅吟雪微微一呆，風漫天道：「你倆人彼此相愛之深，可說老夫生平僅見，既是同命鴛鴦，還不快些同結連理？」

南宮平道：「但……」

風漫天大聲道：「但什麼！此時此刻，父母之命，媒妁而言，一概可以免了，待老夫強作媒人，讓你們臨死前結爲夫妻。」

南宮平、梅吟雪眼波交流，對望一眼，梅吟雪雖然豁達，此刻也不禁羞澀地垂下頭去，眼波一轉，面上突地現出幽怨之色，咬一咬牙，轉身大步走了開去。

風漫天大奇道：「什麼事，難道你不願意？」

梅吟雪頭也不回，道：「正是，我不願意。」

南宮平大驚道：「妳……妳……」

風漫天心念一轉，忖道：「是了，梅吟雪年齡比南宮平大了許少，在武林中聲名又不甚好，是以她暗中不免有了自卑之感，心裡雖早已千肯萬肯，但一提婚事，卻又不免觸及了她的隱痛。」

這睿智的老人心念一轉，便已將她這種患得患失矛盾到了極處的心情分析出來，當下冷笑一聲，道：「梅姑娘，我先前只當你是個聰明的女子，哪知你卻笨到極處，此時此刻，你竟然還想到這些！」

梅吟雪頓住腳步，卻仍未回過頭來。

風漫天道：「你如此做法，難道真要與南宮平含恨而終，在羞辱痛苦中死去麼？」

梅吟雪雙手捂面，放聲痛哭起來，突地回身撲到南宮平身上，哭泣道：「我願意嫁給你，只要你願意，我願意生生世世做你的妻子。」

南宮平顫聲道：「我……我當然願意……」語聲未了，喜極而涕。

風漫天哈哈一笑，道：「兩個傻孩子……」一手一個，將南宮平、梅吟雪兩人強拉著跪了下來，接口道：「大喜的日子，還哭什麼，皇天后土為證，天地君親為證，今日我風漫天作主，令南宮平、梅吟雪兩人結為夫妻，生生世世，不得分離。」

他早已站起，此刻又換了個地方，大聲道：「新郎官，新娘子行三拜禮，一拜天地，二拜鬼神，三拜父母……」忽然又移到南宮平、梅吟雪兩人的身前，大笑道：「第四拜還要拜一拜我這個媒人。」

他一身竟兼了主婚，媒人，司禮三職，南宮平、梅吟雪忍不住「噗哧」一聲，笑了出聲來，他兩人面上淚痕未乾，笑容又起，亦不知是哭是笑。

要知這兩人的婚事，在在為世俗難容，若不是兩人一齊來到這荒島，若不是有風漫天這樣的磊落英雄強作媒人，他兩人縱然彼此相愛，卻再也不能結為夫妻，只是此刻聚時已少，他兩人的毒性已將發作，思想起來，又不禁令人傷感。

風漫天哈哈一笑，道：「大禮已成，新郎倌新娘子，便該入洞房了。」

梅吟雪面頰一紅，垂下頭去。

風漫天大笑道：「新娘子還怕羞麼？」

這老人興致勃勃，將南宮平、梅吟雪兩人拉起，指著一對高高的椰子樹道：「這便是你兩人的龍鳳花燭，雖嫌太大了些，但卻威風得多，洞房裡……」以手敲額，喃喃道：「洞房在哪裡，噢，有了有了，那船上的船艙反正未被海水浸濕，就權充你兩人的洞房好了！」

那怪物「七哥」一直嘻著大嘴在旁觀望，此刻突然笑道：「等一等。」

眾人都不知道他要做什麼，只見他尋了一柄斧頭，將船底的漏水處砍得更大了些，船中的海水，便自艙內流了出來，他又在船上拆下些木板，尋了些釘子，那艘船本已斜斜擱在海灘上，不一會艙中的海水全都流出，「七哥」便用木板將那船艙的破洞補好，大笑道：「我們陪新人一齊上船，黃昏漲潮時這艘船便又可回到海上，我們一齊死在海上，總要比死在這荒島上好多了。」

風漫天含笑道：「近年來你果然聰明得多了……你們這對新人，還不快入洞房！」

南宮平、梅吟雪，兩人雙手緊握，互相偎依，心裡既充滿了柔情蜜意，也充滿了悲怨淒涼。

風漫天眼望著這一雙佳偶，心中又何嘗不在暗暗嘆息，忖道：「這兩人男才女貌，當真是天成佳侶，今日良辰美景，我能眼見他兩人結成連理，本當是天大的喜事，怎奈會短離長，最多再過五、六個時辰，毒性便要發作了。」

「會短離長，會短離長……」他心中反反覆覆，只在咀嚼著這短短的四個字裡那長長的悲哀滋味，但卻始終未曾說出口來，口中反而連聲大笑著道：「今日萬事大吉，只可惜少了兩杯喜酒。」

他拉著南宮平、梅吟雪兩人走到船上，送到艙門，笑道：「洞房花燭夜，金榜題名時，兩位切莫辜負了春宵，快些進去……」說到最後一句，他已將兩人推了進去，「砰」地一聲，關上了艙門，面上的笑容，也隨著艙門一齊關了進去。

他手扶艙門，瞑目低語：「別了，別了……」只因他知道這艙門一關，彼此就永無再見之期。他黯然嘆息一聲，踱了開去，他要獨自去迎接死亡，他本是孤獨地來，此刻又孤獨地去，只是他絢爛的一生，卻永將在人間流傳佳話。在這刹那之間，他才真的蒼老了起來。

他對「七哥」招了招手，道：「你過來……」

哪知他話猶未了，艙門又開，南宮平、梅吟雪攜手走了出來。

風漫天瞪起眼睛，大聲道：「你倆人新婚夫妻，不入洞房，出來作甚？」

梅吟雪嫣然一笑，「出來陪你！」

風漫天道：「誰要你們來陪，快去快去……」南宮平、梅吟雪一言不發，緩緩在他身邊坐了下來。

黃昏已臨，海潮漲起，「七哥」揚帆握舵，一艘船果然緩緩向大海中盪了出去……

十七　斷腸時節

絢爛的晚霞，片刻間便灑滿了西方的天畔，海面上便也盪起了千萬片多采的波浪，卻又被一面孤帆片片撞碎，一隻海鷗，沖天飛起，衝入了海天深處，像是人們的青春一般，一去不再回頭。

彩霞、黃昏，青天、大海、鷗影、孤帆，天地間充滿了畫意，南宮平、梅吟雪，以及那磊落的老人風漫天，共坐在甲板上，默默地面對著這一幅圖畫，他們間的言語已越來越少，像是生怕那輕輕的語聲，會擊碎天地間的寧靜。

南宮平、梅吟雪，緊緊依偎在一齊，也不知過了多久，突見那怪物「七哥」長身而起，走到風漫天身前，恭恭敬敬地叩了三個頭。

風漫天慘然一笑，道：「你要先去了麼？」

「七哥」道：「我要先去了！」

風漫天道：「好好，這……」

四人中「七哥」武功最弱，是以毒性也發作最快，只見他一躍而起，向南宮平、梅吟雪含笑點頭，雙眉一震，縱飛而起，反手一掌，擊在自己天靈蓋上，人已掠入海中，他臨死前全身肌肉，已起了陣陣痙攣，面上的顏色，已變成一片紫黑，牙關也已咬出血來。

南宮平、梅吟雪，雙手握得更緊，他們知道這是「七哥」為了不能忍受毒發時的痛苦，是以早些自尋解脫，其實他倆人心中又何嘗沒有此意？只是倆人互相偎依，只要能多廝守一刻，也是好的。

南宮平想到剩下的這三人中，自己武功最弱，下一個必定就要輪到自己了，他已不必忍受眼見梅吟雪先死的痛苦，卻又何嘗忍心留下梅吟雪來忍受這種痛苦？

一念至此，滿心愴然，哪知梅吟雪突地輕輕一笑，道：「好了，我也要先去了。」

南宮平身子一震，轉目望去，只見梅吟雪蒼白的面靨，也漸漸變了顏色，但他自己直到此刻，全無異狀。

只聽梅吟雪悽然笑道：「我生怕你比我先去，那痛苦我真的難以忍受，現在……我……」牙關一咬，不再言語，嬌弱的身軀，有如風中寒葉一般地顫抖了起來，顯見是毒性已發，痛苦難言。

南宮平熱淚奪眶而出，緊緊將梅吟雪抱在懷裡，只覺她全身火燙，有如烙鐵一般，不禁大聲道：「吟雪，吟雪……你等等我……」

風漫天突地手掌一伸，點住了梅吟雪的「睡穴」，他要讓這多情的女子，甜睡著死在生平唯一最愛的人的懷裡。

於是梅吟雪便甜甜的睡去了，她距離死亡，已越來越近，但是她嬌媚的嘴角，卻仍帶著一絲淡淡地、淒切地微笑。

南宮平緊抱著她，無聲地悲泣了半晌，抬頭大聲道：「風老前輩，求求你將我也……」轉目望去，心頭不禁又為之一震，只見風漫天石像僵木般地坐著，雙目緊閉，而且面容也已變成一片黑紫。

南宮平大駭道：「風老前輩，你怎樣了？」

風漫天眼皮一張，道：「我……」全身突地一陣收縮，口中竟掉出幾粒碎齒，原來他早已毒發，只是咬緊牙關，忍受著痛苦，甚至將滿口鋼牙都咬碎了，此刻乍一張口，碎齒便自落出。

南宮平大驚之下，不願思索，隨手點住了這老人的「睡穴」。

風漫天張口道：「謝……」謝字未曾出口，人已倒在地上。

天地茫茫，只剩下南宮平一個人了，南宮平仰天悲嘶道：「蒼天呀蒼天，我怎地還不死呢？」嘶聲悲激，滿佈長天。

他緊抱著梅吟雪的身子，靜待毒發，夜色漸臨，無邊的黑暗，無情地吞沒了這一艘死亡之船，南宮平只覺天地間寒意越來越重，一直寒透他心底，但是他毒性卻仍未曾發作。

他再也想不出這其中的原因，他卻不知這就是造化弄人的殘酷！

原來他在「南宮山莊」的樹林中，曾吸入一絲「得意夫人」害死「無心雙惡」的毒藥，當時那玉盒劈面飛來，自他耳畔掠過時，他便曾嗅到一陣淡淡的香氣，只是當時他卻未曾注意。

那一絲毒藥侵入他身子後，一直未曾發作，只因「得意夫人」這種毒藥名為「陰魂」，乃是世上至陰之毒，是以南宮平自幼苦練不綴的純陽真氣，便在無意間將這一絲為量極少的毒性逼在心腑之間。

今日南宮平等人所中之毒，卻是世上至陽之毒，是為「陽魄」，是以梅吟雪毒發之時，渾身火燙。

這「陰魂」、「陽魄」俱是世上至毒之藥，中毒之後，無藥可救，但這兩種毒性，卻有互相剋制之力，南宮平身內的兩種毒性，以毒攻毒，毒性互解，卻連他自己也不知道。

但此時此刻，南宮平卻是生不如死，悲哀寂寞，黑暗，寒冷，使得他再也無法忍受，一艘孤獨的船，行走在無邊黑暗的大海上，本已是多麼寂寞的事，何況這船上只有一個悲哀的人。

星光、月光，照在那蒼白的帆上，南宮平站在梅吟雪、風漫天兩人身前，喃喃道：「我也來了……」正待反掌震破自己天靈，突聽一陣尖銳的嘯聲，自海面傳來，一人呼道：「風漫天，你回來了麼？」

這嘯聲是如此遙遠，但傳入南宮平耳中卻又是如此清晰。

他心念一轉，忖道：「諸神島到了！」但是他心神已感麻木，全無半分喜悅之意，反而生怕自己遇著救星。只聽嘯聲不絕，震人心魂，他掌勢仍舊，急地拍在自己的頭頂天靈之上！

此刻無邊黑暗中，已有一點燈光，隨著海波飄盪而來，飄向這一艘死亡之船上，那一面孤獨而蒼白的巨帆。

海島邊一片突起的山巖上，孤零零地建著一棟崇高而陰森的屋宇，四面竟沒有一扇窗戶，有如巨人般俯看那無邊的海洋，面對著遙遠的煙波。

夜色淒清，屋宇中只有一點昏黃的燈光，有如鬼火般映著這寬闊的大廳，大廳四面，排列著一行桌子，桌上覆著純黑的桌布，每隔三尺，便放著一個骨灰罈子，罈子前陰森地放著一具靈牌。

在這鬼氣森森的大廳中，臨時放著一張斜榻，榻上臥的竟是一個絕色女子，面容蒼白，雙目緊閉，全無一絲知覺，昏黃的燈光，映在她的面頰上，她，赫然是那已中毒死去的梅吟雪。

孤燈飄搖，大廳中靜得沒有一絲聲音，突地——斜榻上的梅吟雪，竟輕輕動彈了起來，這裡究竟是人間還是陰冥？

只見她竟又張開眼來，目中俱是驚駭恐怖之色，目光四下一掃，掙扎著自斜榻上爬起，她究竟是生？是死？是人？是鬼？

她腳步一個踉蹌，衝到角落邊，雙手扶著桌沿，站穩了身子，沿著桌子看去，只見那一面靈牌上寫的是：

「七妙神君梅山民之位。」

她呆了一呆，只因她知道這名字昔年在武林中多麼顯赫，難道那罈子裡便是這不可一世的英雄人物的骨灰麼？這是什麼地方？她怎會來到此處，急忖間她已走了兩步，只見兩罐罈子，並排放在一處，那靈位上寫的卻是：

「柳鶴亭、陶純純夫婦之位。」

這名字她也極是熟悉，想不到的只是這三位一代英雄的靈位，怎會都在這裡，難道這裡已非人間麼？一念至此，她不禁機伶伶打了個寒顫，只覺一陣寒意，自腳底升起，微微定了定神，接著往下看去，只見一長串靈位，上面寫的是：「瘟煞魔君朱五絕之位。」

「千毒人魔西門豹之位。」

「孤星裴珏之位。」

「戮情公子徐元平之位。」

還有一長串名字，這些名字她有的聽過，有的未曾聽過，但她卻知道這些都是數十年，或是數百年以前，在武林中聲威赫赫，雄踞一時的英雄人物，一瞬間她便已斷定了此地必非人間，此地若是人間，怎會有這許多朝代不同，身分不同，門派亦不同的武林雄豪的骨灰與靈位？

她暗中不禁放下心事，此地既是幽冥，南宮平既然不在此地，那麼他必定未曾死了，她非但不怪他爲何沒有殉情而死，反而安慰地嘆息一聲，默禱蒼天，保佑他平平安安地度過此生，只因她對南宮平的情感十分信任，相信他無論生前死後，無論在人間幽冥，他都永遠不會忘記自己的，就正如她自己也永遠不會忘記南宮平一樣。

於是她目光移向下一面靈位，目光轉處，面容突地慘變，驚呼一聲，撲地坐到地上，眼淚立刻滾滾流落，顫聲道：「你也死了麼？你……在哪裡，你在哪裡……」

那靈位之上，赫然寫的竟是：「南宮平……」三字，這三字觸及她的眼簾，當真有如三柄利刃，刺入她的心房。

剎那間她全身一片冰冷，只聽「呀」地一聲，大廳前的銅門，輕輕開了一線，一個形容枯瘦，鬚髻百結，頷下白鬚，幾乎長已過胸的麻衣老者，幽靈般滑了進來，他雙目中雖然光芒四射，但卻冰冰冷冷，沒有一絲人類的情感，面上亦是冰冰冷冷，不帶半分表情，便是新自墳墓中爬出的死人，也彷彿比他多著幾分生氣！

他目光一望梅吟雪，冷冷道：「你醒來了？」

梅吟雪道：「我醒來了？……我難道沒有死麼？」心神一震，痛哭失聲，她既是「醒來」，必定未死，她既然未死，南宮平豈非死了！

麻衣老人望著她掩面痛哭，也不出聲勸阻。

梅吟雪掙扎著撲了上去，悲嘶道：「他的屍身在哪裡？我……要去和他死在一起！」麻衣老人身形未動，人已移開三尺，冷冷道：「你可哭夠了麼？」

梅吟雪道：「南宮平，你……你知道他……」

麻衣老人面色一沉，道：「你若是未曾哭夠，大可以再哭一場，你若是已經哭夠，我便帶你上船，別的話你也不必問了。」

他詞色冰冰冷冷，完全是一副拒人於千里之外的樣子。

梅吟雪伸手一抹眼淚，霍然站了起來，大聲道：「你不願回答，我自會去尋，也毋庸閣下費心帶我上船。」悲憤之氣，溢於言詞，但面上也換了一片冷傲神色，要知她本非弱女，此刻她雖有滿腹悲哀，但見了這麻衣老人的神色，便強自忍在心裡，再也不發作出來，天下武林中人，雖然人人稱她「冷血」，但人人卻都還要尊她一聲「妃子」，幾曾有人對她如此輕蔑冷淡。

她胸膛一挺，立刻向門外走了過去。

麻衣老人突又飄在她身前，冷冷道：「你走不得！」

梅吟雪冷笑一聲，道：「我要走便走，誰說我走不得？」

麻衣老人冷冷道：「你若是在此島上要走一步，便砍斷你的雙足。」他身形往來，飄忽如風，卻絲毫不見作勢，有如浮在水中般遊走自如。

梅吟雪真氣雖已逐漸自如，但用盡身法，這麻衣老人的身子，還是像石像般矗立在她身前，梅吟雪心中不禁暗駭！不知這幽靈般老人究竟是何來歷？

要知她輕功在武林已是頂尖人物，這老人的身法豈非更是不可思議？

麻衣老人道：「片時之內，你若不上船遠離此地，莫怪老夫無禮了。」

梅吟雪秋波一轉，突地嫣然一笑，道：「這麼大年紀的男人，還要苦苦糾纏著一個年輕的女孩子，不害臊麼？」笑語甜甜，剎那之間，便像是和方才換了個人似的。

麻衣老人呆了一呆，還未答話，梅吟雪突地身子一衝，風一般掠過他身側，衝出了那一扇半開的銅門，目光一振，此刻將近黎明，晨光熹微中，只見山巖下一道清溪蜿蜒流去，溪旁林木蔥鬱，一片清綠間，幢幢屋影，隱約可見，萬棟千樑，也不知究竟有多少屋宇。

她匆匆看了一眼，身形再也不敢停留，急地自山巖上飛掠而下，突聽身後冷冷道：「好刁猾的女子……」眼前人影一花，那麻衣老人便又如一片烏雲般自天而降，飄落在她面前，袖袍一拂，叱道：「回去！」一股柔風，隨袖而出。

袖風雖然柔和，但卻強烈得不可抗拒，梅吟雪纖手一揚，只見一縷銳風，應指而出，竟將那一股袖風劃爲兩半，自梅吟雪身子兩旁掠過。

這年紀輕輕的女子竟然也有如此深厚的武功，那麻衣老人亦不禁爲之一驚。

梅吟雪道：「看你道貌岸然，彷彿年高德重，想不到你卻是個兇險的小人！」

麻衣老人怒道：「你說什麼？」

梅吟雪道：「若非兇險小人，爲什麼毫無仁厚之心，如此欺負我一個可憐的未亡人……」說到「未亡人」三字，她心裡真的湧起了一陣強烈的悲哀，眼波流動，淚光瑩然，嬌軀柔弱，隨風欲倒，當真是楚楚可憐。

麻衣老人神情一軟，但立刻便又變得冰冰冷冷，無動於衷。

梅吟雪道：「他人已死了，你爲什麼還不讓我看一看他的屍身，難道你……真……的……這麼……狠心……」語聲斷續，聲隨淚下，便是鐵石心腸的人聽了，也該一動惻隱之心。

哪知這麻衣老人卻像全無情感，仍然是無動於衷，雙掌一拍，山巖下立刻如飛掠上一條大漢，只見他全身赤裸，僅在腰間圍著一條豹皮短裙，遍身長著細毛，金光閃閃，耀人眼目，面上更是闊口獠牙，放眼望去，亦不知是人是獸，但聽他口作人言道：「主人有何吩咐？」

麻衣老人道：「貨物可曾全都卸下？」

那獸人垂手道：「還未曾！」他不但口作人言，神情也十分恭順，但不知怎地，看來看去，卻沒有半分人味，人若見了，定必不由自主地生出一種恐懼、厭惡之感，有如見著蜥蜴蛇蠍一般了。

麻衣老人揮手道：「退下！」手勢不停，突然閃電般點向梅吟雪腰畔「軟麻穴」。

梅吟雪驚呼一聲，翻身跌倒！

麻衣老人一手將她托起，送回那棟陰森恐懼的死亡之廳，放在那斜榻之上，冷冷道：「貨一卸完，便將你送上船去，我以靈藥救你一命，已非易事，你應該滿足了！」輕輕關上了銅門，揚長而去。

這老人既然如此冷酷，卻又怎會以靈藥救了梅吟雪的性命？此處究竟是什麼地方？爲何到處都瀰漫著一種陰森神秘之氣？

梅吟雪滿心疑雲，突地自斜榻上一躍而起，原來方才那麻衣老人手指還未觸及她穴道時，她早有預防，將穴道閉住，等到麻衣老人的手指觸及她衣衫，她又輕輕一閃、一讓，她的動作是極其小心而奇妙的，但饒是這樣，她身子仍不禁微微一麻，暗中將真氣運行數遍，氣血方能流行無阻，那麻衣老人指上若是再加三成真力，她便要真的無法動彈了。

一種強大的力量，使得她勉強壓制住滿心悲痛，如飛掠到那銅門前，伸手一推，哪知銅門卻已在外面拴住，她竟無法推動分毫。

四面的牆壁，竟也完全是紫銅所製，手指一碰，叮叮作響，除了這扇銅門以外，便再無別的窗戶，刹那間她忽然似又重回到那具紫檀木棺的感覺，這陰森恐怖的死亡之廳，除了遠較棺材大得多之外，實在和一具釘上棺蓋的棺材沒有兩樣。

無數次試探之後，她終於完全失望，她縱然堅強，卻也不禁再次啜泣起來，重新尋著那面靈位，靈位後的骨灰罈子，在燈光中發著黝黑而醜惡的光采，她心念一動：「船上的貨物尚未卸完，他的屍身怎地已變作了骨灰？」凝目向那靈位望去，只見上面寫的卻是：「南宮平漪之位！」一目掃過，她那一顆悲哀的心便立刻從痛苦的深淵中飛揚起來。

「他沒有死，他沒有死，這只是別人的靈位！」她暗中歡呼，破顏爲笑，只聽銅門輕輕一響，她目光一掃，閃電般向靈位下鑽了進去，長垂的桌布，像簾子似的擋住了她的身子。

接著，便有一陣輕微的腳步聲步入大廳，只聽那麻衣老人的口音「咦」了一聲，道：「人呢？我就不信她能插翅飛出此廳！」

另一人的語聲接口道：「她若未插翅飛出此廳，難道是隱身不見了麼？」語聲雄渾，就發自梅吟雪隱身的桌子前面，卻赫然竟是風漫天的聲音。

麻衣老人冷冷道：「諸神島上，百餘年來，素無女子的足跡，這女子既是你帶來的，還需你帶出此地。」腳步移動，彷彿已向大廳外走了出去。

風漫天道：「慢走，她此刻人影不見，怎知不是你放走的。」

麻衣老人道：「她就在你擋住的桌子下面，哼哼！方才入門時這桌子不住搖動，你當我未曾看到麼？你雖然趕去擋住，卻已來不及了。」

語聲未了，只見桌布一掀，梅吟雪已一躍而出，一把揪住風漫天的膀子，顫聲道：「他沒有死麼？此刻他在哪裡？」

風漫天面容木然，動也不動，他手拄木杖，竟也已換了一身麻衣，那麻衣老人霍然轉過身來，道：「不錯，他確是未死，只是你今生再也休想見著他了！」

梅吟雪心頭一寒，道：「真的麼？風老前輩，他說的是真的麼？」

風漫天木然道：「不錯！」

梅吟雪倏然放開了手掌，道：「他是我的夫婿，我爲什麼不能見他？」

風漫天凝目前望，不敢接觸到梅吟雪的目光，麻衣老人負手而立，冷冷地望著梅吟雪。

梅吟雪冷笑一聲，緩緩道：「風老前輩，我此刻對你說的話，你切莫誤會，我絕非以救命恩人的身分對你說話，因爲我有心要救的根本不是你，我只是站在一個曾經同船共渡的人那種地位向你說話。」

風漫天面上陣青陣紅，梅吟雪接口道：「我一個弱女子，又敵不過你們的武功，你們說什麼，我自然無法反抗，我雖然不能活著見他，就請在我死後，將我的屍身帶去見他。」

麻衣老人道：「你想死在這裡麼？」

梅吟雪道：「此刻我別的事不能做主，要死總是可以的吧。」

麻衣老人道：「你死了之後，我一樣也是要將你的屍身送到船上，你死上十次，也是見不著他。」

梅吟雪人稱「冷血」，但這麻衣老人的血卻遠比梅吟雪還要冷百倍，梅吟雪滿腔悲憤，到了極處，口中輕輕一笑，道：「呀！你老人家真是位大英雄大丈夫……」突地拚盡全力、踢足、拍掌、戳指，一招三式，其急如風，向那麻衣老人擊去。

麻衣老人身形一滑，梅吟雪強攻而上，哪知風漫天突地搶步擋到她身前。

梅吟雪道：「好好，你們兩位都是大英雄……」

風漫天突地大聲道：「跟我來！」

梅吟雪、麻衣老人齊地脫口道：「哪裡去？」

風漫天沉聲道：「我帶你去見他！」

梅吟雪呆了一呆，大喜道：「真……真的？」

麻衣老人道：「不是真的！」

風漫天霍然轉身，面對那麻衣老人，目中射出逼人的光采，有如利劍一般刺在麻衣老人身上！

麻衣老人無動於衷，緩緩道：「絕情，絕慾，絕名，絕利！諸神島代代相傳的『四絕戒令』，閣下難道已忘記了麼？」

風漫天道：「未曾忘記。」

麻衣老人道：「那麼閣下為何……」

風漫天冷笑一聲，道：「風某四十年前，心中無名利色慾之念，但這『情』之一字，卻是再也絕不掉的，此番我帶她前去，一切後果，自有我一人擔當，不勞閣下費心。」

他目光瞬也不瞬地瞪著麻衣老人，麻衣老人的目光也冰冰冷冷地望著他，兩人目光相對，良久良久，麻衣老人道：「你既要自尋苦惱，我也只得由你……」目光一閃，轉向梅吟雪，冷冷道：「只怕你見著他後，更要傷心一些。」

話聲一了，當先向門外走去，梅吟雪、風漫天跟著他走下山巖，只見他貼著山巖，向左一轉，前行約莫十丈，突地頓住腳步。

風漫天一指他身旁的洞窟，道：「到了！」

梅吟雪喜極而呼，一步掠了過去，只見那陰濕黝黯的洞窟前，竟有一道銅柵，南宮平赤足麻衣，盤膝坐在銅柵裡，頭頂之上，紮著白布，布上血漬殷殷，梅吟雪心痛如絞，悲嘶道：「你……犯了什麼過錯，他們要將你關在這裡？」

南宮平面上肌肉，立刻起了一種痛苦的痙攣，但雙目仍然緊緊閉在一起。

風漫天道：「無論是誰，一入此島，都要在這洞窟裡坐滿百日，才能出去……」

梅吟雪雙手抓住銅柵，道：「你……你怎麼不張開眼來……是我，我來了……」

南宮平雙目緊閉，一言不發，梅吟雪雙手一陣搖晃，銅柵叮噹作響，淚珠簌簌流滿面頰，顫聲道：「你……你爲什麼不睬我……」

麻衣老人道：「你既已見過他一面，他既已不願理你，此刻你總該走了吧。」

梅吟雪霍然轉過身來，道：「好，我走，但我卻要問你一句，你解了我的毒，救了我的命，是否就是因爲他發誓答應你永遠不再理我？」

麻衣老人冷冷道：「你倒聰明得很。」

梅吟雪悽然一笑，望向南宮平道：「小平，你錯了，你難道不知道我寧願和你死在一起，死在你的懷裡，也不願被這雙髒手救活！」

南宮平面色又是一陣痙攣，只聽那麻衣老人道：「你離開此島後，死活都由得你，此刻你卻必定要走了！」

話猶未了，突地一指點向梅吟雪「肩井」大穴。

風漫天大喝一聲：「且慢！」掌中木杖一伸，擋住了麻衣老人的手指。

麻衣老人道：「風兄，你如此做，你難道忘了……」

風漫天望也不望他一眼，冷笑道：「忘了什麼？」

麻衣老人道：「你難道忘了此島的禁例，以你兩人之力，便想和諸神島的禁例對抗，豈非做夢？若是驚動了大殿上的長老，到那時你兩人求生不得，求死也不能，不但害了自己，也害了別人了。」

風漫天面色一陣慘變，緩緩垂下木杖。

梅吟雪道：「小平，你不願意和我死在一起麼？我們一起死了，也遠比在這裡受罪好得多，你若張開眼睛看我一眼，我死了也心甘情願，你……」

哪知南宮平雙目仍然閉在一起。

梅吟雪慘然道：「人生最大便是一死，你那誓言真有那麼嚴重麼？」

南宮平有如死了一般，麻衣老人冷笑道：「你一心想死，別人卻不願死哩。」

梅吟雪呆了半晌，突地反手一抹淚痕，道：「好！我走！」

麻衣老人道：「隨我來！」兩人一齊向海邊走了過去。

梅吟雪芳心寸斷，再也未曾回頭，目中的眼淚盛眶而轉，卻再也沒有一滴流落下來。

南宮平只聽她腳步之聲，漸行漸遠，緊閉的嘴唇，才微微開了一線，顫聲道：「吟雪，我……我對不起你……」兩道鮮血，順著嘴角流出，恰巧與頰上流下的眼淚混在一處。

風漫天木立當地，有如死了一般緩緩道：「但願她能瞭解你我的苦衷……」

南宮平流淚道：「我知道她必將恨我一生，我也絕不怪她，但是……但是我多麼願意她知道我這麼對她，是爲了什麼！」

風漫天目光遙望雲天深處，一字一字地緩緩道：「她永遠也不會知道的……」

梅吟雪真的永遠也不會知道麼？她此刻已孤獨地飄流在那茫茫的大海上，是生是死，都難以預測，只怕她也只是永遠帶著那一顆破碎的心，直到生命的末日了！

但是，南宮平、風漫天，這兩個頂天立地的男兒，卻又爲了什麼要如此做呢？他們不是曾經都有那種含笑面迎死亡的俠心與傲氣麼？

洞窟中的陰濕黝黯，幾乎是令人難以忍受，四面滿長著青苔，到了夏日，蚊蚋蟲蟻，到處橫行，更是令人難堪。

南宮平死一般坐在洞中，先些日子他神色間還會露出許多痛苦的情感，到後來他情感生像是也完全麻木。

洞外浮雲悠悠，風吹草動，他望也不望一眼，季節由暮春而初夏，初夏而盛夏，他身上的麻衣，早已變得又酸又臭，到後來幾乎變成破布，他也全不放在心上，每日由那「獸人」送來的一盤食物，更是粗糲不堪，幾乎令人難以下嚥，他卻甘之如飴。

這其間他心緒和意志的變化，是多麼強烈，他自己也不知道，他只知道頷下漸漸生出了鬍鬚，他的確是蒼老了許多。

自那日後，他便再未見到風漫天，也未曾見過麻衣老人，朝來暮去，也不知過了多久，有一日他靜坐調息，漸入物我兩忘之境，突聽「嘩」地一聲，銅柵大開，那麻衣老人，立在洞前，道：「恭喜閣下，正式成爲諸神島上一員。」

他口中在說恭喜，語氣中卻無半分喜意，南宮平木然站了起來，眼角也不望他一眼，麻衣老人道：「自今日起，閣下便可換一個居處了。」

南宮平跟著他沿著清溪，走向繁林，只見這一條漫長的通路，沒有一塊亂石，沒有一片碎葉，走了半晌，林勢一開，一片寬闊的空地上，圍著四行木屋，每行約有二、三十間，每間木屋的門口，都筆筆直直地坐著一位麻衣白髮的老人！

這些老人高矮胖瘦不一，但面上的表情，卻都是冰冰冷冷，全無一絲情感，有的呆坐望天，有的靜著看書，數十人坐在一起，卻聽不到一絲語言之聲，南宮平走過他們身邊，他們看書的仍在看書，呆坐的仍然呆坐，沒有任何一人轉動一下目光，去看南宮平一眼。

麻衣老人將南宮平帶到角落一間木屋，只見門上寫著兩個大字：「止水」，麻衣老人道：「這便是你的居處。」抬手一指「止水」兩字，接道：「這便是你的名字，到了時候，我自會帶你入殿，但未到時候，你卻不得走離此間一步。」

南宮平「哼」了一聲，算做答話。

麻衣老人道：「你可有什麼話要問我麼？」

南宮平冷冷道：「沒有！」

麻衣老人上下望了他一眼，道：「好！」轉身走入濃林的更深之處，這裡所有的老人身上麻衣，全是黃褐顏色，但他身上的麻衣，卻染成了深紫，原來他是這島上的執事人其中之一，是以他衣服的顏色，也和別人不同。

這島上執事人只有七個，風漫天與他俱是其中之一，每個執事之人，都有一個弟子以供驅策，那怪物「七哥」與那「金毛獸人」也都是那七個弟子其中之一。

這些事南宮平自然要等到以後才會知道，此刻他輕啓房門，只見房中四壁蕭然，僅有一塌，一几，一凳，矮几上放著一襲麻衣，一雙木筷，一個木碗，一簿絹書，矮几下是一雙麻鞋，那張床長不滿五尺，上面一無被褥，只有一張薄薄的草薦。

他轉眼凝望那些靜坐如死的麻衣白髮老人，暗忖道：「這難道就是武林中傳說的聖地『諸神殿』？這難道就是『諸神殿』的生活？難怪風漫天離此地越近，憂鬱便越重！只因此地除了他之外，再無一人有人類的情感！」

只是那百日絕情窟囚居，已使他學會忍耐，他搬起了凳子，拿起了絹書，竟也學那些老人一樣，坐在木屋的門口，隨手一翻那簿絹書，他的心卻不禁劇烈地跳動起來，只見書上赫然寫著：「達摩十八式。」

要知「達摩十八式」本是少林絕藝，當今武林中，見過這種絕技的人已是少之又少，會的更是絕無僅有，這本薄薄絹書若是出現於中原武林之中，立時便會掀起一陣巨浪，不知有多少武林高手，將為爭奪此書而喪生，但此刻在諸神島上，這本武林中人人夢寢以求的秘笈，卻像是廢紙一般地隨處置放著。

南宮平目光再也不願自書上移開，他全心全意都已沉迷於這種武功的奧秘中，到了中午，那金毛獸人提來兩桶鐵桶，老人們便自屋中取出木碗木筷，每人盛了一碗，他們行路，進餐，進退，坐下，無論做什麼事，全是沒有一絲聲音發出，彼此之間，誰也不向誰問上一句。過了三日，還未黎明，那「金毛獸人」便將每人屋中的絹書換了一本，南宮平心中方自懊惱，哪知展開新換的絹書一看，卻是「無影神拳譜」，更是久已絕傳於世的武功秘技。這樣過了五六十天，南宮平几上已換過二十簿書，每一本俱是武林罕見的武功秘技，南宮平咬緊牙根，全都記了下來。

要知道這些老人未入諸神島前，俱都有過一陣輝煌的往事，俱都是曾經叱吒一時的武林高手，一入諸神島後，誰也不能再活著離開這裡，是以這些在人世無比尊貴的武功秘笈，在這裡才會看得如此輕賤，有的人只是視爲消遣，有的人根本不看。

朝來暮去，又不知過了多久，南宮平竟未聽到一句人語，有時他甚至忍不住要猜這些老人俱是行屍走肉，根本已無生命。有一日驟然下雨，這些老人卻渾如不覺，沒有一個人入屋避雨，到了深秋，他們仍只穿一襲麻衣，誰也沒有畏寒之態，但南宮平卻不禁冷得發抖，只得暗中運氣調息，三五日後，他居然也習慣了，他這才知道自己的武功已有驚人的進境，那些驚人的武功秘笈，已像是島上那些粗糲的食物一樣，在他身體裡消化了。

於是他睡得更少，吃得也更少，但精神卻更加健旺，有時夜深夢回，那些痛苦的往事，一齊回到他心裡，他也只是咬緊牙關，默默忍受，對於未來的前途，他心中只覺一片茫然。

一日清晨，他猝然發覺對面木屋中的老人已不在了，誰也不知道這老人去了哪裡，誰也沒有動問一句，生死之事，在這些老人心裡，淡薄得就像是吃喝睡覺一樣，似乎就算有人在他們面前失去首級，他們也不會抬起眼睛去望上一眼。

匆匆便又過了百日，清晨時，那麻衣老人突又在南宮平門口出現，道：「跟我來！」

南宮平問也不問，站起身來就走，走過廣場時，他突地發現那些老人中，竟有幾人抬起頭來，向他望了一眼，目中似乎微微露出一些羡慕的神色，南宮平不禁大奇：「原來這些人也有情感的，只不過大家都隱藏得很好而已。」轉念又忖道：「他們羡慕的什麼？難道是我將去的地方？」

又是一條漫長而淨潔的小徑，風吹林木，簌簌作響，樹葉已微微黃了，天地間更充滿著肅殺神秘之意，南宮平知道自己這便要進入島上的心臟地區——諸神之殿——心中也不禁有些緊張。

突聽一陣皮鞭揮動之聲，自樹木深處傳出，南宮平斜目望去，只見一株大樹的橫枝上，垂著一根白線，線上竟吊著風漫天龐大的身軀，「金毛獸人」手揮一根蟒鞭，不住在風漫天身上鞭打，口中喃喃數著：「二十八……二十九……」突地白線斷了，風漫天「撲」地落到地上，「金毛獸人」一聲不響，又在樹上掛起一條白線，風漫天縱身一躍手握白線，懸空吊起，「金毛獸人」蟒鞭又復在他身上鞭打起來，口中道：「一……二……」竟然重新數起。

那白線又柔又細，蟒鞭卻是又粗又大，風漫天縱有絕頂功力，能夠懸在線上已大是不易，何況還要禁受蟒鞭的鞭打？

南宮平頓足看了半晌，掌中已不禁沁出冷汗，但風漫天卻面容木然，默默忍受，有如頑童忍受父母師長的鞭打一樣。

鞭風呼嘯，啪啪山響，南宮平實在不忍再看。

麻衣老人冷冷道：「每日三十六鞭，要打三百六十日，白線一斷，重新來過，要在此地犯規的人，需得先問問自己，有無挨打的武功與勇氣。」

南宮平閉緊嘴巴，一言不發，樹林已到盡頭，前面山峰阻路，卻看不到屋影，只見麻衣老人伸手在山壁上一塊圓石上輕拍三掌，一塊山壁，便奇蹟般轉動起來，露出一條通路，南宮平大步而入，只聽「啪」地一聲，山壁又立刻合了起來。

秘道中瀰漫著一種異樣的腥臭之氣，一盞銅燈，在一丈前的山壁上閃發著黯淡的光芒，盡頭處卻是一扇銅門。

南宮平回首望去，那麻衣老人竟已蹤影不見，這裡的每一件事，俱都出乎常理之外，他索性處之泰然，大步向前走去，只聽山腹中傳出一陣尖銳的語聲，道：「你來了麼？」

語聲未了，密道盡頭的銅門，霍然大開，南宮平早已將什麼都不放在心上，昂首走了進去，只見這銅門之中，又是一條甬道，但甬道兩旁，卻蜂巢般開展著無數個石窟，上下兩排，也不知共有多少，有的石窟中有人，有的石窟中無人，有的石窟中燈火明亮，有的卻是陰森黑暗。

只聽那尖銳的語聲道：「一直走，莫回頭！」南宮平大步而行，索性看也不看一眼，心中卻不禁暗中嘆息：「諸神殿！這就是『諸神殿』，若叫武林中人見了，不知如何失望……」

心念尚未轉完，只聽一聲：「這裡！上來！」聲音發自高處。

南宮平仰首望去，只見甬道盡頭的山壁上，亦有一處石窟，離地竟有數丈，南宮平縱身一躍，他本待在中間尋個落足換氣之處，哪知一躍便已到了洞口，他微一擰腰，嗖地掠了進去，他知道他已進入了控制著這神秘之島的神秘人物的居處了。

石窟中的腥臭之氣，更是濃烈，左首角落，垂著一道竹簾，竹簾前一張高大的石案後，露出一顆白髮蒼蒼的頭顱，深目獅鼻，目光如電，額角之寬大，幾已佔了面部一半，那兩道厲電一般的目光，冰冰地凝注在南宮平身上。

南宮平只覺全身彷彿俱已浸入冰涼的海水裡，不由自主地躬身道：「在下南宮平……」

白髮老人輕叱一聲，道：「止水，你名叫止水，記得麼？你一入此島，便與世俗紅塵完全脫離，必須將以前所有的一切俱都忘去，知道麼？」語聲尖銳急快，另有一種神秘的魔力！

南宮平垂手不語，目光直望著白髮老人，他心中一無所懼，是以目光亦甚是坦蕩、明銳。

白髮老人突地展顏一笑，道：「你能住在『止水室』中，當真可喜可賀，你可知道『止水室』以前的主人，便是神鵰大俠……」

南宮平冷冷道：「世俗紅塵中的聲名榮譽，在下早已忘了。」

白老人大笑道：「好好。」南宮平一入此島後，第一次聽到大笑之聲，心中不覺甚是驚奇，只聽他笑道：「就憑此話，該喝一杯！」雙掌一拍，道：「酒來！」此地居然有酒，南宮平更是奇怪。

只見竹簾一掀，一個四肢細長彎曲，全身綁住白布，面目既不像人，亦不像獸，僅有一堆灰髮，一雙碧眼，和一張幾乎無唇的闊口的「人」，手裡托著一隻木盤，盤上有杯有酒，輕輕走了出來，又輕輕走了回去。

南宮平心頭立刻便又泛起那種厭惡恐懼之感，只是此「人」手掌竟只有兩根指頭，耳朵尖尖細細，滿生細毛。

這些日子來他已見過許多半人半獸的怪物，但此刻這怪物卻尤其可怖，白髮老人見了他的面色，哈哈笑道：「你以前有曾見過這樣的人類麼？」

南宮平道：「在下還未不幸到那種程度！」

白髮老人手掌一揮，一滿杯酒便平平穩穩飛了過來，彷彿下面有人托著似的。

南宮平一飲而盡，酒味辛辣奇異。

白髮老人笑道：「是了，你自然未曾見過，你可知道，這哪裡是人，牠根本就是隻野獸……」

南宮平心頭一寒，道：「如此說來，那『七哥』以及那……」

白髮老人縱聲笑道：「那些也全都是野獸，老夫一生致力『華陀神術』，費了數十年心血，才將十餘隻野獸創造成人……」

南宮平駭然道：「但……」

白髮老人道：「百十年前，武林曾有一人，能將人類肢體隨意移動，他能將你的手掌移植到頭上，鼻子移植到手上，而且讓它在那裡生長，於是他便造成了不少妖物，他自己在世人眼中，也變成了妖物。」他得意地一笑，接著道：「但他這種技巧，與老夫相比，卻仍是望塵莫及，只因他這不過只是將皮膚甚至骨骼移植，造成畸形之人，而老夫卻是將人類的生命，賦與野獸，想來縱然華陀復生，也未見得能有老夫今日的成就！」

南宮平越聽越是心寒，他這才知道風漫天將獅虎狼豹等野獸運到此間的用途，也明白了那腥臭之氣的來源。

只見白髮老人笑容一頓，面容突地變為陰森憤怒，緩緩道：「世人如此不幸，便因為世上庸醫太多，老夫八十年前，便被庸醫害了，是以不惜千辛萬苦，尋得『華陀神經』，二十年前，老夫已將山羊變為駱馬，駱馬變為山羊，今日老夫卻已將改變牠們的頭腦與喉舌，賦予牠們人類的聲音與思想，換而言之，老夫若要將人類變為野獸，自然更是容易得很……」南宮平只覺四肢冰冰冷冷，他自入此島後，見的怪事實在太多，雖然早已見怪不怪，但此刻聽了這種聞所未聞，駭人聽聞之事，仍不禁為之微微顫抖起來，彷彿自人間突地進入魔獄，幾乎忍不住要奪門而出。

白髮老人展顏一笑，道：「這些玄妙的道理我此刻對你說來，還嫌太早，但日後你自會懂的，這島上之人，雖然人人俱曾是武林名人，能入此室，卻並不多，數十年來，島上的一切開支，均賴你南宮世家接濟，是以老夫對你特別優待一些。」

南宮平道：「在下一入此間，一心已無別念，但卻有一事，始終耿耿在心，只望能見到我那大伯父一面！」他此話說來，表面上雖然平平靜靜，其實心中卻激動異常，要知他那時不肯張開眼睛去看梅吟雪一眼，爲的便是他大伯的安全。

原來那日，海面嘯聲一起，他心神大是分散，是以一掌僅將自己震暈，等到他醒來之時，只見船上已多了個麻衣老人，正在爲風漫天解救毒性，當時他心中大喜，一躍而起，道：「老前輩可有多餘的解毒靈藥麼？」

那麻衣老人道：「你身未中毒，要這解毒靈藥作甚？」

南宮平一指梅吟雪道：「但……」

那時他話尚未曾出口，麻衣老人便已冷冷道：「這女子與諸神島一無關連，我爲何要解救於她？」

南宮平再三哀求，麻衣老人卻有如不聞不問，南宮平惶急之下，動手去奪，卻又不是那麻衣老人的敵手，只得一把抱起梅吟雪的屍身，便要與梅吟雪死在一處。

麻衣老人那時面色才微微一變，道：「你既有與她同死的勇氣，卻不知你有無把她救活，犧牲自己的勇氣？」

南宮平自是斷然應了，麻衣老人道：「你若是答應此後，永遠效忠『諸神島』，再不理她，我便把她救活。」南宮平爲了梅吟雪的性命，自然無不答應，哪知麻衣老人卻又冷冷道：「你此刻雖然答應，但到時你一聽到她的聲音，只怕立刻便將此刻所說的話忘了，你此刻雖然一心想要救活她的性命，但等到勢必要與她分手之時，只怕又寧願和她作一對同命鴛鴦，一齊去死了。」

這老人雖然冰冰冷冷，但對少年男女的心理，卻瞭解得甚是透徹，當下南宮平愕了一愕，尋思半晌，竟答不出話來。

只聽麻衣老人道：「但只要你發下重誓，老夫卻不怕你違背誓言，只因在『諸神島』上若有一人違誓，那麼他島上所有的親近之人，都要受到株連，你可知道你島上有什麼親人麼？」

南宮平道：「我島上哪裡有……」突地想到南宮世家中先他而來的大伯父，豈非是自己的骨血親人？立時改口道：「我知道。」

麻衣老人道：「知道便好。」當下南宮平便發下重誓，船至「諸神島」，麻衣老人為他紮好頭頂傷口，令他換了衣服，便將他帶到那山窟之中，等到梅吟雪來了，他雖有千百次想睜開眼睛，與梅吟雪共生共死，但他又怎忍為自己的私情，害得他嫡親的大伯父去應那殺身重誓，他自己雖不將生死之事放在心上，但他對別人的生命，卻看得甚是珍貴。

他心頭有許多話，卻要等到見著他大伯父時詢問，此刻只聽這「諸神島」上，神秘的主宰白髮老人道：「你可想見一見你的親人麼？」

南宮平道：「正是！」

白髮老人冷冷一笑，道：「你既然已將往事全都忘去，卻為何還要想見你世俗中的親人？」

南宮平愕了一愕，只見白髮老人面色一沉，正色道：「你要知道，我要求『諸神島』上，人人俱都忘了一切，完全做到絕情、絕慾、絕名、絕利之境界，是爲什麼？而凡是被我邀入此島上的人，卻又全都是久經滄海的武林精英。」

南宮平冷冷道：「這道理何在，在下實是不知，也想不透前輩可以用什麼話來解釋！」

白髮老人道：「只因我要在這『諸神島』上，建立許多前無古人，後無來者的事業，我要求島上每一個人，都能發揮他全部的力量，完全不受外物的騷擾，我這事業若是成功，古往今來的帝王名將的功業與我相比，都將要黯然失色，只可笑武林中人，卻將這『諸神殿』視作隱居避世之地。」

南宮平忍不住脫口問道：「什麼事業？」

白髮老人目光一亮，道：「每個人童年中俱有許多幻想，長大後這些幻想就會變得更加美麗，你童年時是否也曾幻想過煉鐵成金，隱形來去，這些虛無縹緲的荒唐無稽之事？」

南宮平在心中微笑一下，道：「不錯！」

白髮老人道：「煉鐵成金，隱身來去，這兩件事已可說是人類最通俗的幻想，無論什麼人，他一生之中，在他心底深處，必定都曾有過這種幻想，但還有些事雖不如這兩事那般通俗，想起來卻更令人興奮，有的人幻想不必讀書，只要將書本燒成紙灰，和水吞下，便可成爲博學通才，有些人幻想燈火毋庸油蠟，便可大放光明，有些人幻想車馬能飛，任憑你遨遊天下，有些幻想只要吃下一顆丸藥，便可變成極爲聰明，或是便可終年不吃食物。」

他語聲微頓，接口道：「從前有個笑話，你必定聽過，那人說若是眉毛生在手指上，便可以用來擦牙齒，若是鼻孔倒生，鼻涕便不會流出來，若是眼睛生得一前一後，便再也用不著回頭，這笑話便是我的幻想，但這幻想卻已變爲事實，你此刻若想將眉毛移到指上，鼻子位置倒轉，老夫立時便可爲你做到，不信你大可試上一試。」

他肩頭一動，似乎便想站起，南宮平道：「在下覺得還是讓鼻涕流下好些，回頭也不太麻煩。」

白髮老人哈哈一笑，道：「不但老夫這幻想已成實現，便連那些虛無縹緲，荒唐無稽之事，此刻也已都將實現。」

南宮平心頭一跳，大駭道：「真的麼？」

白髮老人道：「我將那些人的俗塵全都洗淨後，便要他們來研究這些工作……」他舉手一指甬道兩邊的石窟，接道：「那些洞窟，便是他們的工作之處，你且瞑目想上一想，這些幻想實現之後，這功業豈非足以流傳百世。」

南宮平呆呆地望著這老人，亦不知他究竟是超人抑或是瘋子。

只見白髮老人面色突又一沉，揮手道：「今日我話已說得太多，耽誤了不少工作，你進入此間後，言語行動，已無限制，但每年卻只能見著天光一次，此刻你不妨去四下看看，然後隨意選個石室住下，等到明日，我再喚你。」

南宮平滿心驚愕，依言躍下，望著那兩排石窟，想到這些石窟中正在進行的工作，他心中雖然充滿好奇之心，卻又不敢去面對他們，只因他實在不敢想像，這些幻想若是真的變成事實，到那時這世界會變成什麼樣子？心念一轉，又忖道：「難怪風漫天要買那許多奇怪的東西，難怪『群魔島』要極力阻止那批珍寶運來，想來『群魔島』必定已知道一些這裡的消息，生怕他們這些幻想，真的成功，到那時『群魔島』上的人，豈非要變作『諸神殿』的奴隸！」

思忖之間，他腳步不覺已走近第一間石窟，只見這石窟甚是寬大，昏黃的燈光下坐著兩個老人，桌上滿堆著書紙與木塊，見了南宮平，也不覺驚奇，南宮平不敢問起他們以前的名字，只是期艾著問了問他們此刻的工作。

其中一個老人便耐心向他解釋，他們是在研究一種建築房屋的新法，先從屋頂開始，依次往下建築，最後作地基，他又解釋著說，這種方法和世間兩種最精明的昆蟲——蜜蜂和蜘蛛——的建築方法完全相同。

南宮平茫然謝了，走到另一間石室，只見室中滿堆著薄薄的麵餅，和無數大小不同的瓦罐，兩位埋頭工作的老人，告訴南宮平，他們已將研究出一種神秘的藥水，即以筆蘸著這種藥水，將經典書籍寫在麵餅上，然後絕食十日，吃下麵餅，所有的知識，便會深入心裡，十年寒窗的成就，你只要吃下幾頓麵餅，便可代替，此時那藥水的份量雖然還未完全配妥，絕食十日也不太容易，但成功的日子，卻已定必不遠了。

南宮平又茫然謝了，另一間石室中，燈火通明，有如白晝，四下零亂地掛著無數個水晶瓶子，瓶中盛放著各種顏色的藥水，一眼望去，但見四下五光十色，色彩繽紛，當真是美不勝收。但在這石室中的老人，卻是枯瘦憔悴不堪，宛如鬼魂一般，頷下白鬚，幾乎已將垂在地上，原來這老人苦心研究隱身之術，已有六十餘年，一見南宮平，便拉著南宮平談論隱身之道，那道理端的奇妙得無法形容，南宮平全神凝注，卻也聽不甚清楚，只知道他說若是能使人身完全透明，比水晶還要透明，那麼別人便再也看不到他了。

出了這間石室，南宮平更是滿心茫然，此後他又見到以洪爐煉金的術士，坐在黑暗中幻想的哲人，以及許多千奇百怪，聞所未聞見所未見之事，他心中更是其亂如麻，哭笑不得，更不知這老人究竟是超人還是瘋子，也不知道這些工作究竟有沒有實現的一天。

只是他心中卻仍存有著一種不可抑止的好奇之心，不由自主地自下層石窟轉至上層，他聳身一躍而入，只見這石室中陰森森黝黯，彷彿一無人跡，方待轉身躍去，突聽黑暗中響起一個低沉的語聲，道：「誰？」

南宮平凝目望去，只見黑暗的角落裡，有一條人影背牆而坐，牆角中也零亂地堆積一些瓶罐，他心中暗暗忖道：「不知這個瘋子又在研究什麼？」當下簡略的將來意說了出來。

只聽那低沉而嘶啞的語聲道：「我正在研究將空氣變爲食物，空氣……你可知道空氣是什麼！空氣便是存在於天地間的一種……」語聲突地一頓，緩緩轉過身來，顫聲道：「平兒，可……是……你麼……」

南宮平心頭一震，倒退三步，道：「你……」突地一腳踏空，陡然落了下去，他猛提真氣，凌空一個翻身，嗖地又躍了上來，只見黑暗中這條人影髮髻蓬亂，目光炯炯，有如厲電一般，瞬也不瞬地望著自己。

這目光竟是如此熟悉，刻骨銘心的熟悉，南宮平凝注半晌，身子突地有如風吹寒葉般簌簌顫抖起來，道：「你……你……」大喝一聲：「師傅！」和身撲了上去，噗地跪倒地上——

坐在那陰黯的角落裡，這潦倒的老人，赫然竟是南宮平的恩師——那名傾天下，叱吒武林的江湖第一勇士，「不死神龍」龍布詩！

此時此地，他師徒兩人竟能重逢，當真是令人難以想像之事。

兩人心中，俱是又驚、又喜、又奇，有如做夢一般，甚至比夢境還要離奇，卻又是如此真實。

南宮平道：「師傅，你老人家怎地到了這裡？」

龍布詩道：「平兒，你怎會到了這裡？」他心中的驚奇，當真比南宮平還勝三分，他再也想不到方自出道的南宮平，怎會到了這退隱老人聚集的「諸神島」來。

當下南宮平定了定神，將自己這些天的遭遇，源源本本說了出來，又道：「徒兒還有一事要上稟你老人家，徒兒已成婚了。」

龍布詩又驚又喜，問道：「那女子是誰？」

南宮平道：「梅吟雪！」

龍布詩更是驚奇，直到南宮平又將此事的經過完全說出，龍布詩方自長嘆一聲，道：「人道紅顏多薄命，這女子卻真是薄命人中最薄命的人，我只望她能有個安靜幸福的暮年彌補她一生中所遭受的不幸與冤枉，哪知……」乾咳一聲，不再言語。

南宮平亦是滿心愴然，師徒兩人相對默坐，心中俱是悲哀愁苦，只因他兩人生命中的情感生活，俱都充滿了悲哀與痛苦。

南宮平抬眼望處，只見龍布詩萎然盤坐，滿面憂傷，不知比在華山之巔離別時蒼老了多少，心中不禁也甚是難受，立刻錯開話題，問道：「徒兒曾見到那『天帝留賓』四字，還以爲你老人家已到了另外一處神秘的地方，不知那日在華山之巔，究竟發生了什麼事？師傅你老人家又怎會到了這裡？」

龍布詩眼簾一闔，垂下頭去，喃喃道：「華山之巔，華山之巔……」隨手一抹眼角，默默無語。

南宮平知道他師傅自華山之巔來到此地的經過，必定充滿了驚險、離奇之事，是以才錯開話題，讓他師傅藉著談話來忘去心中的憂鬱，此刻見了他這般神情，才知道這段經過中充滿的又只是悲哀與痛苦之處，是以他也不敢再問那「丹鳳」葉秋白的下落。

也不知過了多久，只聽龍布詩長嘆一聲，道：「四十年前，我初次聽到『諸神殿』三字的時候，便對此地充滿了幻想，今日我已真的到了此地，卻對此地失望得很，但……唉！卻已遲了。」

南宮平心念一轉，強笑問道：「師傅，那『空氣』是否便是充沛於天地間的一種無形氣體，你老人家卻又能用什麼方法將之變爲食物？空氣真能變爲食物，那麼天下豈非再無饑民了。」

龍布詩果然展顏一笑，道：「平兒，你可知道這島上之人大多全是瘋子，不是瘋子的人，經過那數百日的幽禁，洗塵，過著那墳墓中死人一般的生活，只怕也差不多了……」南宮平想到那些坐在木屋門口的麻衣白髮老人，那種寂寞得不堪忍受的生活，不禁長嘆一聲。

龍布詩又道：「這些瘋子中最大的瘋子，便是那大頭島主，在此島上，在他統轄之下，誰的心智清醒，誰便是瘋子，爲師到了這裡，見到這般情況，實在無法整日面對著那些行屍走肉一般的老人，寧願獨自思索，便對那島主大發荒謬的言論！」

南宮平笑問：「什麼言論？」

龍布詩道：「爲師對那島主說，花草樹木，之所以生長繁榮，便是因爲吸入了空氣中的養份，人們若是將風露中的一種神秘物質提出凝固，做成食物，那當真不知要節省多少人力、物力，而且天地間滿是風露，取之不盡，用之不竭，亦不知可救活多少餓民。」

他語聲微頓，大笑道：「那島主聽了爲師這番言論，果然大是興奮，大表欽服，認爲是空前未有的偉大計劃，是以不經手續，便將爲師請來這裡，一切東西，都任憑爲師取用，是以我這裡才有許多美酒。」他雖然大笑不絕，但笑聲中卻充滿了蕭索與寂寞，這名滿天下的武林第一勇士，於今竟然也藉酒澆愁，南宮平雖想隨他一齊大笑，卻無論如何也笑不出口。

這「諸神島」上的人，是天才抑或是瘋子，是自得其樂的強者，抑或是無可奈何的弱者，南宮平實在分不清楚。

龍布詩聽他長嘆了一聲，笑聲也為之一歛，正色道：「平兒，為師雖然日臥醉鄉，但卻始終未曾失望灰心，時時在伺機而動，那島主若再喚你，你便可求他將你派來此地與為師一齊研究這『神秘的食物』，約莫再過數月，便是一個機會，那時我師徒能在一起，機會便更大了。」

南宮平精神一振，大喜應了，原來這諸神島上，每年俱有一次狂歡之日，到那時，這些老人雖然僅有狂歡之名而無狂歡之實，卻至少可以隨意活動。第二日島主果然又將南宮平喚去，他對南宮世家的子弟雖似乎另有任務，但聽了南宮平也要去參與那「偉大的計劃」，當下便立刻應了。

黝黯的洞窟中，日子當然過得分外緩慢，但南宮平此時卻也早已學會忍耐，朝來暮去，也不知過了多久，他只覺一切都是那麼平靜，平靜得絲毫沒有變化，只有那島主不時將他喚去，但只是出神地凝望他幾眼，淡淡地詢問幾句，他發覺這奇異的島主那明亮的眼神中，竟漸漸有了混亂與憂鬱，而他每去一次，這種混亂與憂鬱都已增加一分，他不禁又在暗中驚疑：「難道這島主已發覺島上潛伏的危機？」

這些日子裡，龍布詩極少說話，對於即將來到的計劃，他已只說了「隨機應變」四字。

南宮平卻默習著他已背熟的那些武功秘笈，他只覺目力漸明，身子漸輕，卻也無法探測自己的武功究竟有了怎樣的進境，有時他也會想起那些遠在千里之外的故人，便不禁為之暗中嘆息。

十八　諸神島主

這一日他正在靜坐之中，突聽島上響起了一片鼓聲，接著微風颼然，那麻衣老人飄身而上，目光四下一掃，緩緩道：「日子到了！」

他面色雖木然，但眼神中卻似蘊藏著一種神秘的光芒，彷彿已看破了許多秘密，南宮平心頭一震，脫口道：「什麼日子到了？」

麻衣老人冷冷道：「隨便要做什麼，日子都已到了。」袍袖一拂，飄身而下。

南宮平怔了一怔，喃喃自問：「他究竟已知道了多少？……」

只聽身後冷哼一聲，龍布詩道：「無論他知道了多少，今日之後，他就要什麼都不知了。」

南宮平慄然問道：「將他除去？」

龍布詩沉聲道：「不錯！」輕輕一拍南宮平肩頭：「待機而動，隨機應變，若是看不到船隻木筏，便是游水也要離開此地！」

南宮平聽得出他師傅語氣中的決心，在有這種決心的人眼中看來，世上又有何難事？只見龍布詩雙臂一振，骨格山響，有如一隻出柙的猛虎般，掠出了這陰黯的洞窟，地道中已有許多個沉默的老人在無言地行走著，除了一雙雙明銳的眼睛外，這些老人當真有如一群方自墳墓中走出的行屍。

山窟的密門，早已敞開，南宮平一腳跨出，清風撲面而來，這一陣清風，倏地激發了他生命的活力。游目四望，四下又是一片青蔥，他暗中自誓，為了換取這一份享受生命的自由，他不惜犧牲一切。

然而那群老人，卻仍是呆板而僵木的，只有他們頷下的長髯，和綠葉一齊在風中飛舞。

穿過綠葉蒼蒼的林木，又到了那一片竹屋，但此刻這些簡陋的竹屋，景象卻已大不相同。這裡並沒有豪華的佈置與珍寶的陳設，但在竹屋前的空地上，卻堆滿了食物與鮮花，熊熊的烈火上，正烤著整隻的牛羊獐鹿，一陣花香與肉香，混合在清新的微風中，使得這本是死氣沉沉的地方，突然變得充滿了生機與活力。

只因這才是這些老人真正需要的東西，世人所珍惜的豪華珍寶，在這些老人眼中，實是不值一顧——老人們對珍寶金銀，雖通常都有一份不必要的貪婪，然而他們對於酒和美食的偏愛，卻又通常在珍寶之上，何況世人所珍惜之物，在這裡本是一無用處。

那低沉的鼓聲突地停頓，「狂歡」的日子立刻開始，酒肉與生機的刺激，終於使得這些老人面上漸漸有了光采，但他們彼此之間，卻仍然絕不交談，「言語」在這裡，似乎已變為一種極為奢侈的享受。

南宮平放眼四望，突地發覺在一些衣衫較爲潔淨，也就是還未進入那山窟中去的老人的眼色間，似乎在彼此交換著一種奇異的目光，交換著一種不足爲外人知道的秘密，南宮平心頭一動：「難道這些老人也已不能享受這種生活，而想藉機逃走？」

於是他立刻發覺在這肉香與花香之間，竟隱藏著一種危機與殺氣，他心房怦然跳動，轉目四顧，龍布詩卻已不知走到哪裡去了。

他雙眉一皺，悄然後退，想去尋找他師傅的行蹤，哪知他方才退到樹叢，突聽樹叢中輕輕一笑。

笑聲在這島上，當真比雷鳴獸吼還要震人心弦，比鳳嘯龍吟還要珍貴希罕，南宮平心頭一震，霍然轉身，只見風漫天斜斜倚在一株巨樹下，他衣衫神情，俱已狼狽憔悴不堪，顯見已不知受過多少日子的折磨，頷下的虬髯，也變得亂草般令人不快，但是，他的那一隻未被眼罩遮蓋的眼睛，卻仍散發著逼人的光采，鋒利得一眼便能看入你心底深處。

南宮平心頭一陣堵塞，他忽然發覺他終是還不能麻木自己的情感，他緩緩俯下身子，哽咽道：「前輩，爲著我們，你受了苦了。」

風漫天微微一笑，緩緩道：「受苦？……」他笑容裡突地充滿了尖銳的譏諷，接道：「受些苦反而好，這些痛苦，已將我快要麻木的情感刺得復活了，這些痛苦，刺得我終於生出反抗的勇氣！」

他彷彿在喃喃，但忽然間，他目光又變得利劍般敏銳。

他一把抓著南宮平的臂膀，興奮地說道：「孩子你看，那邊那些老人，你可看得出他們有什麼異樣麼？」

南宮平覺察出他語聲中的興奮，也想起那些老人目光中的神秘之色，刹那間，他心念也怦然跳動起來，脫口道：「你們要……」

風漫天頷首道：「不錯！我已偷偷地搧動起他們的怒火和野心，今天，就在今天，這島上立刻就要有一場好戲，不是住在山窟裡的那群瘋子，立刻滾到地獄裡去，便是我們死！就算死，也要比這樣不死不活地活下去好得多，是麼？」

南宮平贊同地點了點頭，立刻便又想起一事：「船呢？這裡有沒有船……」

風漫天道：「船！要做什麼？」

南宮平怔了一怔，道：「沒有船，怎能回去，難道有誰能插翅飛越這萬丈汪洋不成？」

風漫天哂然一笑，冷冷道：「回去？誰說要回去？」

南宮平又是一愣，只聽風漫天長嘆一聲，道：「你可曾想過，若是讓這些怪異的老人一齊回到中原，那麼武林中將會惹起怎麼的風波？」南宮平默然垂下頭去，他實在連想也不敢去想。

風漫天展顏一笑，振衣而起，他鐵拐已失，此刻支著一枝短杖，笑道：「先去飲酒，靜觀好戲。」

南宮平道：「前輩……」

風漫天道：「你的心事，我已知道，只可惜無舟無船，你也無法回去的。」短杖一點，飄然出林。

南宮平木立在巨樹的濃蔭下，心事有如潮水一般突地湧起，過了半晌，突聽鼙鼓之聲又起，五個麻衣黃冠的老人，並肩前行，後面跟著五個半人半獸的侍者，十條金毛閃閃的手臂，高高舉起，手托著一具石床，石床上盤膝端坐的，正是那銳目高額的諸神島主。

日正中天，這諸神島主的面色，在日光下慘白得有如透明一般，他似乎甚是畏懼陽光，是以便命那些獸人侍者將石床放在林邊的濃蔭下，石床方自放下，人群中便爆起了一陣狂笑之聲。在這島上，笑聲已是罕聞，何況如此放肆的狂笑。

諸神島主眼神一掃，立刻捕捉住笑聲的來源，沉聲道：「守淵，你笑什麼？」

風漫天短杖一點，嗖地自人群中竄出，大聲道：「風乃祖宗公姓，漫天乃父母所名，大丈夫行不改名，坐不改姓，便是風漫天，誰名守淵？」原來「守淵」兩字，正是「諸神島」賜與風漫天之名，正如南宮平也被另外取了個名字一樣。

這般老人想是因爲已有多年未曾聽說如此豪快的言語，是以大家雖然俱已心如槁木，此刻神情也不禁露出了激動之色。

一點星火，落入死灰，使得死灰，也有復燃之勢！

諸神島主陰沉的面色卻絲毫不變，緩緩道：「好！風漫天，你笑什麼？」

風漫天仰天笑道：「可笑呀可笑，今日在這島上的人物，想當年有哪個不是叱吒一時的英雄，但如今卻俱都變成了走肉行屍，竟都要聽命於一個半瘋半癡，半殘半廢的怪物，此事若是說將出去，勢必無人相信，豈非令人可笑！」

諸神島主鋒利的目光，瞬也不瞬地凝注在風漫天面上，他面色更是蒼白，閉口不發一言。風漫天胸膛一挺，笑聲突頓，大聲道：「我等來到此間，本是厭倦風塵，以求避世，卻不是爲了要來受你的虐待，過這囚犯一般的日子，我且問你，你有何德何能，要位居這一群天下武林精萃之上？」

老人們雖仍無言，但神情卻更是激動，南宮平熱血奔騰，不能自已，幾乎要鼓掌喝起采來。

諸神島主目光不瞬，緩緩道：「好極，你此刻挺胸狂笑，放肆胡言，必定是有了幾分把握，那麼……」他目光突然厲電般一掃，道：「還有誰與他意見一樣的，都請站出來！」

南宮平恰巧站在他身後的樹林裡，是以看不到他的目光，但只聽得他語聲中確實有一種懾人心神的力量，放眼望去，只見他目光掃過之後，立在他面前的一群老人，卻都變得面如死灰，非但毫無前進之意，反而情不自禁地微微後退。

諸神島主冷冷道：「就只你一人麼？」

風漫天面色大變，霍然轉身，大聲道：「你們怕什麼？我們多日來的商議，各位難道忘了麼？」

老人們垂手而立，一言不發，風漫天面容漸漸蒼白，緩緩轉回身子，他手掌緊捏著木杖，指節也變得一如他面色般蒼白。

諸神島主面色一沉，冷冷道：「既是如此，想必是你要來謀奪島主之位，那也容易得很……」

他陰沉沉冷笑一聲，五個麻衣黃冠的老人身形齊閃，圍在風漫天四側。

諸神島主道：「我若令他們將你擒下，諒必你死了也難以心服，這些年來，你身為執事弟子之一，武功諒必未曾擱下，只要你能勝得了我，從此島上之事，便任你策劃！」

風漫天手掌越握越緊，指節越捏越白，只見他緩緩抬起手掌，掌中的木杖，杖頭彷彿挑起了千鈞之物，一寸一寸地緩緩抬起，突地手腕一震，杖身不動，杖頭卻有如蛇首一般，不住顫抖起來。

諸神島主目光凝注著那顫動的杖頭，亦有如獵人窺伺著蛇首，兩人身形不動，但風漫天面上的神色，卻越來越見沉重，眾人的目光，也越來越緊張。

要知他兩人此刻正是以絕頂的武功，在做生死的搏鬥！風漫天杖頭顫動雖然輕微，但每動一下，便無異發出一招，只要諸神島主稍露破綻，勝負立可分出，正是武林高手之爭，爭在一招之間！

兩人互尋對方的破綻，各個均想以自己的氣勢，震懾住對方的心神，這一仗不但是他兩人生死之爭，更關係著世上許多退隱了的武林高手的命運。

風漫天呼吸漸漸急促，他雖有許多次要待全力擊出一招，怎奈諸神島主全身一無破綻，他怎敢隨意擊出一招？

日色雖極盛，但大地上卻似瀰佈著陰沉沉的殺機。

南宮平凝息而望，他心中反覆告訴自己，不要忘了他師傅的吩咐：「待機而動！」龍布詩不知去向，南宮平怎敢隨意出手！

此刻他胸中所學，已貫通百家，早已看出風漫天杖頭每一顫動，都蘊著一記絕妙高招，含蘊不攻，竟在招先，南宮平心領神會，固是欣喜，但卻又不禁更是擔心，只因這每一招發出來俱是石破天驚，而風漫天卻仍不敢隨意出手，那麼這安坐不動的諸神島主，武功豈非更是高得不可思議？

只見諸神島主神態越來越見從容，風漫天神情卻更是凝重！到後來他寬闊的額角上，已沁出了豆大的汗珠，日光下有如珍珠般晶瑩奪目，汗珠漸漸下流，流上了他亂草般的虬鬚……

風漫天暗嘆一聲：「罷了！」杖頭一橫，正待拚死發出一招！

突聽林中大喝一聲：「且慢！」南宮平一躍而出，只因他想起了風漫天對自己的許多好處，便再也顧不得別的。

眾人微微一驚，南宮平朗聲喝道：「南宮平也與風前輩站在一邊！」雙臂一橫，擋在風漫天身前。

諸神島主雙目一張，目中閃過一絲譏嘲之色，冷冷道：「你可是也來謀奪島主之位麼？」

南宮平昂然道：「錯了！只是在下與風老前輩心意相同，若是心懷畏懼，不敢說出，實有如芒刺在背，骨鯁在喉！」

諸神島主冷笑道：「好一個芒刺在背，骨鯁在喉，你可知道，這裡是什麼地方，此刻你眼中所見之人，哪一個不是震赫一時的武林高手！哪裡有你說話之處！」

南宮平朗聲道：「若是風老前輩言論錯了，這裡縱然俱是孺子老婦，我也袖手不管，若是風前輩言論無錯，這裡縱然俱是武林高手，我也要挺身而出，在下行事，只問是非，不顧利害，在下武功雖不高，卻比那些曾經震赫一時的武林高手，要問心無愧得多！」

神色木然的老人們，痲木的面容上，也不禁泛起了一些羞愧之色。

諸神島主沉聲道：「你年紀輕輕，難道不知愛惜生命麼？」

南宮平大笑道：「如其苟且而生，不如慷慨赴死！」

風漫天大聲喝道：「好男兒！」

諸神島主目光一掃，冷冷道：「你如此做法，莫要後悔！」

南宮平道：「生死都早已置之度外，難道還會後悔麼！」

突聽遠處又是一聲大喝：「好男兒！」

一條人影，有如蒼鷹般橫飛而來，嗖地落在南宮平身側，滿面鐵髯，目光如電，劍痕斑斑，往復交錯，正是江湖第一勇士，「不死神龍」龍布詩！

諸神島主冷笑道：「你也來了！」

龍布詩厲聲道：「不錯，老夫也來了，平兒，風兒，閃開一邊，待老夫來領教領教這名滿天下的神秘角色，到底有何驚人絕技！」

他一句廢話也不願多說，隨手取過了風漫天手中的短杖，雙拳一抱，杖頭上挑，厲聲道：「請！」

諸神島主似乎也未曾見過這樣的人物，怔了一怔，道：「你要動手？」

龍布詩大喝道：「不錯！」

喝聲未了，刷地一杖當頭劈下！

諸神島主更未料到他與自己動手，也敢如此毫不遲疑地猝然出手，當下袍袖一拂，身形不動，便已輕輕移開三尺！

龍布詩杖風激盪，有如劍風般銳利，身隨劍走，刹那間連攻七招，七招發出，杖風更激，但樹上的木葉，卻絲毫不動，只因龍布詩杖上的真力，僅及諸神島主之身而止，絕不肯無謂浪費一分一毫！

他招式之空靈飛幻，可稱一時無兩，但他出招之間，絕無一般武林高手之小心顧慮。

風漫天長嘆一聲，道：「難怪武林人士，將令師稱爲江湖第一勇士，今日看來，果真名下無虛！」

南宮平展顏一笑，風漫天又道：「常言道強必勝弱，勇必勝怯，那島主武功雖神奇，只怕也擋不住令師這種石破天驚的勇氣！」

說話之間，龍布詩又已攻出數十招，他攻敵爲先，自保爲後，全然不顧及自身的安危，一片杖影之中，幾乎已看不見諸神島主的身形，只聽諸神島主道：「你果真不要命了？」

龍布詩橫杖三擊，大喝道：「不錯！」

諸神島主道：「你若死了，你那計劃誰來完成？」

龍布詩大笑道：「什麼計劃，不過是騙騙小孩子的！」

諸神島主怒叱一聲，突地伸手一抄，抄住了杖頭，左掌直擊龍布詩前胸，眾人大驚，只聽「喀喇」一聲，木杖斷爲三截，中間一截，凌空激起，撲地擊入樹幹之中，深深入木。

龍布詩左掌捋住了諸神島主手中的杖頭，右掌之中半截杖尾，急刺而出，只聽「砰」地一聲，龍布詩被諸神島主掌力擊中前胸，仰面跌開丈餘，但左掌卻已奪過了諸神島主手中的杖頭，右掌中的杖尾，竟將諸神島主肩頭劃破一條血口。

老人們不禁聳然動容！

南宮平一掠而前，驚道：「師傅，你……」

龍布詩雙臂一振，翻身躍起，怒喝道：「閃開！」嗖地一個箭步竄到那石床之前，兩截斷杖化爲判官雙筆，直打諸神島主前胸、頭頂、雙肩的七處大穴！

諸神島主見了他這種打法，也不禁微微變色，雙肩一沉，雙掌自脅下翻出，並掌直擊，口中喝道：「回去！」

龍布詩甩肩滑步，以攻制攻，連擊三招，怒喝道：「放屁！」

哪知他方一張口，便有一股鮮血，直射而出，原來他方才一掌，已受了內傷，血箭自諸神島主耳側掠過，星星點點，卻都激射在諸神島主頭臉之上！

南宮平心頭大震，只見他師傅仍然毫無畏色，全力進擊，這一股鮮血，似乎又激動起那些老人的熱情，三三兩兩紛紛擁了上來，只有那些本在山窟中的老人，卻仍然遠遠站在一邊，袖手旁觀。

風漫天雙肩一聳，對南宮平沉聲道：「你可看到，只要前面的老人群情一怒，這島主便立刻陷入孤立之境，除了這幾個執事老人，或許還會爲他一戰，後面的那些老人，身上的血早已冷透了。」

南宮平全神凝注著他師傅的安危，答非所問，沉聲道：「直到此刻，這島主猶未站起身子，他若站起身子，家師只怕……」

風漫天冷笑道：「此人早年走火入魔，雙腿已成殘廢，再也站不起來了。」

南宮平心頭一動，突聽「砰砰」兩聲，龍布詩再次翻身跌倒，諸神島主的身子也搖了兩搖，原來不死神龍與諸神島主兩人，又已各個中了對方一掌，要知諸神島主掌雖先發，但龍布詩不救自身，垂危出掌，是以才能擊中對方，他若不拚得自己先挨一掌，又怎能擊得中諸神島主？

南宮平驚呼一聲，奔到龍布詩身前，道：「師傅，你怎麼樣了？」

龍布詩面如金紙，慘然一笑，道：「你先看看那些人怎樣了！」

南宮平回首望去，只見那些麻衣的老人，竟在刹那間恢復了生氣，齊地展動身形，將那諸神島主圍在中央。

諸神島主瞑目端坐，面色更是蒼白如死，過了半晌，突也張口噴出一股鮮血，風漫天雙目一張，大呼道：「他也受了重傷！」

諸神島主緩緩張開眼睛，只見面前的老人們，雖然既不呼喊，亦未動手，但雙雙眼睛卻已都露出了憤怒之色，他們埋藏了多年的憤怒與情感，此刻都從目光中宣洩，那眼色是何等可怖，普通人若被這許多雙眼睛望上一眼，也要心寒膽裂而死！

風漫天厲聲道：「你本已半殘半廢，此刻又受重傷，你還有什麼話說？」

諸神島主緩緩道：「不錯，我已受重傷，再無話說，只有讓位了。」

他陰惻惻一笑，接道：「我非但讓位，還要讓出性命，只是你們應該讓我，先去料理一下後事。」

老人們閉口不言，風漫天正待說話，卻聽龍布詩呻吟道：「讓他去！」

風漫天自然從命。

「諸神島主」目光望向那五個麻衣黃冠的執事老人，道：「你們呢？」

執事老人對望一眼，一言不發，齊地轉身遠遠走了開去。

諸神島主慘然一笑，道：「好好，連你們也背棄我了……」

突聽一聲厲呼，五個金毛獸人，齊地縱身而起，撲向老人們之中，一個老人稍爲大意，竟被他們生生裂爲兩半，慘呼一聲，血肉橫飛！

其餘的老人驚怒之下，展動身形，但見他們手掌一揚，便有一股排山倒海的掌風響起，接著又是兩聲淒厲無比的慘呼，兩個金毛獸人身軀凌空拋起一丈，噗地跌在地上，跌得頭斷骨折！

諸神島主大喝一聲：「住手！」他直到此時此刻，喝聲中仍有一種不可抗拒的懾人之力。眾人微一遲疑，果然齊齊住手，諸神島主微一招手，剩下的三個獸人，一齊跪了下來，諸神島主道：「你們爲我拚命，可是還願意跟著我？」

獸人們垂首稱是，諸神島主微微一笑，長嘆道：「想不到你們雖然沒有完全成爲人形，卻有一顆人心，竟比他們還知道忠義兩字。」

五個麻衣黃冠的執事老人，齊地垂下頭去，諸神島主朗聲道：「好！抬我回去！」

三個金毛獸人抬起石床，走向山窟，諸神島主道：「日落時便有回音！」

風漫天冷冷道：「怕你沒有回音！」

諸神島主冷笑一聲，突地回頭望了南宮平一眼，似乎想說什麼，但終於一言未發，逐漸遠去。

龍布詩此時面色已越發難看，甚至連呼吸都已漸漸微弱。

南宮平見了他師傅的傷勢，滿心愴痛，突地長身而起，厲聲道：「各位昔日俱是英雄，怎地今日卻變成了儒夫，各位若是肯早些動手，家師何至如此，他老人家爲了要傷那島主，不惜自己先挨一掌，各位見了，心中有何感想？」

眾人木立當地，目光又變得黯然無光，南宮平仰天悲嘶道：「師傅呀師傅，你力不能勝，也就罷了，何苦以身爲餌……」

龍布詩緩緩張開眼來，悽然笑道：「平兒，坐下來，聽爲師說個故事！」

南宮愕了一愕，不知他師傅此刻怎有心情來說故事，但終於還是長嘆一聲，緩緩坐了下來。

此刻眾人已被「不死神龍」的義勇所懾，人人俱是木然閉口，凝神傾聽，微風穿林，花香滿地，四下一無聲息。

只聽龍布詩緩緩道：「亙古時森林中還無人跡，百獸相依，既無爭戰，亦無兇鬥，當真是舒適安樂的太平盛世……」

他面上也展露著一種幸福的憧憬，彷彿在期望這種日子的重新來臨。

然後，他笑容突歛，接著道：「哪知這樣的日子過未多久，森林中突然來了一隻惡獸，每天要吃一隻野獸，百獸驚亂，但卻不能抵擋，只有任那惡獸摧殘，到後來百獸實在無法忍受，便暗中集在一起，集會研討。

但這些弱獸想盡辦法，卻也想不出一條可以擊倒惡獸的妙計，只有一隻兔子，說他有殺死惡獸的方法。

百獸半信半疑，那兔子也不多話，回到家裡，以極強的毒汁，塗遍自己全身，然而跑到那惡獸之處，以身進奉，那惡獸將他吃了，毒性立刻發作，翻滾著死了，森林又重回太平，但大家心裡，卻都爲那俠義的兔子難受，你說那兔子的犧牲，是不值得的麼？」

他斷續著說完了這個故事，四下更是寂無聲息，南宮平垂下頭去，淚珠簌然而落。

「不死神龍」龍布詩微微一笑，道：「我方才環視此島，知道萬難逃出，便決定學那兔子，犧牲自己，換取大家的幸福。方才那島主一招『赤手擒龍』，本是誘招，他算定我必可避過，哪知我不避不閃，卻把握住那一髮千鈞，稍縱即逝的時機，一招將他擊傷，平兒，爲師雖也身受重傷，但你說這傷受得可値得麼？」

南宮平手抹淚痕，卻見四下的老人，面上俱是恭敬欽慕之色，心中亦不知是難受，抑或是得意。

風漫天道：「龍大俠，在下……在下……」他語氣哽咽，無法繼續，俯下身來，爲龍布詩查看傷勢，又有許多老人，取來些丹藥，龍布詩雖然自知傷勢難癒，卻俱都含笑受了。

這些人雖然得到勝利，但勝利卻來得這般悽苦，是以人人心中，俱都十分沉重，雖然滿地俱是美食，卻無一人享用。

月色漸漸偏西，晚霞染紅了西方的天畔，是日落的時分了。

一個金毛獸人，飛步而來，手中捧著一方素箋，風漫天接來一看，雙眉微皺，朗聲唸道：「余已決心讓位，有意逐鹿島主之位者，可隨使者前來，公議島主之位誰屬。」

龍布詩此刻已被抬在一張鋪滿鮮花的床上，南宮平默坐在一旁，風漫天朗聲唸完，已走了過來，他此刻滿心難受，只望龍布詩能傷癒而已，至於誰去繼那島主之位，他根本沒有放在心上。

金毛獸人等了許久，老人群中，才走出幾個人來，那五個麻衣黃冠的執事老人，又是互望一眼，也一齊自林中走出。

風漫天突然大喝一聲，道：「無論誰做島主，都莫要忘了龍大俠今日的犧牲，否則我風漫天便和他拚了！」

龍布詩緩緩道：「你原該去的……」

風漫天道：「經過這次事後，那島主之位，只不過是個虛名而已，此後凡事俱得公決，才不負龍大俠這番苦心！」

龍布詩微微一笑，只見那金毛獸人大步前行，後面無言地跟著一群老人，這些人裡，有的是想去繼那島主之位，有的是想去一觀動靜，還有一些老人，神情已近於瘋癡，還忘不了他們在山窟中所研究之事，是以便也跟著去了。

夜色漸深，方自過了半晌，突地一陣「轟隆」之聲，自山窟那邊響起，卻如雷鳴一般，剎那間便又寂絕。

但風漫天以及剩下的老人們一聽這陣響聲，面色齊地大變，風漫天驚呼一聲：「不好……」一躍而起。

南宮平驚問道：「什麼事？」

風漫天卻已與那些老人一齊飛身向響聲發作之處掠去。

龍布詩道：「平兒，你去看看那邊發生了什麼事故。」

南宮平應了，如飛趕了過去，他身法之輕快，比昔日已不知勝過多少，刹那間便又到了那一片山壁前面，只見山窟的秘門緊閉，風漫天和一群老人滿面驚惶，立在山壁之前，一個個呆如木雞，也不知究竟發生了什麼驚天動地之事！

南宮平愕然問道：「怎地了？」

風漫天以手扯鬚並頓著他新砍的木杖，恨聲：「該死該死，我竟忘了這一著，想不到那廝心腸竟這般狠毒……」

南宮平見了他大失常態，心裡也不覺甚是惶亂，又追問了一句，風漫天長嘆一聲，道：「這山窟本是前人亂世中避難之地，出入口處，也與宋末時那些死人墓一般，有一方斷龍之石，此刻那島主已放下斷龍之石，出入通路，便完全封死，那些入了窟的朋友，勢必也要隨他一齊活活閉死在這山窟之內了，我本已看出他失去島主位後，已有必死之心，卻想不到此人竟如此瘋狂殘酷，臨死之際，還要拉上這許多殉葬之人！」

南宮平唏噓半晌，想到那許多人在山窟中的絕望等死之情，心下不禁大是惻然，垂首道：「不知是否還有方法援救他們？」

風漫天搖頭道：「斷龍石一落，神仙也難出入，不但再也無法去救他們，便是我們的情況……唉！也大是悲慘得很。」

南宮平大驚問道：「怎地？」

風漫天道：「這島上所有鹽米日用之物，俱在山窟之內，島上雖有飛禽走獸，但數量極是稀少，否則我也不必自中原將野獸帶來，此後……」他苦笑一下：「我們只怕唯有以樹皮草根充飢了！」

眾人心情沉重，緩緩走了回去，南宮平心頭一動，說道：「此島既已無法居留，大家不如一齊設法回去。」

風漫天道：「萬里遠洋，莫說不能插翅飛渡，便是勉強造些木筏小舟，又怎能禁得起巨浪沖激？」

南宮平道：「前輩你上次豈非也是自此島渡至中原的，這次難道就……」

風漫天長嘆道：「島上本有十艘以萬年鐵木製成的『接引舟』，巨浪所不能毀，以我等這樣的武功，本可藉以飛渡，但……唉！那，接引之舟此刻已只剩下三艘，而剩下的三艘，也俱都在山窟之內！」

勝利的果實還未嚐到，島上便已密佈起重重愁雲。

在焦慮中過了三五日，龍布詩的傷勢雖稍有起色，但仍極嚴重，眾人想盡了方法，甚至不惜耗費真氣，爲他診治，但那諸神島主的掌力，委實驚人，若非龍布詩這種由許多次死裡逃生而磨練出的堅強意志，銅筋鐵骨，只怕早已喪身在他這一掌之下！

島上幸好還有一道流泉，可供眾人飲用，但眾人的心境，卻似在沙漠中一般枯苦，龍布詩若是睡了，南宮平便與那些老人談論些武功，他胸中藏有無數本妙絕天下的武功秘笈，再得到這種身經百戰的武林高手指點，進境更是驚人，但有時他想起自己一生或將終老此鄉，即使學成蓋世武功，又有何用？一念至此，不禁更爲之唏噓感嘆，悲從中來。

過了數日，天氣更是悶熱，南宮平手裡拿著柄紙扇，正爲龍布詩驅著蚊蠅，龍布詩嘆道：「平兒，苦了你了。」

南宮平黯然笑道：「苦的是你老人家，師傅，我真想不到你老人家怎會自華山之巔，到了這裡？」

龍布詩長嘆一聲，道：「此事說來真是話長，那日，爲師上了華山之巔，見到葉秋白她竟然未死，心裡亦不知是驚是喜，一路上她弄了那些伎倆想來愚弄於我，我本是一時賭氣，見了她之面，見到她那般憔悴，心裡的悶氣，早已無影無蹤。」

南宮平暗嘆忖道：「師傅雖是一世英雄，卻也未免多情，而我對吟雪……唉！」

龍布詩接道：「在那刹那之間，我呆立在她面前，也不知要說什麼，哪知……」話聲未了，突聽遠處一陣大亂驚呼之聲，此起彼落。

龍布詩變色道：「什麼事？」

南宮平道：「徒兒去看看。」擰身掠出了那小小的木屋，只見林中人影閃動，往來甚急！又聽風漫天厲聲道：「四下查看，我守在這裡！」

南宮平循聲奔去，到了那一道流水之邊，只見溪旁倒臥著四具屍身，風漫天手拄木杖，面色鐵青，卓立在屍身之旁，南宮平大驚之下，脫口問道：「他們怎會死了，難道那……」

風漫天沉聲道：「你看！」

南宮平俯身望去，赫然見到那四具屍身，竟已變得通體烏黑，有如腐肉一般，奇臭難聞，他們身上並無傷痕，但四肢痙攣，面容扭曲，竟似中了劇毒的模樣，南宮平駭然道：「莫非水中有毒！」

風漫天方待答話，已有一個老人如飛奔來，手裡拿著一隻銀碗，往溪中舀了半碗溪水，銀碗立刻變爲烏黑！

南宮平大驚道：「水中果真有毒！」

風漫天木立當地，有如死了一般，這島上唯一的水源中若已有毒，那麼眾人當真是不堪設想！

三人一齊呆在當地，只聽流水之聲，潺潺不絕。

南宮平突地大喝一聲：「不要緊，這條溪水，乃是活水，他即使在源頭下毒，毒水也有流盡之時，只要在溪頭輪流看守，我們便不至渴死！」

風漫天精神一振，應道：「立時便去！」

此刻已有許多老人四下尋找過了，卻空手而回，當下便有兩人，奔去源頭看守。

風漫天嘆道：「幸好此溪乃是活水！可算不幸中之大幸，但此事並未結束，我們若不找出那下毒之人，此後便永無寧日了！」

眾人面面相覷，誰也猜不出這下毒之人究竟是誰。

南宮平目光一轉，面色突又大變，脫口驚呼道：「你看！」

眾人目光，隨著他手指望去，只見那邊樹林之中，赫然竟有一股濃煙衝起，濃煙中夾雜著火苗，一陣風吹過，火勢立刻大盛！

風漫天惶然失色，大呼道：「果林失火！」

呼聲未了，他人已衝出三丈開外，南宮平緊跟在他身後，兩人並肩飛馳，南宮平滿心驚惶，也未發覺自己的輕功怎已變得和風漫天相去無幾，一霎時便已到了那著火的樹林邊，赤紅的火焰，在濃煙中飛舞，眾人立在林旁，火焰卻已幾乎逼上了他們的眉睫！

風助火威，火勢更盛，長約里許的果林，剎那間便已變為一片火海，這果林此刻已是等於是他們日後的糧食來源，但此刻卻都已變爲焦木！

風漫天呆了半晌，仰天悲嘶道：「蒼天呀！蒼天……」

兩個長髯老人，本自失神地站在他身旁，此刻突地仰天大笑道：「燒得好，燒得痛快……」一個大笑，一面竟在地上狂舞起來，原來這兩人久過平凡生活，驟逢巨變，竟急得瘋了！風漫天咬一咬牙，雙手疾伸，點住了他兩人的穴道，哪知這邊笑聲方住，火林中竟響起幾聲淒厲的慘呼！一響而絕。

接著，兩條人影，閃電般自火焰中竄出，赫然竟是方才尋查未歸的老人，滿身俱已著火，鬚髮更早已燃起。

當先一人，立刻和身撲在地上，連滾數滾，南宮平身形一閃，這人便已自他身旁滾過，遠遠滾到一丈開外，滾滅了滿身火焰，方自翻身掠起，戳指林內，道：「他……他……」一言未了，突又跌倒！

南宮平急問：「是誰？」掠前一看，只見此人滿身衣衫肌膚，俱已被燒得有如焦炭一般，雖仗著深湛的內功，掙扎至今，但此刻卻已氣絕身死，南宮平無暇再顧，急地旋身，只見另一人仰天臥在地上，身上火焰，猶在燃燒，但人卻早已身死！

風漫天面色焦急沉重，頓足道：「誰？是誰？」突地回轉身子，目光直視著南宮平，一字一字地緩緩道：「會是她麼？」

南宮平茫然道：「誰？」

風漫天道：「梅吟雪，她不但對島上之人，都已深痛惡絕，便是對你，亦懷恨在心，像她這樣的人，性情那般高傲倔強，對你用情又那般深厚，再加以她的智力與武功，說不定……」突地頓住語，不住咳嗽道：「但願我猜得錯了。」

南宮平木然當地，動彈不得，風漫天雖然怕他心裡難受，沒有再說下去，但他卻已想到，此事大有可能。

風漫天長嘆數聲，突又變色道：「快些回去，莫被敵人再壞了那邊的房舍！」

話聲未了，眾人已一齊奔電般向來路奔回，一路上南宮平只覺自己心房跳動，彷彿有什麼不祥之兆，心下更是著急。

奔行一段，放眼望去，房舍仍是無恙，他心情稍定，大聲喚道：「師傅……師傅……」如飛掠到龍布詩養病的竹屋前，探首一望，面色立變，身子搖了兩搖，撲地坐到地上，嘶聲叫道：「師傅……師傅……」竹屋中的「不死神龍」龍布詩，竟已赫然不知去向！

風漫天等人，亦是面色大變，頓足驚呼，風中帶來火焰的焦灼，火焰的燃燒聲，有如蠶食桑葉一般，必剝作響。

風漫天沉聲道：「龍大俠失蹤，大家俱都有尋找之責，一半人留守此間，一半人隨我……」

只聽一人，冷冷截口道：「你是什麼東西！」五個髮髻零亂的長髯老人，並肩而出，一排走到風漫天面前，爲首一人接口道：「這島上本是一片平和，人人都能安度天年，自從你回來之後，便弄得天下大亂，你早該自殺以謝眾人，還有什麼資格在此發號施令！」

風漫天變色道：「你們難道願意像幽靈死屍般被那瘋狂的魔王控制？」

長髯老人冷冷道：「縱是那樣，也比此刻眼看就要餓死渴死好得多了。」一面說話，一面向風漫天緩步走了過來。

風漫天厲聲道：「你要怎樣？」

長髯老人道：「殺了你！」輕飄飄一掌擊向風漫天前胸！

風漫天道：「不知好歹，自甘爲奴，早知你們俱是這樣的人，我又何苦多事？」

說話之間，掌杖齊施，攻出七招，腳步絲毫未動，那老人招式雖奇詭，但內力卻毫不強勁，七招之內便已被風漫天攻退，原來他本在山窟中苦修丹爐黃老之術，燒鉛煉汞，妄想能煉得金丹，以成大道，哪知他煉出的金丹服下去後，不但不能成仙，反而摧毀了他的內功！

另四個老人目光一轉，齊地揮掌攻了上來，竟將風漫天圍在中間，十掌連發，招式有如海浪一般，澎湃而來，連綿不絕。

風漫天武功雖高，卻也抵擋不住，剎那間便已險象環生！

人群中突地響起一聲輕叱，一個老人，飛掠而出，揮掌急攻，大聲道：「寧可自由而死，不願奴役而生，風兄我來助你！」

有些人本已躍躍欲動，聽到這句喝聲，立刻振臂而起。

另一老人冷冷道：「好死不如歹活，老夫還未活夠哩！」

於是又是許多人加入重圍，與風漫天為敵，立刻間這許多俱曾光耀江湖一時的武林高手，竟成了混戰之局，但見掌影如山，掌風往來衝激，有如悶雷一般，隆隆作響！

突聽一聲大喝：「住手！」接著又有兩人叱道：「住手！住手！」三個白髮老人，手裡橫抱著三具屍首，自外面飛步而來！

當先一人，大聲道：「方才又有三位朋友，被暗算在亂草之間，滿身紫漲而死，島上險象環生，大家同心協力，還未見能度過難關，若再自相殘殺，便當真要死無其所了！」

眾人一齊住手，面面相覷，目光中雖仍有憤恨之色，但果然絕無一人再啓戰端，突聽南宮平朗聲道：「天無絕人之路，此處上有青天，下有沃土，以我眾人之能，難道還會餓死在這裡？」

風漫天道：「正是，只要找出了那縱火放毒的罪魁禍首，此後再能同心協力，共謀生機，何難將荒山變爲樂園？」

這幾句話一句接著一句，說得俱是義正詞嚴，擲地成聲！

眾人哪還有反駁，當下果然依了風漫天之意，留下一半看守，另一半四下分散，一面去探查敵蹤，一面去尋找龍布詩的下落。

南宮平滿胸悲痛，滿心焦切，雖然擔心的是他師傅的生死凶吉，卻更怕這暗中的敵人便是梅吟雪，如若真是梅吟雪做出此事，那麼又叫這恩怨分明的俠義男兒如何自已！只因梅吟雪對他雖然恩情並重，但此情此景，此時此刻，他仍不能將梅吟雪饒恕。

海濤拍岸，海風颳耳，南宮平行走在海邊崢嶸的岸石間，那內中不知埋葬了多少武林英雄的黑屋，便矗立在他眼前！

他緬懷著這些一代之雄的雄風豪跡，滿心熱血如沸，他用盡目力，遙視海面，海面上絕無船影，海面上若無船隻，梅吟雪又是從何而來？莫非梅吟雪並未做出此事，那麼這暗中的敵人又是誰呢？

他並無搜尋的方向，目光茫然四望，突地！他瞥見一隻草鞋，遺留在亂石間，鞋頭向東，鞋跟朝南，草鞋上有一滴血跡，滴落在草鞋的尖端，南宮平心念一動：「這難道是師傅他老人家留下來的！」當下再不遲疑，循著鞋尖所指的方向掠去！

約莫七八丈開外果然又有一隻草鞋，鞋尖卻斜斜指向偏西。

南宮平身形一折，追尋而去，只見一片黑色的巖岩，橫亙在海邊，山壁如削，下面便是滔滔的海水，他依稀估量，這片巖岩，彷彿便是已被斷龍石封死的山窟所在，他用心探查了一遍，這片巖岩果然生似一片渾成，其中絕無通道。

夕陽西下，晚霞光照著海面，他無奈地在一方山石上坐了下來，突聽一陣輕微的人語，自削壁下的海面上隱隱傳來，赫然竟彷彿是那島主的語聲：「龍布詩腳上本有草鞋，此刻卻是雙足全赤，這其中必有古怪！」

語聲乍起，南宮平便已閃身躲在一片山石之後，語聲未住，削巖邊果已露出了那諸神島主寬闊的前額和蓬亂的頭髮！

南宮平凝息靜氣，只見諸神島主伏在一個金毛獸人的背上，自削巖下飛身而上，那金毛獸人健步如飛，身形數閃，便已轉入山巖之內。

南宮平毫不遲疑，立刻躍到他們上來之處，凝目一看，縱身而下，他此刻輕功已大非昔比，只要巖身有些許突出之處，他便可藉以落足，轉瞬間便已直落而下，只見一片汪洋，遼闊萬里，雪浪如山，生於足底，哪有存身之處？

他微一遲疑，面向山壁，再次攀上，目光四下搜索，突地發現巖壁上蔓生著一塊藤蘿，風吹藤蘿，颼颼作響，不問可知，這藤蘿之間必定有一片神秘的入口。

他掌上滿蘊真力，撥分藤蘿，枯枝紛紛分開，山壁上果然露出隙口，南宮平騰身而入，隙口的窟道，也僅可蛇身而行。

南宮平手足並用，前行了十數丈，地勢忽寬，前面卻是一個無人的洞窟，鐘乳如林，五光十色，彷彿已至止境，南宮平心頭一怔：「師傅怎會不在這裡！」逡巡了半晌，突然奮身一躍，躍至角落，只見兩隻倒懸著的石乳之間，果然又有隙口，卻被一面極厚的木牆所堵，南宮平舉手一擊，這面木牆，竟是堅如鐵石，紋風不動。

他暗調一口真氣，方待全力一掌擊出，忽聽頂上「咯」的一響，兩隻鐘乳，緩緩升上，鐘乳後閃電般躍出兩條人影，一人在左，一人在右，呼地兩掌，擊向南宮平左右兩脅，赫然竟是兩個金毛獸人！

南宮平大喝一聲，擰身錯步，掌勢橫掃，他掌上本已滿凝真力，只聽「砰」地一聲，右面一人，立刻被他擊飛一丈，砰地一聲，撞上石壁，口噴鮮血而死！

左面一人怪吼一聲，右掌右拳，攻出三招，力道強勁，招式奇詭，舉手投足間，更有一種瘋狂的獸意，竟完全不顧自己的生死，南宮平倒退三步，心頭暗暗吃驚，哪知三招過後，這獸人招式突地一頓，怪吼一聲，和身撲上！

南宮平只見他雙臂大張，空門盡露，哪裡還是方才那般奇詭的招式？但南宮平卻生怕他這一招之中，另藏精妙的後著，左掌一引，右掌斜斜劈去，亦是誘敵之招，卻見那金毛獸人竟不知閃避變化，南宮平心頭一動：「莫非他只學會三招！」掌勢再不遲疑，並擅而出，那獸人雙臂還未合攏，已被南宮平雙掌擊在胸前，砰然一聲，如中木石！

只見他身子搖了兩搖，目中激厲著野獸般的光芒，竟仍屹立不倒，但滿口森森白齒之間，卻沁出了一絲絲鮮血！

古洞陰森，光線陰黯，南宮平只見這獸人竟又一步一步向自己走了過來，神情有如惡魔一般，心頭也不禁微微發寒，全力一掌擊出。

他方才那一掌是何等力道，這獸人著著實實中了一掌，竟仍未死，他卻不知道這獸人腑臟早已寸寸斷裂，只是仗著天生的一種兇悍之氣，延續至今，哪能再禁得住一掌，掌勢未至，那凌厲的掌風，已將他身子擊飛，噴出一口鮮血，立時身死！

南宮平鬆了口氣，定神望去，這才發現，方才堵住隙口的木壁，竟是一艘木艇，木艇直立，船底便有如木壁一般，他心念一閃，便已知道這木艇必定就是風漫天口中所說那鐵木所製的接引之舟，心頭不禁大喜，箭步掠入，進去便是一方石室，室中滿堆著包裹水罈，角落裡一張石床上，仰天臥著一人，胸膛不住起伏，彷彿熟睡未醒，卻正是「不死神龍」龍布詩！

南宮平大喜喚道：「師傅……」

喚聲未了，突聽身後冷笑一聲，道：「你也來了，好極好極！」

南宮平心頭一震，霍然轉身，諸神島主掌中握著兩隻竹杖，伏在最後一個金毛獸人的身上，不知何時趕了回來。

陰暗的光線中，這老人一雙眼睛，卻亮如明燈，目中竟也充滿了瘋狂的獸意，神情間更顯示著瘋狂與不安，哪裡還像是南宮平初次見到時，那鎮靜、睿智、而情感麻木的老人？

南宮平知道諸神島主在這島上幽居數十年，本已有些瘋狂，加上失勢的刺激，更使得他潛伏著的瘋狂全都爆發出來，是以他才會做出這些瘋狂得幾乎滅絕人性之事，剎那間南宮平心頭既是驚惶，又是憤怒，怒叱一聲，厲聲道：「那縱火、下毒、殺人之事，全是你做出的麼？」

諸神島主哈哈笑道：「除了老夫還有誰人？順我者生，逆我者死，那些人既背叛了老夫，老夫就要叫他們死盡滅絕！」

瘋狂的笑聲，瘋狂的語聲，說到「死盡滅絕」四字，他目中的光芒，更有如毒蛇一般！

南宮平心頭一震，緩緩退到龍布詩所臥的石床邊，他每退一步，那金毛獸人便逼近一步，南宮平劍眉一軒，突地奮身撲上。

金毛獸人腳步一縮，退到木艇旁，諸神島主道：「你也敢與我動手麼？」

南宮平厲聲道：「不但要與你動手，還要將你除去！」雙掌飛揚，幻起一片掌影。

諸神島主大笑道：「好！」掌中竹杖輕劃，便已劃入南宮平掌影之中。

南宮平奮起精神，全心全意地施出招式，雖以他自幼所習的神龍掌式爲主，其中卻夾雜著各門各派的武功精華，掌式之變化，飛靈空幻，當真有如天花繚繞，令人目不暇拾。

諸神島主笑道：「南宮家中，果然都是聰明男兒，老夫給了你幾本死書，不想你便已可施出這般活招來。」竹杖一挑，連破七招！

那金毛獸人身形已十分巨大，他伏在獸人身上，更顯得高高在上，十數招一過，南宮平心念一閃，掌招不攻諸神島主，反而向獸人攻出，那獸人雙手後托著諸神島主背臀，空自怒吼連連，卻無法還手，南宮平三招方出，他已退到了外面的石窟。

南宮平精神一振，掌式更見凌厲，曲肘側掌，一招「貫日長虹」，斜斜劃去，這一招本是峨嵋掌法中的妙著，哪知他招式方出，前面已被一片杖影封住。

諸神島主道：「你連攻十五招，此刻輪到老夫了。」語聲未了，那兩條竹杖，已帶著滿天勁風，山嶽般壓了下來。

他竹杖由守化攻，南宮平只聽竹杖絲絲劃風之聲，在他耳側往來縱橫，面前更滿是青竹杖影，突地漫天風聲，變作了一縷銳風，直點南宮平雙眉之間。

南宮平心頭一凜後退七步，背後已是石壁，竹杖如形隨影跟蹤而來，南宮平腳步一滑，貼著石壁，滑開數步，只聽「叮」地一聲，那輕輕一條竹杖，竟將堅如金鐵的石壁，劃開一條裂口，碎石紛飛，雨點般掃向南宮平的面目。

南宮平大驚之下，隨手抄起一具獸人屍身，擋了過去！

「蓬」的一聲，碎石擊上了屍體，那屍身血液尚未凝固，被力道如此強猛的碎石一擊，鮮血立刻激射而出，竟濺得那金毛獸人一頭一臉。

血腥之氣，突地激發了這金毛獸人體內潛伏的兇殘獸性！

只見牠突地厲吼一聲，一把抓住了那具屍身，雙臂一分，生生將屍身裂為兩半，抓出臟臟，放到口中，大嚼起來！

諸神島主再也無法伏在這獸人背上，連聲厲叱道：「放下，放下……」那獸人竟也不再聽命於他，諸神島主長嘆一聲，喃喃道：「野獸終歸還是野獸。」舉杖一點，點中了這獸人的穴道，凌空躍了下來，他雙腿似乎完全癱軟，不能用力，只有以竹杖點地。

但是他身形方自站穩，南宮平已撲了上來，諸神島主掌中兩條竹杖，輪流點地，身形飛躍，換了兩招，突然全力一杖掃來，南宮平難擋銳鋒，閃身避過，眼前一花，諸神島主已飛身掠入石室！

南宮平驚喚一聲，隨聲而入，只見諸神島主坐在石床上，掌中竹杖的尖端，緊抵著龍布詩的咽喉，冷冷道：「你還要你師傅的命麼？」

南宮平心頭一震，呆在地上，不敢再進一步！

諸神島主緩緩道：「他已被我點了睡穴，動彈不得，此刻我舉手之勞，便可將他殺死，除非……」

南宮平大聲道：「除非怎樣？」

諸神島主道：「除非你乖乖地依照老夫的命令行事。」

南宮平怒罵道：「想不到你這樣的身分，還會做出如此卑鄙之事！」

諸神島主大笑道：「老夫久已年老成精，再也不會中你激將之計，你若不聽話，也只得由你，但你師傅的性命，便要送在你的手上！」

南宮平呆了半晌，長嘆道：「你要我怎樣？」

諸神島主面色一沉，道：「我座下侍者，全已被你害死，你自然要代他們服些勞役，限你一個時辰之內，將這木艇運至洞口，再將這洞中之物，全都運到艇上，你若延誤一刻，或是妄想報訊於人，哼哼，後果如何，我不說你也該知道。」

南宮平大驚道：「你要離開此地？」

諸神島主道：「不錯，這島上已成一片荒原，老夫難道也要像野人般留在這裡？只可惜老夫的計劃未能全部完成，但是……」他仰天狂笑道：「那些人雖然未死，活著的日子卻也夠他們受的！」

南宮平驚怒交集，木立當地，諸神島主道：「但是你大可放心，老夫不但要將你師徒兩人一齊帶走，或許還要將老夫數十年苦心研究的醫術傳授給你，你且瞑目試想一下，你手上若能掌握別人的生命，隨意移殖別人的身體器官，那該是什麼滋味！」

南宮平仍是動也不動，怒道：「誰要你……」

諸神島主掌中竹杖輕輕向前一送厲叱道：「還不動手！」

南宮平暗嘆一聲，他寧可受到再大的屈侮，卻也不願他師傅的性命受到傷害。

那木艇不但體積龐大，而且甚是沉重，南宮平費盡氣力，才將所有東西全都運到洞口，洞口外便是萬丈汪洋，原來這裡另有一條通路，斜斜通下，直達海面。

等待他一切辦妥，早已精疲力竭，滿頭大汗。

諸神島主陰森森笑道：「做得好！現在你去乖乖在洞口，不得妄動！」

南宮平無可奈何，只得應了，在洞口等了半晌，只見那諸神島主肩上馱著龍布詩的身子，以竹杖點地而來，一面喝道：「將木艇推下海面，你自己退後三步！」

南宮平奮力推下了木艇，只聽嗖地一聲，諸神島主已飛身上了木艇，喝道：「你也上來！」

南宮平若不上去，他師傅卻已身在艇中，當下他只得咬緊牙關，躍上木艇，諸神島主竹杖一點，木艇便遠遠盪開。

他竹杖在水中輕輕划動幾下，便已離岸甚遠，海濤如山，船隻搖盪，諸神島主面上的神色，突地變得十分黯然，沉聲道：「拿起船上木槳，用力划船，老夫在這裡爲你掌穩了舵！」

南宮平看了看他面上的神色，緩緩道：「我本不願留在此島，但你已花了數十年心血在此島上，如今捨得離開麼？」

諸神島主冷冷道：「捨不得！」

南宮平心頭一喜，脫口道：「既然不捨，不如歸去！」

諸神島主道：「雖然不捨，也要走的。」

南宮平又何嘗不想離開此島，他不捨的只是此刻還留在島上的朋友，當下只得暗嘆一聲，划動木槳，只見那諸神之島，越來越小，到後來只剩下那棟黑色屋宇的屋頂，到後來連屋頂也隱沒在海天深處。

諸神島主竹杖仍然不離龍布詩的咽喉，但眼簾深垂，彷彿已睡著了。

南宮平心頭一動，悄悄抬起掌中的木槳，當頭向諸神島主掄去。

哪知他手掌一動，諸神島主便已霍然張開眼來，南宮平奮力拋下木槳，大怒道：「你到底要將我師徒兩人怎樣？」

諸神島主冷冷笑道：「我要你在一年之內，學會我的醫術，然後再以我移形之術，將我這兩條殘廢的腿治好！」

南宮平怒道：「誰要學你那瘋狂的醫術！」

諸神島主道：「不學也得學，要知這本非請求，而是命令，你若不學，哼哼！你師傅的兩腿，也要終身和我一樣了！」

南宮平驚問：「什麼！難道你……」

諸神島主道：「不錯，我早以絕重的手法，將他雙腿點爲殘廢，你若想要將他醫好，便得先學會我的醫術，先將我雙腿治好。」

南宮平大喝道：「我與你拚了！」方待奮身而起，只見諸神島主掌中竹杖一點，冷冷道：「你敢妄動一動麼？」

南宮平黯然長嘆一聲，垂首坐了下去，道：「你……你爲何要這樣做法！……」

諸神島主道：「只因老夫自己雖有移形換體之能，但自己卻無法替自己施行這移形換體之術。」

南宮平道：「島上數十百人，你爲何偏偏選中了我？」

諸神島主微笑一下，緩緩道：「這其中自有原因，但此刻卻不能告訴於你！」

南宮平見到他面上的笑容甚是古怪，似乎在此事之中，又隱藏著一些秘密，一時之間，心頭不覺大是疑惑，舉起雙槳，奮力向前划去！

也不知划了多遠，他只覺掌心發熱，心頭思緒卻漸漸平靜，不時思索著脫身之計。

夜已頗深，星光映入海面，這一葉孤舟，飄盪在漆黑而遼闊的海面上，顯得是那麼寂寞而孤悽。

諸神島主仰視星群，藉以辨別著方向，在這淒涼的海面上，他目中的瘋狂之色，也已漸漸變爲沉重的憂鬱，彷彿心中也藏著許多心事。

突地，海風漸勁，一陣狂風，吹來了一片烏雲，掩住了天畔的十數點星光。

諸神島主目光望處，面色大變，脫口呼道：「不好——」

南宮平道：「怎樣了！」他實在不願再聽到這「不好」兩字！

諸神島主沉聲道：「剎那之間，暴風立至！」語聲未了，那一片烏雲，已擴大了數十百倍，轉眼間竟將滿天星光，一齊掩沒。

海風更勁，風中又加雜了豆大的雨點，海浪也如山湧起，若換了普通的木船，立刻便是覆舟之禍。

諸神島主微一遲疑，隨手拍開了龍布詩的穴道，將他扶了起來，龍布詩吐出一口長氣。

南宮平大聲喚道：「師傅，你老人家無恙麼……」

龍布詩目光四掃一眼，驚怒交集，厲聲道：「老夫怎地到了這裡？」

諸神島主沉聲道：「此刻不是說話之時，此舟雖非凡木所製，但也禁不得這大的風浪，看這暴風來勢，卻彷彿是龍捲之風，你我只有施展『千斤墮』的身法，壓住此船！……」

就在他說這幾句話的工夫，狂風暴雨，已漫天而來，四面的海浪，如山湧起，這小小一葉孤舟，便有如彈丸一般隨浪拋起。

南宮平等三人，大喝一聲，同施內力，鎮壓著船隻，那驚濤駭浪，一個接著一個打上木艇，四下更是一片漆黑，南宮平更是滿身水濕，他尋著了一隻鐵桶，倒出艇中的海水，但海浪滔天，艇中海水，仍是有增無滅！

情勢的危急驚險，使得他們三人已拋去彼此間的私仇與成見，同心合力，來與風浪搏鬥。但這卻是一場艱苦已極的戰爭，只因風浪越來越大，這木船雖非凡品，他們三人雖有一身卓絕的武功，但看來仍是凶多吉少。

海風呼嘯，再加以暴雨聲、海浪聲，混成一種驚心動魄的樂章，瀰漫了天地，比戰場上千軍萬馬的殺伐之聲，還要令人心悸。

諸神島主勉強睜開眼睛，大聲呼喊道：「龍布詩、南宮平，我將你兩人帶來海上，你兩人心裡可在怨我？」

龍布詩、南宮平，面色凝重，閉口不語。

諸神島主突然長嘆一聲，道：「人力到底難與天爭，我本想將這秘密一直隱藏下去，但此刻你我已是生死俄傾，隨時都有舟毀人亡之禍，我也等不及了！」

龍布詩、南宮平心頭齊地一怔，同時脫口道：「什麼秘密？」

諸神島主雙手緊抓住船沿，手扶著船身，大聲道：「你兩人可知道我是誰麼？」

南宮平呆了一呆，真力一懈，海浪立刻將木艇凌空拋上。

龍布詩牙關緊咬，身子一沉，厲聲道：「你到底是誰？」

諸神島主仰天大喊道：「南宮平，我便是你的伯父，龍布詩，我便是毀了你一生幸福的人！」

南宮平心頭驀地一震，許多件橫亙在心中的疑團，恍然而解！

難怪他對我與眾人不同，難怪他一定要我傳習他的醫術！

他離家之時，殺了妻兒，心頭自是十分悲哀沉痛，數十年寂寞憂傷的日子，更使得他心裡的沉痛悲哀，變作了瘋狂，是以他才會做出那種瘋狂殘酷之事！但是他又怎樣會毀去龍布詩一生的幸福？

一時之間，南宮平心頭亦不知是悲忿、是驚訝、抑或是憤怒！

只見龍布詩身子一震，面色大變，驚呼道：「你！你便是南宮永樂，你……你……你就是使得葉秋白恨我一生的──那青衫蒙面人！」

「諸神島主」南宮永樂拚命抵抗著狂風海浪，他心中的思潮，也正如狂風海浪一般，洶湧起伏。

他嘶聲說道：「不錯，南宮永樂便是那青衫蒙面人，四十餘年前，那時我初見葉秋白之面，便已深深愛上了她，竟忘了我已有了妻子，更忘了我即將要遠離人間，來忍受這愁煞的孤獨寂寞。

但那時你和葉秋白在江湖中已有璧人之稱，我又妒又恨，便全心全意地去破壞你們，那些江湖中人，自然不會有人猜出是我做的，只因江湖中誰也不知道『南宮世家』的大公子會有一身驚人的武功。

你與葉秋白反目成仇之時，也正是我離家遠赴海外之時，我內心愁苦，不可發洩，決心與人間完全隔離，便狠心殺了妻兒。」

一陣狂風颳過，他最後這句話便與震耳的海濤聲一齊發出。南宮平只覺一陣寒意，直上心頭。

龍布詩恨聲道：「你雖隔絕了人間，卻害得我好苦！」新仇舊恨一齊湧上心頭，便要舉掌擊去！

南宮永樂大喝道：「且慢，你縱要動手，等我話說完了不遲！」

他臉上一片水濕，亦不知是海浪抑或是淚珠，嘶聲接口道：「但我到了島上，卻仍無法忘記人間之事，更無法忘記你們，日子過得越久，往事卻更鮮明，葉秋白在我腦海中的印象，更令我永生難以忘卻。」

龍布詩厲叱一聲，南宮永樂道：「幸好南宮世家中人，世世代代俱是諸神島主……」

南宮平心頭又是一震，忍不住截口道：「你……你說什麼？」

南宮永樂道：「這諸神之島，本是『南宮世家』所創，我『南宮世家』每代長子前來，便是要接傳島主之位，這始終是武林中最大的秘密，是以連你都不知道，你初來時我說另有任務給你，便是要待我百年之後，令你傳我之位，你於今可知道了麼？」

這許多太大的驚駭，已使得南宮平心頭變得痲痲木木，只覺眼前一片茫然，什麼也看不到了！

龍布詩淒厲的狂笑一聲，道：「你接了島主之位，仍不放過我們，又令人到中原武林，來尋訪我們的蹤跡，終於在華山之巔尋著了我們，乘我心神慌亂之間，立下毒手，點了我的穴道，將我送到此間，苦苦折磨……」

南宮永樂道：「我何時苦苦折磨過你，你撒下那漫天大謊，說要在風露中提取食物，我也裝作信了，我要你來，只是……只是……唉！只是不願你在中原，和葉秋白終日相見，我卻孤獨寂寞的生活在這小島上，看不到她的影子！」

龍布詩厲喝一聲：「我且問你，你將葉秋白藏到哪裡去了？」

南宮永樂木然呆了半晌，緩緩道：「葉秋白……她……她已墮下華山之巔，連屍骨都無法尋覓，我受了刺激之後，才會大失常態……」海濤風雨，使得他語聲斷續不清。

龍布詩大喝道：「你說什麼？」

南宮永樂嘶聲道：「她已死了！」

龍布詩身子一震，喃喃道：「死了……真的死了……」突地厲吼一聲，手掌一撐船舷，和身撲了上去，一掌拍向南宮永樂頭頂。

南宮永樂一把接過了他的手掌，慘然狂笑道：「好好，你我數十年的仇恨，今日解決了也好！」只聽一陣砰砰之聲，兩人已換了七掌。

木艇一失平衡之勢，立刻隨浪拋起，海浪如山壓下，船上的包裹，俱都跌落到了海中。

南宮平雙手緊抓船舷，嘶聲呼道：「師傅！……伯父，住手……住手！……」

但這兩個老人，哪裡還聽得到他的呼聲，兩人雙腿俱都不能動彈，四掌卻糾纏在一起，目光之中，更充滿了火焰般的光芒。

南宮平又驚又怖，心胸欲裂，他既不能幫他師傅去殺死伯父，亦不能幫他伯父殺死師傅，海面狂風暴雨，他當真是呼地不應，呼天不靈。

突聽龍布詩、南宮永樂齊地大喝一聲，接著一個海浪拋起！

木艇一側，南宮平一聲驚呼尙未出口，便已落入海中！

接連幾個海浪打來，打得他再也不能掙扎，心中慘然一嘆：「別了！」許多親人的身影，一齊在他腦海中閃過，他人已沉入海水，半昏半醒之間，只覺掌上觸著一物，他也不分辨那是什麼，下意識地反手一把抓住，便再也不肯放鬆！

一片驕陽，映得海面上閃動著千萬條黃金色的光芒，陣陣海風，吹得海岸上千百株椰樹婆娑作響。

一片黃金色的沙灘上，本來渺無人跡，但此刻那無情的海浪，竟突然多情地送上了一條軀體，只見這軀體牙關緊咬，雙目緊閉，也不知是生是死，他頷下雖然生滿了短鬚，但眉目間卻仍甚是年少，他雙掌緊緊抓著一隻木箱，十指都已嵌入木裡。

驕陽越昇越高，酷熱的陽光，筆直照在這少年的眼簾上。

他緩緩睜開眼簾，陽光刺目，他想抬手去遮蓋陽光，但是他手指嵌在木箱裡，一時間竟掙脫不開。

他掙扎著坐起身子，吐出幾口慘碧的海水，站了起來，環目四望一眼，面上仍是一片空白，只因已經過一次大的驚駭與刺激。

他，南宮平，又一次逃脫了死神的掌握，但是他已是精疲力竭，心如死灰，在這無人的荒島上，可能有幾分生機？

他掙扎著站了起來，極力不去回憶往事，他不敢去判斷他師傅以及他伯父的生死，他更不敢猜測自己以後的生命會如何發展，只因命運似已注定了他要在一個無人的荒島上做一個孤寂的野人，以至老死，生命中絢爛的色彩，在他說來，似乎都已成了過去，此後有的只是一連串灰色黯淡的日子。

他不耐陽光，走向樹蔭，數十株椰樹之後，有一個小小的山坡，山坡上是一片濃密的綠林。

南宮平踉蹌而行，椰樹林後沙灘已盡，那乾燥的黃泥地上，濃密的樹林邊，赫然竟有一隻長約三尺的奇形足印！

在這無人的荒島上，竟有如此巨大的腳印，南宮平心頭一凜，凝目望去，只見那足印只有三隻尖尖的足趾，彷彿鳥爪，但足掌長方，腳跟渾圓，卻又宛如人類，他忍不住急步掠去，想到那足印邊，看個仔細。

哪知他腳步尚未站穩，泥地突地向下陷落，原來這足印邊，竟有一個丈餘方圓的陷阱，他雙足踏空，心頭大驚，雙臂一震，手掌搭住了陷阱的邊緣，身軀直躍而上，他不敢再在附近落足，猛提一口真氣，嗖地竄入了樹林，突覺足下一絆，兩條樹枝，驀地自地上彈了起來，他真力立竭，這樹枝又甚是強韌，他身不由己，直被彈起一丈開外！

大驚之下，他奮身一轉，想落足到下面的一株巨樹之上。

哪知他身形還未掠上，這株巨樹濃密的木葉中，突地又有一條樹枝彈出，南宮平大喝一聲，腳尖一點，身形倒跳而出，只聽嗖地一聲，右面樹上的樹葉內，突地射出了一隻木箭，原來左面樹枝一彈，立刻震動了右面樹上的一條柔枝，這條柔枝輕輕一掃，便掃在旁邊一張以樹枝爲背，巨藤爲弦的木弓的弓弦上，弓弦一響，木箭射出！

南宮平連遭驚險，連次縱身，氣力實已不濟，勉強躲過了這條木箭，斜斜落了下來，哪知他腳尖一點，便知道地上又是一個陷阱，他縱然用盡全力，也無力再次躍上，一聲不好，還未說出，他身形便已筆直落下了三尺，噗通一聲，落入水中，原來這陷阱不但極深極闊，而且阱底還積著深約七尺的海水，縱是輕功高手，只要落入這陷阱之中，一時半刻之間，也無法能脫身而出。

那支射出了的木箭，去勢未絕，「蓬」地一聲，射在一塊木板上，這木塊向前一震，撞上了另一塊木板的下端，第二塊木板，便立刻向前倒了下來，砰然一聲大震，重重地落到地上，竟是一面蓋子，恰巧將陷阱蓋得嚴絲合縫。

南宮平全身都已被海水掩沒，勉強墊起足尖，頭面才能露出，木板一蓋，陷阱中便已成了漆黑一片，他心中驚疑交集，悚然忖道：「想不到這荒島上竟有人類，看這陷阱機關重重，建造得如此精妙，顯然不是用來捕捉野獸，而是用來對付身具一流輕功的武林高手，他不但將一切機關，都造得天衣無縫，而且對來人身形起落的位置，都計算得清清楚楚，難道這陷阱便是用來對付我的，但又有誰知道我會到這荒島上來？若非對付我的，這陷阱怎能製作得如此精確？」

要知他輕功若是再強幾分，他便不會落入這陷阱裡，他輕功若是再弱幾分，縱然早就入伏，卻也不會落入這個陷阱之中。

他再也猜不出製作這陷阱之人究竟是誰，更猜不出這陷阱究竟是爲了對付何人而製，一時之間，他心頭便不禁充滿了猜疑和恐怖，神秘的暗中敵人，永遠比世上任何強敵都要可怖。

突聽一陣刺耳的笑聲傳來，笑聲尖銳，有如鳥啼，笑聲中既是得意，又滿充著怨氣！

原來那木板砰然一聲大震，傳入濃林，濃林中一株巨樹上，一間木板搭起的，有如鳥巢般的陋屋中，立刻如飛掠出一條人影。

只見這人影長髮披肩，竟是個女子，但身上卻只圍著幾片枯藤樹葉結成的葉裙，她滿身的肌膚，已被烈日灼得漆黑而乾枯，十隻手指，有如鳥爪一樣，面上更是瘠黃乾枯，顴骨高聳，只有一雙眼睛，明亮而渾圓，但其中也發散著野獸般飢餓的光芒，令人見了，心頭忍不住要生出一陣悚慄的寒意。

她瘋狂地得意狂笑著，咯咯笑道：「今日你總該知道老娘的手段了……」

她身形飛躍雖急，卻極是小心仔細，彷彿這濃林之中，到處都佈置著惡毒的機關埋伏，直到她躍上了那陷阱的木蓋上，她方自肆無忌憚的手舞足蹈起來，咯咯怪笑著道：「老娘的手段如何？早教你乖乖聽命於我，我還可饒你一命，此刻我卻要等你精疲力竭，再將你一塊塊烤來吃了。」

南宮平聽著這瘋狂的笑聲，恨毒的語聲，心頭只覺暗暗發冷，朗聲大喝道：「上面是什麼人？爲何要對我出此惡計？」

語聲方起，那身披樹葉的長髮怪異女子，笑聲便突地停頓，那枯瘠黑瘦的面容，彷彿突然被人打了一記，奇形地扭曲了起來！

她灼亮的雙目，也立刻泛出了驚駭詫異的光采，突然跳了起來，厲聲道：「你不是……你不是，你是什麼人？」語聲中的得意，倏然一掃而空，剩下的只有憤怒、懷恨、怨毒！

南宮平心頭一鬆，知道自己並不是此人陷害的對象，但聽了她的語聲，心頭又不覺一寒，只聽嗖地一聲，陷阱的方蓋，霍然掀了開來，一個醜怪得難以形容的長髮女子，立在陷阱邊，戳指大罵道：「混帳，賤人，死囚……」

世上所有惡毒的罵人名詞，一連串自她口中罵了出來，南宮平大怒道：「我與你素不相識……」

那醜怪女子根本不聽他的話，仍是惡罵道：「我花了無數心血，費了許多時間，算好了那賤人的身法，做出這陷阱，如今卻被你這死囚毀了，我要吃你的肉，剝你的皮……」罵聲一頓，突又狂笑起來。

南宮平又驚又怒，只見她狂笑了半晌，戳指道：「原來是你，原來是你！……這陷阱捉住了你，也算沒有白費我心血。」

南宮平心頭一怔，不知這醜惡的女子，竟會認得自己？

只聽那醜惡女子笑聲一頓，嘶聲道：「南宮平，你還認得我麼？」

南宮平凝目望去，凝注著那一雙惡毒的眼睛，心頭突地一動，大駭道：「你……還未死？你……你可是得意夫人？」

醜惡女子放聲狂笑道：「不錯！我還未死，我就是得意夫人！我雖然被你們放逐在海上，但老娘卻是渴不死，餓不死的！」

南宮平看著她的樣子，不禁木然愕住，再也說不出話來！

原來得意夫人在海上飄流了許久，白天被烈日灼炙，夜晚受風霜之苦，早已被折磨得失了人形，與她一齊被逐的男人，武功既不如她，心計更不如她狠毒，竟被她一個個殺來吃了！

她便仗著這些人的鮮血，掙扎了數十日，到後來飄流到這島上，才算撿回一條性命，在島上的日子，也充滿了困苦驚險，到了冬天，更是悽慘，她又幾乎被凍死、餓死！

這些日子的折磨，不但使得她完全變了原形，甚至使得她的聲音都改變了，只有那一雙眼睛，卻仍和以前一樣，只是更添加了不知多少怨毒和憤恨！

若不是這一雙眼睛，南宮平便再也認不得這形容醜惡枯瘦，聲音嘶啞粗糲，有如鳩形夜叉一般的女子，便是那徐娘半老，風韻猶存，聲音更甜如蜜糖，能以姿色風情誘人的一代妖姬得意夫人！

當下，南宮平只有暗嘆一聲，閉口不語。

得意夫人咯咯笑道：「你怎地不說話了？」

南宮平昂然道：「既落你手，任憑處置！」

得意夫人道：「你可是要我殺你？」

南宮平道：「越快越好！」

得意夫人大笑道：「你要我殺你，我卻捨不得殺你哩！」笑聲不住，緩緩低了下來，一面接道：「你如今已成了活寶，我怎麼捨得殺你？等你完全沒有力氣，我就會好好請你上來！」

南宮平又驚又怒，忖道：「這女人兇淫惡毒，我如今卻已精疲力竭，若是落入她手被她侮辱，不如死了倒落得乾淨！」

一念至此，他再不遲疑，抬起手掌，便待往自己天靈死穴拍下！

突聽得意夫人咯咯笑道：「你可是想自殺麼？」

南宮平手掌一頓，得意夫人已自接道：「你可知道在這島上，還有誰在這裡？」

南宮平心頭一動，脫口道：「誰？」

得意夫人大笑道：「你再也想不到的，梅吟雪在這裡！」

南宮平驀地一驚，手掌立刻垂了下來，仰面大喝道：「她怎會在這裡？」

得意夫人道：「她乘一艘破船，飄飄盪盪地到了這裡，那艘船擱淺在島那邊的岩石上，船也破了，走不得了，她便只得上了岸來，那時我還不知道她就是害我的人，她也認不出我是誰了！但是！……」

原來那日梅吟雪負氣離島登船，立刻揚帆而駛，她雖然識得航海之術，怎奈孤身一人，又怎能駕駛那艘特大的海船？

海天茫茫，她在海上漂流了許久，到後來竟也迷失了航線，「諸神島」的人爲她留在船上的一些清水和糧食，也告斷絕！

餓還罷了，渴卻難受，爲飢渴所苦的梅吟雪，就感到失去了神智！

暈迷之中，她只覺船身一震，竟擱淺了，那艘船船底本有裂口，經此一撞，船身便漸漸傾斜，只是爲海底岩石所阻，是以尙未沉沒。

荒島上的得意夫人，見到船來，本來大喜，當下到了船上，才發現這艘海船，便是風漫天、南宮平所乘的那艘，而船上卻只剩下了一個孤身的女子，她又驚又奇，又有些畏懼，只是孤島上實在寂寞，有人作伴總是好的，當下便救醒了梅吟雪。

她形狀大變，梅吟雪神智猶未清醒，自然認不出她便是得意夫人，但得意夫人卻已斷定她與風漫天、南宮平必有關係，心念數轉，便試探著問道：「南宮平是你的什麼人？」

梅吟雪怔了一怔，詫道：「你……你怎會知道我認得他的？」

得意夫人微微一笑，道：「你昏迷之中，總是不住在呼喚他的名字。」

梅吟雪悽然一笑，道：「他便是我的丈夫！」

得意夫人心中大奇，但表面卻不動神色，淡淡地問道：「他此刻在哪裡，怎會讓你孤身一人漂流在海上？」

梅吟雪雖然覺得面前這女子甚是醜惡怪異，但卻對這女子甚是感激，是以全無防範之心，當下便想簡單地說出自己的遭遇，哪知她滿腔幽怨，一經敘說，便不可抑止，竟流著眼淚將心事全都說了出來。

得意夫人面上越發不動神色，徐徐道：「你一個女子，怎會混到那艘全是男人的船上去的？」

梅吟雪黯然笑道：「我為了要在暗中保護他，是以不惜易容為……」

得意夫人冷冷截口道：「易容成一個又髒又醜的癩子，是麼？」

梅吟雪心頭一震，大驚道：「你！……你怎會知道的？」

得意夫人大笑道：「我自然知道！」

梅吟雪駭然道：「難道你……你就是那得意夫人？……」

語聲未了，得意夫人已駢指點中了她的穴道，得意地狂笑道：「天叫你送上門來，讓我報仇，但是你儘管放心，我絕不會立刻殺死你，我要讓你陪著我，受盡折磨之苦，我要日日夜夜地折磨你，教你也嚐嚐求生不得，求死也不能的滋味！」

她語聲中滿是怨毒，將這段往事說到這裡，南宮平已聽得滿心驚駭，滿頭冷汗，嘶聲道：「她現在哪裡？你已將她折磨成什麼樣子了？」

得意夫人冷笑一聲，接著道：「她現在成了什麼樣子，你一看就知道了，我將她恨之刺骨，恨不得將她千刀萬剮，讓她受盡活罪，但是……」

原來那日得意夫人將梅吟雪帶回島上，點了梅吟雪的氣血交流之處，然後縛在樹上，讓她不能以真力掙斷山藤，但卻能感覺出痛苦。

她想盡各種方法，去折磨凌侮梅吟雪，卻又不讓梅吟雪死。

她將梅吟雪縛在烈日之下，面前放了一缽清水，然後躲在暗中，來欣賞梅吟雪掙扎著去取清水，而又伸手不及時那種絕望的痛苦，烈日的灼炙，使得梅吟雪神智又似乎暈迷了，得意夫人大是得意，哪知梅吟雪早已發現得意夫人的藏身之處。

她眼簾睜開一線，目光一掃，更做著暈迷昏亂的模樣，突地大聲囈語道：「不！不！隨便你怎麼折磨我，我也不告訴你，讓你得意……」然後昏昏亂亂的，又說了一些狂囈。

得意夫人心中一動，立刻給她灌下幾口清水，大聲道：「你有什麼事藏在心裡，不肯告訴我？」

梅吟雪故作茫然道：「沒有什麼！」

得意夫人笑道：「哼哼！你心裡有什麼事，還瞞得過老娘麼？老實告訴你，你暈迷之中已將心事全都說出來了。」

梅吟雪惶然失色，道：「你！……你……我絕對不能告訴你。」

得意夫人厲聲道：「你若不說出來，我更加十倍的折磨你。」

梅吟雪道：「我落在你手裡，早已不想活了，多受些折磨，少受些折磨，還不是一樣的！」

得意夫人怔了一怔，大聲道：「好，你說出我也不聽了！」

當下她果然更加殘忍地去折磨梅吟雪，梅吟雪咬緊牙關，死也不肯說出，得意夫人一人在島上，終日胡思亂想，越想越是心癢難抓，實在想聽一聽梅吟雪到底有什麼事，不肯說出口來。

……

聽到這裡，南宮平聽到梅吟雪所受的折磨，心裡好像插上了無數根尖針般痛苦，嘶聲道：「她可曾說出了麼？你後來對她怎麼樣了？」

得意夫人冷哼一聲，閉口不語！

南宮平大駭道：「你將她殺死了麼？」

得意夫人冷冷道：「沒有！」

南宮平大聲道：「帶我去見她，帶我去見她……」

得意夫人道：「哪有這般容易！」

南宮平黯然道：「只要你帶我去見她，無論叫我做什麼，我都願意。」

得意夫人目光一轉，道：「真的麼？」

南宮平道：「你若不信，我可以發誓！」

得意夫人拋下一條枯藤，冷冷道：「把繩子繫在腰上！」

南宮平立刻做了，得意夫人一把將他提了起來，隨手點住了他的穴道，將他帶到濃林深處，道：「你以前的武功比此刻相差千里，想必是你在諸神島上，學到了一些武功秘訣……」

不等她話說完，南宮平已截口道：「我告訴你！」當下將一本南海劍訣，從頭到尾，背了出來，得意夫人果真非常人，聽了數次，便已了然，大喜道：「想不到南海劍派，竟有如此精深絕奧的劍法訣要！」

南宮平道：「我已說出，你可帶我去見她了！」

得意夫人哈哈笑道：「帶你去見她？不錯，我是要帶你見她，但是……」

原來那日得意夫人想來想去，疑團難解，只得走到梅吟雪面前，低聲下氣地說道：「我雖然對你不好，但畢竟是你的救命恩人，是麼？你有什麼話，告訴我以後，我一定會對你好些。」

梅吟雪心頭暗喜，口中卻冷冷地道：「你要我說出來也不難，但我說出之後，你卻要放開我！」

得意夫人亦是心頭暗喜，忖道：「你只要說出來，我不折磨得你更慘才怪！」口中卻極其溫柔地說道：「在這無人的荒島上，兩個人總比一個人好，只要你說出來，我一定放了你！」

梅吟雪故意嘆了口氣，道：「你話說得雖好，但是我卻不信，除非……！」暗中忖道：「此人要上鉤了！」

得意夫人急忙道：「除非怎樣？」心中忖道：「她若要我先放了她，就顯見得根本沒有什麼秘密，只是故意玩個花樣，要我上鉤，哼哼！我是數十年的老猾頭了，難道還會上你的當麼？」

但梅吟雪只是徐徐地道：「除非你能發一個很重很重的誓，我才信得過你！」

得意夫人大喜忖道：「到底是個沒見識的丫頭，老娘平生發誓，不知發過多少次了，簡直有如吃白菜一般，還怕什麼！」

當下故意遲疑了半晌，才嘆口氣道：「我平生說話，說過就算，從來沒有發過誓賭過咒，但是……唉！這次就依你。」

梅吟雪暗中大罵：「放屁，你若沒發過誓，太陽就要從西邊出了！」面上卻做出十分相信的樣子。

只見得意夫人果然跪了下去，發誓道：「我若失言了，就叫……就叫樹枝將我戳死，螞蟻將我屍首吃掉。」

梅吟雪冷笑暗忖道：「好一個牙疼咒。」

要知道兩人俱是千靈百巧，心計極深的女子，面上雖然都是一本正經，肚裡卻都在弄鬼，你要騙我，我要騙你，也不知誰能將誰騙倒。

兩人目光對望了一眼，梅吟雪長嘆道：「你既然發下這樣的重誓，我就告訴你，這個島雖然荒涼，但將來一定有船隻通過，那時你就可回到中原，絕不會老死在這荒島上了……」

得意夫人大怒道：「你要說的，就是這句話麼？」

梅吟雪微微一笑，道：「但是你已變成這種模樣，回到中原後，武林中人還會稱你『得意夫人』麼，只怕要喚你作『夜叉夫人』了！」

得意夫人大罵道：「你再說一句，我就將你臉上的皮撕下來。」

梅吟雪故意長嘆道：「你不要我說了麼？唉……可惜……我只得不說了！」

得意夫人怔了一怔，展顏笑道：「好妹子，快說出來，你這樣漂亮的面孔，姐姐我連摸都捨不得摸的，怎麼會撕下來！」

梅吟雪暗中大罵，口中笑道：「好姐姐，我渴死了，要喝水。」

得意夫人暗中罵得更兇，口中卻也笑道：「好妹子，姐姐來替你拿！」一路罵不絕口，爲梅吟雪拿來了一缽清水，兩人口裡姐姐妹妹，叫得越來越是親熱，暗中卻將對方祖宗八代都罵了出來。

梅吟雪喝了水，道：「好姐姐，你猜我多少歲了？」

得意夫人道：「這個……十六七歲吧。」她爲了要討梅吟雪的歡心，故意又少說了幾歲。

梅吟雪笑道：「你大概還不知道，我就是梅吟雪。」

得意夫人失聲道：「呀，原來你就是孔雀妃子。」暗中罵道：「難怪這小狐狸這般狡猾，原來她竟是梅吟雪！」要知梅吟雪成名甚早，是以得意夫人自然也知道她的名字。

梅吟雪道：「我出道江湖，已有二十年了，如今算來，已是四十多歲的人了。」她自己另有打算，是以又多說了幾歲。

得意夫人呆了一呆，目光凝注了半晌，徐徐道：「看不出來……看不出來……」心念一動，突地大聲道：「你難道學會了駐顏延年的內功？」

梅吟雪笑道：「我若不會那種內功，如今還會是這個樣子麼？」

得意夫人大喜道：「好妹子，快教給我，我想了好多年了！」

要知她雖是徐娘風姿，看來並沒有她真實年紀那般蒼老，其實只不過是平日攝生有道，保養得好，日日蛋清洗臉，珍珠粉沖茶，卻不會那種武林中最秘密神奇的內功，愛美本爲女子天性，何況她這種女子，更何況她如今已變成了這般模樣。

梅吟雪道：「像姐姐你這樣的天資，這樣的武功根基，只要勤練這種內功一兩年，不但立刻就會還你本來顏色，而且還可永駐青春。」

得意夫人更是聽得意動神馳，連聲道：「好妹子，快說，快說……」

梅吟雪道：「我說出來，你一定放我。」

得意夫人暗忖道：「我這獨門點穴，無人能解，何況這荒島上根本無人，我即使解開她的山藤，她周身無力，連隻雞都拿不動了，還能玩出什麼花樣？不如落得大方些，讓她好放心將秘訣告訴我。」

她卻不知道梅吟雪被龍布詩以那般厲害的手法，廢去了全身功力，還能自己恢復過來，何況她此刻只不過是閉住了梅吟雪的氣血，當下自以爲得計，含笑道：「好妹子，你若不信，姐姐就先解開你身上的縛束，讓你可以舒服些。」

梅吟雪笑道：「姐姐，你真好。」

得意夫人暗罵道：「小狐狸，過一陣你就要罵我了。」面上滿堆笑容，解開了梅吟雪身上的縛帶，只留下兩道山藤，縛在梅吟雪足上。

梅吟雪又笑著謝了，道：「姐姐，你好生聽著。」竟真的將那駐顏內功的訣要，緩緩的誦了出來，而且字字都不虛假，只因她知道她的對手不是等閒之輩，若是假的，絕騙不倒她。

得意夫人全心全意，凝神聆聽，一面心中參詳，一面忖道：「果然不是假的。」只是那秘訣內容精奧，字句艱深，得意夫人思索研究了許久，含笑嘆著氣道：「好妹子，這秘訣太深奧了，一時我還弄不懂，你索性好人做到底，把練功的方法也教給我吧。」

梅吟雪笑道：「這秘訣我早年就已得到，但直到許多年後，我被人關在一個棺材裡，什麼事也不想，苦苦研究了半年，才算弄通，但一通之後，就很容易，你看，三花聚頂，五氣朝元，這些內功的入門之術，你自然是知道的。」

得意夫人彷彿等不及似的，立刻盤坐了起來，道：「還有呢？」

梅吟雪道：「先將真氣運行一周，然後聚至丹田……」

得意夫人果然照著做了一遍。

梅吟雪道：「內功本是修練內五行之術，如今要將它練到面目之外，就要……」她一連串說了許多練功的方法，當真字字句句俱非凡響。

得意夫人還怕她陷害自己，暗中又研究許久，看來看去，那其中實在沒有蹊蹺，便照著做了。

過了許久，梅吟雪道：「此刻你是否覺得清氣已漸漸升上顏面？」

得意夫人點了點頭，梅吟雪道：「那麼你已將真氣運到太陰太陽裡經肝膽脈下了，等到他真氣由厥陰肝經下降到肝經下血海，然後經心經直下重樓，再由足厥陰經回到鳩尾下一寸的返魂穴時，你就可以完全確定我說的沒有錯了，你就該放了我了。」

得意夫人暗中罵道：「放你去死。」

她一心一意地運氣行動，口裡雖沒有說話，但還是微微點了點頭。

梅吟雪凝目而望，又過了許久，突地見她面色大變，額上漸漸沁出了汗珠，渾身突地顫抖起來，顫聲道：「你……你好！」原來她真氣一下，便突地岔往別處，雙腿立刻變成木石盤毫無知覺。

梅吟雪倏然放聲大笑起來，立刻掙開了腳上的山藤，退後了一丈多遠，嘻嘻笑道：「你現在舒服了麼？」

得意夫人怒罵道：「你……你敢騙我！」

梅吟雪大笑道：「我不騙你騙誰，老實告訴你，這行功之法本是我自己上過當的，我已爲它吃了一年多的苦，否則又怎能騙得到你。」

得意夫人滿懷憤恨，緊握雙掌，突地發覺自己下半身雖已僵木，但雙掌卻仍可使力，心念一轉，長嘆道：「我既然已被你騙倒了，只能怪我自己，我絕不怪你，只要你不殺我，我也不希望你告訴我復原的方法，快過來，讓我爲你解開穴道。」

梅吟雪道：「謝謝你。」向前走了一步。得意夫人方自大喜，她卻已停住腳步，搖頭道：「不行，不行，我現在全身還沒有力氣，若是走得近了，你就要一掌將我打死了。」

得意夫人柔聲道：「事已至此，我爲什麼還要害你，妹子，你放心好了。」

梅吟雪哈哈笑道：「好姐姐，我卻有些不放心，怎麼辦呢？只好等到我自己打通氣血的時候，那時你若還沒有餓死渴死，我一定走到你身邊，好好照顧你，比你對我還要再好十倍。」

得意夫人面上所有的溫柔笑容，在刹那間一掃而空，放聲大罵道：「好個忘恩負義的小賤人，我救了你的命，你忘了麼？」

梅吟雪道：「沒有忘，我也絕不殺死你。」隔著得意夫人兩丈開外，遠遠繞了開去，得意夫人雙手抓著地上的泥土，將世上狠毒的話全都罵了出來，怎奈梅吟雪不聞不問，將她完全當做瘋狗一般。

但是梅吟雪轉過了濃林，神色立刻緊張起來，她知道得意夫人雙腿的僵木，三五日中便可恢復，只因爲這是她親身的經歷，而她自己的氣血何時能夠解開，她卻全然沒有把握。

到了島那邊另一道樹林，她四下量度一下地勢，便在樹林中，佈下了許多埋伏，她涉水到船上，取來了一些工具，砍了數十根木棍，插在深可及膝的荒草裡。

三天之中，她甚至不敢休息，累得筋疲力竭，方自罷手，但是她這三天中的辛勞，卻未曾白費……

得意夫人眼看梅吟雪身形消失，空自怒罵了半晌，她心裡的恨毒憤怒，便化做了憂慮焦急，以手代足，一寸一寸地掙扎著爬進了樹林。

三天裡她有時忍不住又放聲怒罵，有時卻不禁大聲哀告，但無論她罵盡粗語，抑或是說盡好話，都得不到一絲回音。

她再也想不到第五日黃昏，她閉塞的真氣，竟然暢通，大喜之下，略爲養了養神，便四下尋找梅吟雪，她發誓要找到梅吟雪，將滿心怨毒宣洩。

漫天夕陽中，她尋到了梅吟雪存身的樹林外，山巖邊，一腳方自踏入草叢，只聽「嘣」的一響，便有十數條樹枝自木葉中彈起，十餘塊尖石，隨著樹枝暴射而出，亂雨般落將下來，風聲銳厲，力量甚強。

得意夫人一驚之下，閃身避過，哪知她身形未定，突地又有十數塊尖石，自地上彈起！她驚呼一聲身形閃電般退出林外，肩頭卻已被石塊掃中，辛辣生疼，放聲大罵道：「姓梅的賤人，你敢出來麼？」

她驚魂未定，在林外罵了一陣，卻終是不敢再進樹林。

只聽林中一陣冷笑，梅吟雪竟從長有尺餘的荒草梢頭漫步而來，衣袂飄風，長草也不住飛舞，她俏生生立在草上，有如凌波仙子一般，草上飛行，本已是絕頂輕功，但普通人也只能提著一口真氣，自草上飛行掠過，似這般能在草上從容漫步的輕功，得意夫人當真是見所未見，聞所未聞。

剎那間她滿心憤恨，又變作了驚恐，惶聲道：「你……你……誰替你解開的穴道？」

梅吟雪笑道：「你可知道我一身功力，被龍布詩毀去之後，還能自行恢復，何況這次僅是被你點了穴道。」

她不但能在草上從容漫步，竟還能吐氣開聲，得意夫人更是大驚，她再也未曾想到，那草叢中早埋有數十根十分堅固的木樁。

梅吟雪微笑又道：「我已在樹林中佈置好一個極陰涼處，你既然來了，便請進來歇息一陣如何？」

她內力未復，身子嬌弱無力，雖然立在木樁上，也不禁搖搖欲墜。

十九 荒林女神

得意夫人見了，越發以爲她輕功妙到毫巔，哪裡還敢進去，只是心裡還有些懷疑，她內力既已恢復，爲何說話這般有氣無力。

梅吟雪秋波一轉，更是有氣無力微微地笑道：「我內力還未十分恢復，連說話也沒有力氣，你若要和我談天，就請進來坐坐，我這樹林裡也沒有什麼厲害的埋伏，絕對傷不到你的。」

得意夫人呆了半晌，梅吟雪越是請她進去，她越是不敢進去，暗忖道：「原來她說話裝得有氣無力，也是故意來騙我的。」

梅吟雪道：「請，請……」

得意夫人突地大笑道：「你這些話騙得了別人，卻騙不倒我，我才不上你的當哩！」得意地大笑數聲，轉身飛掠而去！

梅吟雪望著她身影消失，不禁反手一抹額頭上汗珠，暗道一聲：「僥倖！」她只是露了一手諸葛孔明的空城之計，便輕輕將得意夫人騙過。

這件事的經過，得意夫人敘說得自然沒有如此詳細周到。

她最後說道：「那日我回來之後，生怕賤人會偷偷來暗算於我，便在樹上搭上了間木屋，又在四周佈滿了許多埋伏，哼哼！她雖然像狐狸狡猾，老娘又何嘗會輸給她？老娘不敢去到那樹林中去，她又何嘗敢到這邊來？」

南宮平聽到梅吟雪無恙，不禁鬆了口氣，忖道：「原來她這些陷阱埋伏，都是爲梅吟雪做的，如此說來，我的輕功豈非已和梅吟雪一樣了，是以才會落入這陷阱之中。」

他卻不知道他的輕功如今已比梅吟雪強過幾分，只因得意夫人將梅吟雪輕功估量過高，而南宮平又在體力不濟的情況中。

得意夫人恨聲道：「可恨的只是，那賤人竟佔著了那艘破船，而且整日叮叮咚咚的修補，我只怕她船修好了，便可脫困而去，而我只有終老在這天殺的荒島上，可是……如今我有了你，便不怕她走了……」「啪」地一拍南宮平肩頭，放聲狂笑起來。

南宮平心頭一凜，厲聲道：「你這話是何用意？」

得意夫人道：「她那般多情的女子，既與你結成夫妻，怎捨得留下你這樣英俊的少年，在這無人的荒島上陪我？」

南宮平大怒道：「你是否要以我要脅於她？」

得意夫人笑道：「你倒聰明得很。」一把抱起南宮平，自林後掠去。

穿過這濃密的樹林，便是一片黑岩，林中陰陰鬱鬱蟲鳥啁啾，到這裡眼界突然一開，但見清風白雪，海濤之聲，隨風而來。

南宮平放眼望去，只見黑岩那邊，又是一片叢林，他知道那叢林之內，便住著他朝思暮想的梅吟雪，一時間心房不覺怦怦跳動，方待出口呼喚，哪知得意夫人卻又輕輕點了他的啞穴，道：「安靜些！」

她將南宮平藏在一方岩石後，方自大步走到林邊的黑岩上，高聲喚道：「梅吟雪……姓梅的，你快出來！」

呼聲尖銳，驚逃了林中幾隻夜鳥，帶著一種譴責意味的撲翅飛翔聲，一飛沖天！

接著，林中響起一聲長笑，梅吟雪手裡拈著一條樹枝，緩步而出，她身上穿著一件船帆製成的長袍，雖簡陋，卻清潔，像是荒林女神般，面上帶著淡淡的笑容，淡淡笑道：「你又來了麼？請進請進！」

得意夫人咯咯笑道：「好妹子，許久不見，你出落得更漂亮了。」

梅吟雪笑道：「我昨天獵了幾隻野兔，也美味得很，你可要去我那裡吃一點？」

她兩人言來語去，面上都帶著溫柔的笑容，話更說得親熱，但彼此心裡，卻恨不得一口將對方吞到肚子裡去。

南宮平一聽到梅吟雪的語聲，心頭更是悲喜交集，不能自已，只恨自己身不能動，口不能言，一時間心胸都已彷彿裂開。

梅吟雪秋波一轉，笑道：「你今日這麼高興，可是有什麼喜事麼？」

得意夫人道：「不錯，我聽說你船快修好了，是以心裡高興得很。」

梅吟雪咯咯笑道：「呀，你真好，只可惜我一人乘船走了，你豈非更是寂寞，而且……等你死的時候，連個收屍的人都沒有，說不定真會被螞蟻吃了，唉！一想到這裡，我心裡就難受得很。」

得意夫人心中大罵道：「死賤人。」口中卻輕笑道：「呀，妹子，你真是關心我，但是姐姐我絕對不會沒有人收屍的。」

梅吟雪嘻嘻笑道：「我本想留在這裡替你收屍，但你老是不死，我也等不及了，只好先走……」

得意夫人道：「好妹子，我知道你是說著玩的，你不會走的，你要將船留給我，讓姐姐我一個人走，你說是麼？」

梅吟雪忍住笑道：「是極是極，真虧你怎麼想得出來的。」終於還是忍耐不住，噗哧一聲，笑出聲來。她越想越覺好笑，真笑得花枝亂顫，眼淚都幾乎流了下來。

得意夫人大笑著道：「這想法妙吧？好妹子，告訴你，這法子也不是姐姐我想出來的，而是我那裡今天來的一個客人告訴我的。」

梅吟雪笑道：「哦？真的？你那位客人，必定也聰明得很，他是誰呀？」

得意夫人冷冷道：「南宮平！」

梅吟雪身子一震，笑聲立頓，失聲驚呼道：「南宮平？他來了？」

得意夫人緩緩抬起手來，理了理披肩的長髮，悠然說道：「不錯，他來了，你可要見見他麼？他一心一意都在想著你哩！」

她動作和神態，仍有如昔日那般冶蕩妖媚，只是她卻忘了，她早已失去了昔日的顏色，一個夜叉般醜陋的女子，卻偏偏要做出妖姬般的媚態，那樣子當真是惡形惡狀，令人見了，幾乎連隔夜飯都要吐將出來。

梅吟雪心胸間一陣陣情感激動，但面上卻絲毫不動聲色。

得意夫人呆了一呆，大聲道：「怎麼！你難道不想見他？」

梅吟雪心念數轉，緩緩道：「我為什麼不想見他？」

得意夫人咯咯一笑，道：「這就是了，我早就知道你也必定是想著要見他的。」

梅吟雪突又緩緩道：「我為什麼想著要見他，我心裡早已將他當做死了，這種薄情男子，我見不見他，都是一樣！」

這次便輪到得意夫人身子一震，笑聲立頓，變色道：「你難道忘了你們兩人的山盟海誓？你難道忘了你們已結為夫妻？你曾經告訴我，你始終對他情深一往，難道那些都是假話？」

梅吟雪冷冷道：「不錯，我是曾經對他情深一往，但現在卻已恨透了他，在那『諸神島』上，我求他張開眼來看我一眼，他都不肯，此刻我為什麼定要見他，你說我為什麼定要見他！」

她越說聲調越高，心頭似乎有滿腔激憤！

得意夫人臉色大變，惶聲道：「那時他必定有許多苦衷，是以才不願見你，但他的確是個溫柔多情的男子，而且的的確確對你情深一往，你千萬不能對不起他！」

她本來以爲必定能以南宮平來要脅梅吟雪，使得梅吟雪聽命於她，她滿懷得意和希望而來，哪知梅吟雪卻早已不將南宮平放在心上。

於是她希望變爲失望，得意變爲惶恐，竟口口聲聲，爲南宮平辯護起來。

梅吟雪冷冷一笑，道：「你既然認爲他是溫柔多情的男子，就叫他陪著你好了，哼哼！有這樣一個溫柔多情的男子在荒島上陪著你，我也好放心走了。」話未說完，便已轉過身子。

得意夫人心下更是惶急，大喝道：「且慢！」

梅吟雪頭也不回，冷冷道：「我將丈夫都讓給你了，你還有什麼不滿意的事？你還有什麼話說？」

得意夫人愁眉苦臉，再也沒有半分得意的樣子，愕聲道：「我又老又醜，已是老太婆了，怎麼配得過他，但你兩人卻是男才女貌，天成佳偶……」

梅吟雪冷冷道：「這便是你要說的話麼？」腳步一動，向前走去。

得意夫人大聲道：「且慢，人家苦苦尋找於你，你無論如何也要看他一次。」

梅吟雪頓住腳步，道：「看不看他，都是一樣，再看一次也無妨。」

得意夫人道：「你且稍等一會，我立刻將他帶來。」如飛向後掠去，她想等梅吟雪苦苦哀求之後，再將南宮平帶來，哪知此刻竟變爲她要苦苦哀求梅吟雪，這豈非可憐可笑！

南宮平聽著她兩人的對話之聲，心中忽悲忽喜，忽而失望，忽而憤慨。

他暗中忖道：「連得意夫人這樣的女子都知道我必有苦衷，而吟雪她竟然絲毫不瞭解我。」心頭一陣熱血上湧，忽又轉念忖道：「她心計極深，莫非這只是她早已看破得意夫人的用意，是以欲擒故縱，先發制人……」

他心中正自猜疑不定，得意夫人便已如飛掠來，俯下身子，爲南宮平整了整身上的麻衣，理了理頭上的亂髮，口中卻厲聲道：「出去之後，趕快苦苦哀求於她，勢必要打動她的心，求她原諒你，知道麼，否則……哼哼！你心裡清楚得很，老娘是什麼事都做得出來的！」

南宮平咬緊牙關，一言不發，得意夫人一把抱起了他，轉出石外。

南宮平凝目望外，只見一條俏生生的人影，背向這邊，站在密林濃陰中，刹那之意，心頭如被巨石一撞，衝口道：「吟雪，我……」

梅吟雪身子彷彿微微顫抖了一下，卻仍未回過頭來！

得意夫人強笑道：「好妹子，你看，姐姐這不是將你的人兒帶來了麼？你看他爲了想你，已憔悴成這副樣子，連我看了都難受得很。」

梅吟雪過了許久，方自緩緩轉過身來，面上仍是一片冷漠的神色。

得意夫人道：「你看，你看，你們小倆口子，經過了那麼多變故，現在終於重又相見了，呀！這真的是可喜可賀之事，我太高興了，太高興了……」她口裡連聲說著太高興了，面上卻是愁眉苦臉，目光中更滿含怨毒懷恨之意，哪有半點高興的樣子？

南宮平見到梅吟雪竟對自己如此冷漠，心裡的千言萬語，方待說出，便已一齊哽住在喉間，化作了一塊千鈞巨石，重重地壓了下去，壓在心頭。

得意夫人目光一轉，扯了扯南宮平的衣袖，道：「你說話呀！見了她，你難道不高興麼？有了話儘管說出來好了，難道還害臊麼？」

梅吟雪突地面色一變，厲聲道：「他還有什麼話好說，我不見他之面還罷了，一見他之面，不由我恨滿心頭，你快些將他帶回去！」

得意夫人大聲道：「你與他當真已恩義斷絕？」

梅吟雪憤然道：「你說的對極了。」

得意夫人突地陰森森冷笑一聲，道：「既是如此，我便要以五陰手法，點殘他的奇經八脈，讓他受盡痛苦折磨之後，口噴黑血而死，我倒要看看你，到底心痛不心痛？」果然抬手向南宮平殘穴點去，眼角卻偷偷瞟看梅吟雪，只望她出手相救。

梅吟雪冷笑道：「請便，請便，只希望你就在此地動手，也讓我看看他受罪時的樣子，同時你便可以知道我心痛不心痛了。」

得意夫人怔了一怔，倏地頓住手掌，身子跳了起來，頓足大罵道：「好個無情無義的賤人，居然忍心謀殺親夫，難怪江湖中人稱你冷血，你的血果然比毒蛇還冷，你的心也比毒蛇還毒！」

梅吟雪仰天大笑道：「承蒙過獎，多謝多謝，我若不冷血，早已不知死過多少次了……」

笑聲突地一頓，自懷中取出了一雙小小的金鈴，隨手拋了過來，叮噹一聲，落在南宮平足邊，南宮平心頭一震，只聽她沉聲道：「這便是你我成親之日你送給我的信物，如今我還給你了，從今以後，我倆再無牽連，你莫要再來糾纏於我！」

南宮平心頭有如被利刃當胸刺入，耳旁嗡然一響，喉頭微微一頓。

得意夫人怒罵道：「好個無恥的賤人，別人休妻，你卻休起丈夫來了，千古以來，狠毒無恥的女人雖多，卻無一人比得上你。」

梅吟雪冷笑道：「真的麼？我本來以爲最狠毒無恥的女人是你哩。」

得意夫人氣得暴跳如雷，頓足罵道：「南宮平，你怎地像個烏龜似的不說話呀，你……你……」碎石紛飛，地上的黑岩，都被她雙足踩碎。

南宮平心頭早已痛得麻木，木然道：「吟雪，我是對不起你，你這樣對我，我也不怪你，你年紀還輕，還有許多壽命，只望你以後能找個正當的人，過正當的日子，不要……」

梅吟雪道：「不勞你費心，世上男人多得是……」霍然轉過身子，大笑道：「我船已修好，這便要去划了！」

狂笑聲中，她如飛掠入了濃林，然後，她的笑聲立刻變作了悲泣，身子搖了兩搖，痛哭低語：「小平，你該原諒我，我若不這樣做法，必定騙不過得意夫人的毒手……」語聲未了，仰首噴出一口鮮血。

她掙扎著走了幾步，尋了個隱身之處，緩緩坐下來，她深知得意夫人的兇殘毒辣，是以僞裝得對南宮平恩情斷絕，好叫得意夫人失望。

但是她這偽裝，卻不知付出了多少代價，她使得南宮平傷心，心裡更不知是多麼痛苦，南宮平最後說出的話，更令她心房寸碎，直到碎心的痛苦無法忍受，便化作鮮血噴出。

她輕輕一抹血跡，嘴角處薄薄爬上了一絲微笑，只因她自知自己偽裝得甚是成功，得意夫人縱然奸狡，卻也被她騙過，她輕輕自言自語道：「得意夫人，你來吧，我在林裡正不知有多少埋伏在等著你呢？你以為我已要去了，你能不來麼？」

她眼前似乎已泛出一幅圖畫……

得意夫人被倒吊在樹上，呻吟而死，然後，她便可倒在南宮平懷裡，那時，南宮平自然已知道她的苦心，那時，他們就會彼此流著眼淚，體味到彼此的相思與痛苦，然後，他們便揚帆而去，然後，便是一連串幸福美滿的日子，然後……

她心神交瘁，噴出一口鮮血後，周身更宛如全已脫力，此刻眼簾一闔，便在幸福的美夢之中，昏迷了過去……

南宮平目送著她身影消失，心頭一陣激動，竟也忍不住噴出一口鮮血……

得意夫人連連頓足，不住怒罵，在南宮平身邊走來走去，突地，她停下腳步，一掌拍開了南宮平的穴道，大聲道：「無用的男人，還不快追過去，將那無恥的女人綁在樹上，狠狠抽一頓鞭子……」

南宮平坐在地上，動也不動，喃喃道：「讓她走吧……讓她走吧……」

得意夫人怒罵道：「讓她走吧，嘿！你還是個男子漢大丈夫麼，你在這荒島上受苦，卻讓她回去和別的男人尋歡作樂，別人若是知道她曾是你南宮平的妻子，不但你活著不能見人，死了不能見鬼，就連你師傅師兄，祖宗八代人的臉都被你丟光了，你對得起你的祖宗麼？」

南宮平雙拳緊握，牙關緊咬，霍然站了起來。

得意夫人只當這番話已將南宮平打動，大喜道：「去，快去！」她要南宮平先去闖開埋伏，然後她自己隨之而入。

哪知南宮平呆了半晌，突又撲地坐到地上，得意夫人恨得咬牙切齒，在樹林邊轉了幾轉，突又回手點了南宮平穴道，道：「走！那邊去！」

南宮平已完全麻木了，她一指點來，竟也不知閃避。

她想到樹林正面，埋伏必多，是以繞過一邊，再穿林而入，截下梅吟雪。

她繞著樹林走了半圈，只見一片黑岩，壁立而起，下面便是叢林，得意夫人微一思索，尋來兩塊火石，南宮平心頭一凜，脫口道：「放火？」

得意夫人冷冷道：「不錯，老娘燒光這一片樹林，看她還有什麼埋伏！」

要知她之所以遲遲不敢放火，便是因為生怕自己火攻梅吟雪，梅吟雪又何嘗不能火攻自己，到那時全島若是燒成一片荒地，兩人豈非便要同歸於盡？

但此刻她心中卻已再無顧慮，當下尋來一些枯枝散葉，燃了起來，自山壁之上，拋了下去。

風急林燥，火勢瞬即燃起，一股濃煙，沖天而上。

得意夫人哈哈笑道：「看你這次還有什麼法子，除非……」

南宮平冷冷截口道：「她縱然本待多留半日，你放火一燒山林，她也要乘船走了，等到火勢熄滅，你縱然進去，卻已遲了。」

得意夫人心頭一震，呆了半晌，突地放聲狂笑道：「好好，大家一齊死了，豈非乾淨……」左掌閃電般拍開了南宮平穴道，右掌急伸，將南宮平推下山巖，狂笑道：「衝呀！衝進去！……」

南宮平身形直衝而出，眼見便要落入烈火之中，便在這千鈞一髮之際，他手掌突地挽住了一塊突出的山石，運氣騰身，雙足向後急掃，只聽蓬地一聲，有如木石猛擊，他右足已掃在得意夫人足踝脛骨之上。

得意夫人的狂笑未絕，放聲驚呼一聲，筆直滾下了山巖。

呼聲尖銳、淒厲，歷久不絕。

南宮平伸手一抹頭上冷汗，凝目向下望去，只見得意夫人滿身火星，自烈燄中一躍而起，發了狂似的向火勢猶未燃起之處奔去。

哪知她方自狂奔十餘丈遠近，突又驚呼一聲，撲面跌倒，接著，她身子便被一條巨藤倒懸而起，剎那之間，但見密葉之中箭如飛蝗，暴射而出，數十根樹枝削成的木箭，竟有一半射在她身上。

南宮平瞑目暗嘆一聲，呆呆地怔了半晌，飛身朝來路奔回，放聲大呼道：「吟雪，梅吟雪，她已中了你的埋伏，你看得見麼？」

他心中猶存希望，梅吟雪方才若是在施欲擒故縱之計，此刻聽了他的驚呼，便該飛身奔出，但樹林中卻寂無應聲，他自然再也不會想到，梅吟雪此刻已是暈迷不醒，放聲呼喚了一陣，心頭既是失望，又是悲憤，大喝一聲，衝入樹林。

他心情惶亂，竟又忘了這樹林中處處俱是埋伏陷阱，入林未及一丈，他身子便已絆倒，只聽呼地一聲風聲，一方巨石，自木葉中直落而下，砰然擊在他後背之上，他再次噴出一口鮮血，當場暈絕過去。

海風強勁，火勢越燃越大……

眼看不用多久時間，這無人的荒島，就要變為一片火海，南宮平等三人，仍是暈迷不醒，而那閃耀的火燄，卻有如無情的海浪，寸寸逼近，那兇猛的火舌，眼看在瞬息之間，便要將三人吞沒，他三人之間的恩怨、仇恨、情愛，在生前雖然糾結無已，但此刻卻要隨著他們的生命與軀體，永遠埋葬於火窟之中……

長天一碧萬里，海上波濤千重，一片斜帆，現於海天邊處，這片帆顏色非黃非白，竟是五色紛呈，七彩斑斕，彷彿是用無數塊彩色錦緞，拼湊而成，縱是航行海上多年的水手，也絕無一人見過如此奇異的風帆。

船上畫棟雕樑，錦幔珠簾，高麗堂皇眩人眼目，船上的船伕，身上穿的俱是片錦碎緞拚成的七彩錦衣，頭上短髮齊肩，仔細一看，竟然全都是女子，只是人人筋骨粗壯，身手矯健之處，比起一般大漢，猶勝三分。

一個短髮健婦，叉手立在船舷邊，突地放聲呼道：「陸地！」

船艙中一個華服少年，立刻自深重的珠簾中探身而出，一步掠到健婦身邊，放眼望處，但見遠處果然出現一片陸地的影子，雙眉一展，揮手道：「轉舵揚帆，全速而進！」船上健婦，轟然應了，久航海上的水手，驟然見著陸地，心情自是十分興奮。

珠簾中嬌喚一聲：「真的見著陸地了麼？」

兩位容光照人的明眸少女，自艙中並肩行出，一人濃裝艷抹，身上穿的亦是七彩錦衣，頭上青絲，高高挽起，環珮叮噹，在風中不絕作響，看來有如初為人婦的新娘子一般。

另一人卻是淡掃蛾眉，不施脂粉，更顯窈窕。

這兩人一清一艷，裝束雖不同，但眉宇間卻都有一股逼人的英氣，只是那艷裝少婦神色間喜氣未消，那青衣少女目光中卻含蘊著無限的幽怨與焦慮。

華服少年回首一笑，道：「不錯，前面便是陸地！」

艷裝少婦輕輕嘆了口氣，道：「但願這就是那傳說中的『諸神島』就好了，也省得我這位妹子整天擔心，不到幾天，也不知瘦了好多。」

華服少年道：「不但她心裡著急，我……」語聲未了，突見一股濃煙，自那島沖天而起，華服少年變色喝道：「島上火起！」

艷裝少婦道：「島上既然有火，必定也有人跡，莫非這孤島就是那『諸神殿』所在之地麼！」

青衫少女仰眉一揚，冷漠的面容上，突地泛起了一陣激動的紅暈之色。

華服少年揚臂喝道：「快，快，荒島之上，火勢蔓延極快，咱們定要在火勢展開之前趕去，否則……否則……」

他心中似有一種不祥的預兆，但望了青衫少女一眼，便忍住沒有說出口來。

大船順風而駛，片刻間便駛到岸邊，船未靠岸，華服少年、艷裝美婦、青衫少女身子便已齊地一躍，有如三隻凌波海燕般掠上了荒島。

青衫少女神情最是焦急，腳尖一點岩石，便沿著火林飛掠而去。

華服少年、艷裝美婦，身形一展，躍上了一道危巖，放聲大呼道：「島上可有人麼？」

餘音嫋嫋，消失在烈火燃燒的必剝聲中，但島上卻一無回應。

艷裝美婦雙眉一皺，道：「島上若是有人，怎地無人回應，看來……」

語聲未了，華服少年突地大喝一聲：「你看，那邊是什麼？」

艷裝美婦順著他的手指望去，只見漫天火燄中，荒林裡竟似有一條凌空搖曳的人影，兩人對望一眼，華服少年驀然脫下了長衫，包在頭上，艷裝美婦變色道：「危險，你……」

華服少年輕輕拍了拍手掌，微笑道：「我一生有哪次怕過危險，天下又有什麼危險能傷得到我！」

他雖是微笑而言，但語聲中卻充滿了豪氣和自信。

艷裝美婦輕輕一嘆，道：「去吧，小心些……」

華服少年反腕自腰間撤下了一柄軟桿銀槍，震腕一抖，挽起了一片銀芒，朵朵槍花，他矯健的身形便已乘勢躍下岩石，投入火林！

但見一團銀光，自火燄中穿林而入，艷裝美婦滿面關懷，凝注著他的身形。

華服少年掃目望去，只見一株巨樹之上，竟然倒懸著一個奇醜的婦人，身上鮮血淋漓，亂髮長長掛了下來，髮上已沾著幾點火星，但若是遲來一步，這婦人便要被火燒成焦木。

他不假思索，腳尖一點，刺斷了懸人的粗藤，引臂接過了這婦人的身子，再次以銀芒護體，飛身而出，嗖地竄上岩石。

艷裝美婦雙掌倏然拍出，爲他拍滅了身上的幾點火星，長長鬆了口氣，道：「沒有燒著你麼？」

華服少年哈哈大笑道：「就憑這樣的火勢，也能燒得著我？」

艷裝美婦展顏嬌笑道：「你瞧你，總是這副天不怕地不怕的脾氣，幾時真該讓你吃些虧才好！」語氣雖似嬌嗔，其實卻充滿了愛悅，秋波一轉，又道：「這女人是誰？怎麼生得這副樣子！」

華服少年道：「不管此人是誰，島上既然有人，就不會只有她一個，否則她難道是自己將自己吊在樹枝上的麼？」

豔裝美婦道：「能問問她就妙了，不知她已經死了沒有？」

華服少年查視半晌，道：「雖然未死，也差不多了！……」

話猶未了，突聽那青衫少女的呼聲遙遙傳來，呼道：「在這裡，南宮平，他……他真的在這裡！」

華服少年、豔裝美婦身子同時一震，大喜道：「她果然找著他了！」

說話之間，兩人已如飛向呼聲傳來的方向飛掠而去，奔行了數十丈，只見那青衫少女懷裡抱著一人，坐在一塊突起的岩石上，面上又有喜色，又有淚珠，惶聲呼道：「快來，他受了傷了！」

華服少年、豔裝美婦又是一驚，齊地脫口道：「傷得重麼？」

青衫少女道：「傷得很重，幸好只是外傷，我已餵了他幾粒丹藥……」

華服少年道：「我來替他療傷！」放下那長髮醜婦——得意夫人的身子，兩掌按住了南宮平前胸，以內功來助南宮平活血通脈，發散藥力。

豔裝美婦掏出一塊羅巾，擦了擦那青衫少女面上的淚珠，嘆著氣道：「傻妹子，人都尋到了，還哭什麼？」

青衫少女道：「我……我不哭，我太……太高興了！」

說是不哭，眼淚還是一粒一粒地往下直落。

過了盞茶時分，那華服少年頭上已是滿頭大汗，但南宮平卻已悠然醒來，目光一轉，望到面前的三張面孔，剎那之間，他只覺一陣強烈的悲哀與驚喜一齊湧上了心頭，幾乎以爲自己是在做夢。

青衫少女秋波一觸南宮平的目光，身子便不禁爲之顫抖起來，垂下了頭，輕輕放開了緊抱著南宮平的手掌，晶瑩的眼波中泛出了喜悅與嬌羞。

南宮平緩緩抬起手來，覆在華服少年的手掌上，慘然笑道：「狄兄，一別經年，小弟今日能重見兄台，似已彷彿隔世了。」

華服少年仰面笑道：「普天之下，又有誰能殺得死你我兄弟，我與你離別之時，便已算定了你我必有重逢之日！」

他仰面而笑，只因他不願被人見到他目中的淚光，屢經巨變，故人終又重逢，就憑這一份重逢的感慨與喜悅，已足以令鐵石男兒泛出淚珠。

一時之間，南宮平百感交集，唏噓不已，也不知該說什麼?

艷裝美婦目光一掃，瞥見青衫少女面上已露出了幽怨和失望的神色，她眼波轉處，突地冷笑道：「南宮平，葉姑娘辛辛苦苦，千山萬水地尋找於你，救了你的性命，你難道沒有看到她麼？」

南宮平怔了一怔，目光轉向青衫少女，吶吶道：「葉姑娘，在下……在下……」

青衫少女強顏一笑，幽幽道：「你傷勢未好，還是不要多說話的好！」

南宮平心情一陣激動，長長嘆息道：「葉姑娘，在下真不知該如何報答於你！」

華服少年大笑道：「你們這種交情，還說什麼報答的話，來來來，南宮兄，待小弟爲你引見一人。」

南宮平望了那艷裝美婦一眼，吶吶道：「這位……這位……」

華服少年縱聲笑道：「這位新娘子，就是你的弟婦，小弟的妻子……」

南宮平又自一怔，大喜道：「狄兄，小弟真沒有想到狄兄已成親了，當真是可喜可賀。」

原來這華服少年便是狄揚，青衫少女卻是葉曼青。

只聽狄揚大笑道：「小弟別的雖比不上你，但結婚卻比你快了一步，你若不甘後人，也該快快成親才是。」有意無意間，望了葉曼青一眼，回轉目光，卻見到南宮平臉色竟突地變成十分悲哀沉重，詫聲道：「今日你我重逢，原該高興才是，怎地……」

南宮平慘然一笑，道：「今生今世，小弟再也不敢結婚了。」

狄揚呆了一呆，瞬即大笑道：「大丈夫死且不怕，還怕成親麼？」

南宮平緩緩嘆道：「只因小弟已經……已經早已成過親了！」

葉曼青身子一震，狄揚、艷裝美婦對望一眼，面色大變，過了半晌，狄揚方自強笑道：「噢……噢……恭喜南宮兄，大嫂在哪裡，怎地……」

南宮平緩緩道：「她麼……她……」突覺滿腔悲憤，不可抑止，放聲狂笑道：「她已擲還了我給她的盟定之物，她已對我恨入切骨，她從此不願見我，我也從此不願再見她了！」

且說梅吟雪暈迷之間，只覺全身奇熱難當，霍然張開眼來，但見四下林木，幾乎已變為一片火海！

她大驚之下，翻身躍起，咬牙罵著自己：「梅吟雪呀梅吟雪，你怎會暈了，南宮平若是受到一絲傷害，你還能活在世上麼？」

她心頭又急又痛，反來覆去的，到處都是南宮平的影子。

她一切都能犧牲，一切都忍受，只要能永遠伴著南宮平，她就是自己斷去雙手雙足，她臉上還會有幸福的微笑。

她一心懸念著南宮平的安危，飛奔繞出了火林，方待放聲呼喚，哪知就在這刹那之間，她目光一動，突然發覺遠處一塊高高的岩石上，竟有許多人影，而她正痛切關心著的南宮平，此刻正安然躺在另一個女子的懷抱裡。

她認得這女子便是葉曼青，刹那之間，她但覺心上一陣劇痛，驟然縮回身子，隱藏了自己。南宮平與狄揚的對話，她字字句句都聽在耳裡，聽到最後兩句：「……她從此不願見我，我也從此不願再見她了！」她只覺喉頭一甜，心如刀割，暗問蒼天：「蒼天呀蒼天，我究竟犯了什麼過錯，要讓我受到如此報應，忍受這些痛苦？」

只見南宮平狂笑不絕，狄揚等三人一齊愣在當地，艷裝美婦突又冷冷道：「那女子既然對你如此無情，你還苦苦思念於她作甚？」

南宮平笑聲突頓，垂首道：「我再也不會思念她了！……」

艷裝美婦大笑道：「你若不思念於她，就該對我這葉家妹子親熱一些，你可要知道，她爲了你受了多少罪，吃了多少苦？」

南宮平長嘆一聲，喃喃道：「我知道……我怎會不知道……」

狄揚笑道：「你知道就好，回到中原後，你卻不可再辜負她了。」

南宮平唯有垂首嘆息，默然無語。

聽到這裡，梅吟雪更是柔腸寸斷，欲哭無淚，放眼望處，只見南宮平與葉曼青互相依偎，相對無語，當真是一對璧人，而自己卻是滿身褸襤，漸已憔悴，她如此受苦，爲的全都是南宮平，但世上又有幾人知道？

她目中不禁流下數行清淚，暗自忖道：「我在世上已有了『冷血』之名，我做的事，再也不會得到別人諒解，甚至他……他如今都說出這樣的話來，而葉曼青卻和他正是門當戶對，俱是名門子弟，他兩人若是結成夫婦，武林中人定必甚是羨慕喜悅，而我呢……我又何苦插在他兩人之間，做他們的絆腳石呢？」

要知她對南宮平的癡情已到了極處，什麼事都只知爲南宮平著想，渾忘了自己，她心裡只知要南宮平幸福，寧可自己孤獨地忍受痛苦。

一念至此，她咬了咬牙，悄然轉身，暗中默禱：「小平，但願你……能……幸……福……」淚流滿面，飛身而退。

她飛身掠入一處洞窟，洞窟中有幾件簡陋的木製桌椅，幾件粗糙的木缽，還有些自船上取下的零星之物，日用器具。

就在這裡，她曾經度過一連串淒苦寂寞的歲月，但是她卻沒有一刻忘記過南宮平。

就在這裡，不知流過多少眼淚，但那時她心中還有希望，而此刻她卻已完全絕望了。

外面火勢更大，她沒有停留，便向洞窟深處奔去，只因離島的一切需要，她都早已準備好了，穿過一條陰森黝黯的山隙，外面是一處山口，四面高岩，中間一片淺灘，淺灘上平鋪著數十根光滑的樹木，那艘海船，便架在這片樹木之上。

這便是她費了千辛萬苦修船的地方，為了修船，她瑩玉般的手掌已不知生出了多少厚繭。

她飛身撤去了船身兩旁的支架，然後扯開綑著樹木的枯藤。

那數十根光滑的樹木，就一直往下滾動了起來，只聽一陣隆隆之聲，船身隨著滾動的樹木，落入海中，浮了起來。

梅吟雪一躍上船，揚起布帆，她孤獨的來，此刻又孤獨的去了，來時她沒有帶來什麼，去時卻帶去了滿心悲楚，滿腹辛酸，滿腔痛淚……

此時南宮平已能站起身來，但終是還要狄揚攙扶著他的手臂。

他也已知道那艷裝美婦是「幽靈群丐」中「窮魂」依風之妹，「艷魄」依露。

原來那日「艷魄」依露將狄揚連夜帶回關外的「獄下之獄」，狄揚毒勢雖重，但有道是精誠所至，金石為開，依露終於將他救活，狄揚感激她的真心和恩情，便在「獄下之獄」裡，和她結成了連理。

但狄揚俠骨熱腸，卻不願久居關外，更懸念著關內的朋友，而依露久居關外，也想看一看江南的旖旎風光，風流文采。

於是兩人聯袂入關，卻在太湖之濱，遇見了滿懷幽怨，臨風獨泣的葉曼青。

狄揚本與葉曼青有舊，他為人最是熱情，見到葉曼青傷心，便一心想尋著南宮平，哪知此刻江湖風傳，南宮平已揚帆出海，所要去的地方，竟是武林中最神秘之處「諸神殿」！

他三人再三商議，決定要買舟出海，「幽靈群丐」名雖為丐，卻甚是富豪，「窮魂」依風心愛幼妹，添妝之資，自然極多，他三人俱是熱血少年，說做就做，當下便買了艘豪華的海船，「艷魄」依露更是少年心情，竟在海船上綴了她自己的標幟。

但海上經年，一無所獲，他三人又是失望，又是焦急，哪知那一股濃煙，卻為他們指出了南宮平的訊息。

他們三言兩語，簡略地將一切經過俱都告訴了南宮平，只是狄揚不願觸及南宮平的傷心之處，是以沒有問起南宮平這年來的奇遇。

他只是扶起南宮平，笑著道：「此島已不可久留，海上生活也早已使我厭倦，還是快些上船，回家去吧！」

語聲未了，只聽身後一聲呻吟，依露笑道：「你們忘了這裡還有一個人呢？『幽靈群丐』

雖然又窮又醜，倒真還沒有人比得上這女子的。」

南宮平心頭一震，回首望去，道：「她……她竟然還沒有死！……」

狄揚見到南宮平居然微微變色，心下大是詫異，脫口問道：「此人是誰？是敵是友？」

南宮平恨聲道：「她害我三次，又救我一命，只是……只是我寧願一死，也不願被她救活。」

依露皺眉道：「她到底是誰？」

南宮平道：「得意夫人！」

狄揚、葉曼青齊地一怔！「艷魄」依露久居關外，卻未曾聽起過「得意夫人」的名字，忍不住笑道：「我看她實在沒有什麼值得『得意』之處，更沒有半分像是『夫人』的樣子，爲什麼竟然叫做『得意夫人』呢？」

狄揚也不回答，只管嘆氣道：「幸好她已死了九成，實已回天乏術，否則……唉，我真不知道該不該將她救活。」

要知見死不救，本是俠義道中之忌，但救了惡人，卻豈非等於害了善人，是以他見到得意夫人實已無救，心裡倒不覺有些放心。

哪知他話聲方了，得意夫人竟已緩緩張開眼來，目光四下一掃，道：「南宮平，梅吟雪……梅吟雪她在哪裡？」

南宮平咬緊牙關，閉口不語，狄揚、葉曼青齊地望了他一眼，恍然忖道：「原來梅吟雪也在島上。」四隻眼睛忍不住四下搜尋起來，要看梅吟雪是否真在這裡。

得意夫人得不到他們的答覆，不禁黯然嘆息一聲，道：「我一生橫行江湖，一生中不知騙倒過多少英雄豪傑，大奸巨惡，想不到今日竟被這樣一個小女子騙倒，梅吟雪呀梅吟雪，我總算服了你！」

她此刻說話已甚是吃力，但迴光反照，竟一口氣說到這裡，方自閉起眼睛，喘了陣氣。

「艷魄」依露冷笑道：「騙人者人恆騙之，你騙過別人，別人騙騙你又有何稀奇？」

得意夫人眼簾霍然一張，怒道：「你是什麼東西，也敢在老娘面前得意。」

依露咯咯笑道：「你既不能得意，我得意得意有什麼關係？」

得意夫人怒道：「她雖然騙過了我，但我在躍下山巖那一刹那裡，便已看出了她的詭計，她故意裝成對南宮平冷淡無情，其實不過只是想騙過老娘，等到老娘中計被擒，她再出來與南宮平相會。」

南宮平神色大變，狄揚皺眉道：「只怕你猜錯了吧？」

得意夫人冷笑道：「老娘怎會猜錯，她腹中有幾根腸子，老娘都已摸得清清楚楚……」

她喘了口氣，立刻接道：「她明知老娘萬萬不會加害南宮平，是以才敢諸多張致，以她那樣的脾氣，她若是真的已對南宮平絕情絕義，一見南宮平之面，便會絕袂而去，絕對不肯再多說話，她若是真的對南宮平懷恨在心，一見到南宮平之面，拚命也要將南宮平殺死，更不會將南宮平留在這裡！」

南宮平想到梅吟雪的生性，聽了得意夫人的言語，身子不禁微微顫抖起來，流淚道：「錯了……錯了……」

得意夫人道：「誰錯了，誰若說我錯了，便是他根本不知道那賤人的脾氣……」

南宮平顫聲道：「吟雪……我錯怪了你……我錯怪了你……」

得意夫人怔了一怔，道：「你……你……呆子，難道還不知道？」

南宮平淚流滿面，有如呆子。

得意夫人切齒道：「我何必告訴你……讓你恨死她豈非最好……」

語聲未了，突地放聲狂笑起來，嘶聲笑道：「梅吟雪……好妹子……你再也想不到吧，普天之下，竟只有我一人是你的知己……」

狂笑聲中，這武林中的一代妖姬，突地雙眼一翻，全身抽搐，結束了她充滿罪惡的一生。

她雖死，但是她那譏諷而得意的笑聲，卻彷彿仍然迴蕩在眾人耳畔……

眾人面面相覷，誰也說不出話來，良久良久，葉曼青垂首道：「她是對的……對的……」

南宮平突地大喝一聲，掙脫了狄揚的手掌，嘶聲道：「她一定還在這裡……」腳步踉蹌，竟要向火林中奔去。

狄揚大驚，一把抓住了他臂膀，南宮平嘶聲道：「放開我，我一定要找著她……」依露目光一轉，道：「她若還在島上，怎地不出來見你？」

葉曼青幽幽長嘆一聲，道：「她必定又遇著什麼變故……」

依露嘟了嘟嘴，心中暗氣，忖道：「我是幫你說話，你倒幫她說起話來了，真是個呆頭鵝。」要知她與梅吟雪素不相識，自然一心想幫著葉曼青和南宮平結爲連理，只因葉曼青的痛苦相思，她都是親眼看到的。

南宮平望著滿林烈燄，顫聲道：「變故……變故……」樹林又成了一片火海，他還是想衝進去。

突見一個錦衣健婦，飛步而來，滿頭汗珠，大道：「姑爺、姑娘，出路也要被烈火封死了，再不離島，就來不及了。」

狄揚面色凝重，沉聲道：「站在一邊，不要多話。」

那錦衣健婦應了，卻仍咕嘟著道：「別人都乘船走了，姑娘你……」

狄揚面色一變，脫口道：「誰乘船走了？你看到了甚麼？」

錦衣健婦道：「方才我爬到船桅上，本想看看這島上的光景，哪知只看到島的那邊，駛出一條大船，這島上卻全被烈火掩住……」

狄揚變色截口道：「船上是什麼人？你可看清了麼？」

錦衣健婦道：「那艘船順風而駛，一會兒就走得遠遠的，連船都看不清，船上的人，怎看得清，我惦記姑娘，忍不住跑了上來。」

狄揚、依露、葉曼青三人面面相覷，心中不約而同的暗忖道：「梅吟雪走了！」六道目光一齊望向南宮平，只見他面如死灰，木立當地，身子搖了兩搖，竟又張口噴出一口鮮血，暈厥過去。

狄揚攔腰抱起了他，長嘆道：「走吧！」

葉曼青望了望得意夫人的屍身，竟也將屍身抱了起來。

依露皺眉道：「髒死了，你抱她作甚？」

葉曼青嘆道：「將她拋入海裡，好歹讓她落個全屍！」

眾人誰也不願在這荒島上多留一刻，齊地展動身形，掠到岩邊，直到他們上船之後，仍沒有人願意回頭望上一眼。

海船揚帆而駛，片刻間便遠離了這孤獨的海島，海島上烈火仍熾，卻也沒有人再去關心它了。

葉曼青點起三炷線香，香煙繚繞中，她將得意夫人的屍身裹上白綾，拋入海裡，暗中嘆息自語：「多謝你救過南宮平一次，讓我還能見著他，但願你鬼魂能永遠在海底安息。」

水花四濺，屍體沉沒，葉曼青垂首走回船艙，狄揚夫婦正在照料著南宮平的傷勢。

南宮平終於漸漸痊癒，這艘船卻在海上四下搜尋，一來是希望能看到梅吟雪的船影，再來卻期冀能發現龍布詩和南宮永樂的下落，這兩個老人恩怨糾結一生，卻直到最後，才彼此說明，蒼天若教他兩人死在一起，豈非作弄世上太過。

船行一月，方自回航，南宮平已換上一身重孝，終日不言不語，別人說話，他也彷彿沒有聽到！

狄揚等三人自是憂心如焚，卻也無法可施，只有在暗中希望時間能沖淡他的痛苦和悲哀。

船入近海，往來船隻，便多了起來，別人見了如此奇怪的帆船，都忍不住多看幾眼，但卻以爲這艘船有些古怪，是以誰也不敢駛近，遠遠看上幾眼，立刻就轉舵而駛。

狄揚測量方向，估量行程，知道毋庸多久，便可靠岸，心情不覺有些歡暢起來，這一日正値月圓，海上明月千里，他備好一些酒菜，擺在船頭，飲酒賞月，南宮平眼睛望著月亮，口裡喝著烈酒，卻仍是一語不發，有如老僧人入定一般。

依露忍不住輕喚一聲，道：「南宮兄，我實在佩服你，三十多天來，你一言不發，若換了是我，三天不說話就要瘋了！」

南宮平也不望她一眼，年餘的幽居，使得他學會了世上最難學的本領——沉默，只是將痛苦隱藏在沉默裡，痛苦卻更加深邃。

狄揚哈哈一笑，道：「妹子，我說你倒是真該學學南宮兄才是。」

依露嬌嗔道：「怎麼，我說話難道說得太多了麼？」

狄揚嘻嘻笑道：「不多不多……你睡覺的時候，的確說話不多，但醒來的時候……」嘻嘻一笑，住口不語。

依露自然嬌嗔不依，他兩人打情罵俏，爲的不過只是要散一散別人的心，哪知南宮平面上再無一絲笑容。

葉曼青看到別人夫妻的恩愛，想到自己身世的孤苦，更是滿心酸楚，愁眉不展。

狄揚見到他兩人的神情，哪裡還笑得出來，暗暗嘆息一聲，極目四望，銀色的月光下，竟有一面白帆，迎面而來。

兩船迎面而駛，越來越近，那艘船非但沒有退避之意，而且還彷彿是專門爲了他們這艘船來的。

狄揚心中大是驚奇，喃喃道：「這難道是艘海盜船麼，否則……」

依露展顏笑道：「我倒真希望有條海盜船來，好歹也可以熱鬧一陣，這些天真悶死了。」

狄揚目注前方，片刻間那艘來船已到近前，船頭卓立著一條藍衣漢子，手裡展動著一條白巾，大呼：「來船上可是狄揚公子賢伉儷麼？在下有事奉訪，請落帆相會！」

狄揚雙眉一皺，大奇忖道：「我們船還未到，此人怎會知道我在船上？」

思忖之間，依露卻已揚聲呼道：「不錯，朋友是誰，有何見教？」

對面船上，已落下帆來，船行立緩，船間的長衫漢子搖手道：「但請落帆，在下這就過來。」

狄揚心念數轉，揮手道：「落帆，打槳，定舵，減速！」四下轟然應了，蓬的一聲落下了船帆，兩艘船漸行漸緩，漸緩漸近。

那長衫漢子騰身一躍，砰地落在船頭，目光四掃，凝神盯了南宮平幾眼。

狄揚雙眉一皺，沉下面色，厲聲道：「狄某與朋友素不相識，朋友怎會知道狄某在這船上？」

長衫漢子微微一笑，目光霍然自南宮平身上收回，躬身道：「狄公子賢伉儷置棹泛海，武林中早已轟傳，公子你這面七色錦帆還遠在百里之外時，岸上的武林朋友便知道公子泛海歸來，在下見到這面錦帆，還會不知道狄公子賢伉儷的俠駕在這船上？」言語便捷，目光敏銳，竟彷佛又是「萬里流香」任風萍一流人物。

狄揚冷「哼」一聲，沉聲道：「朋友如此注意在下夫妻，是爲什麼？」

長衫漢子微微一笑，也不回話，雙掌「拍」的互掌一下，那艘船上，立刻懸起了十數根竹竿，竿頭釣著竹籃，隔船送了過來，長衫漢子躬身笑道：「我家主人知道狄公子伉儷久泛海上，飲食難免欠缺，是以特地命在下兼程送來一些鮮肉蔬菜，爲狄公子伉儷換一換口味。」

狄揚沉聲道：「你家主人是誰？」

依露輕輕一笑，接口道：「他倒真孝順得很。」

長衫漢子滿面笑容，第二句話他真當沒有聽到，笑道：「在下主人現已在岸邊恭候兩位俠駕，兩位一見便知道了。」倒退幾步，躬身一禮，轉身掠回他自己的船上。

狄揚朗聲道：「朋友你若不說出你家主人的名姓，這禮物狄某是萬萬不能收的。」

長衫漢子仍是滿面笑容，道：「公子一見便知，我家主人只是令我傳語公子，故人無恙歸來，他實在高興得很。」

那船上船伕身手甚是精熟，就只這幾句話工夫，便已轉舵駛開。

狄揚低叱道：「追！」心念轉處，突又嘆息道：「不追也罷。」

依露笑道：「對了，人家孝順的東西，你推也推不掉的，追他做什麼？」

打開那十幾隻竹籃，籃中果然都是些鮮肉蔬菜，依露嘆了口氣，道：「可惜……」突地舉起籃子，將十餘籃鮮肉蔬果都拋入海中。

狄揚展顏笑道：「我只當你嘴饞起來，就捨不得丟了！」

依露笑道：「我就饞成這副樣子麼？我倒要你猜猜，他那主人究竟是誰？是敵是友？」

狄揚道：「也許是敵，也許是友，說不定……」

依露截口笑道：「說不定還是個千嬌百媚的大美人呢？是嗎？」

狄揚笑道：「說不定又是什麼幫幫主的妹子看中了我，特地送些東西，來拍我的馬屁。」

依露頓足嬌嗔道：「你要死了，葉家妹子，快幫我來撕他這張油嘴。」

這夫妻兩人俱是一般生性，無論說什麼嚴重之事，卻不肯板起面孔說話，心裡縱然有千百件心事，面上仍是嘻皮笑臉。

此刻他兩人面上雖仍在打情罵俏，其實心中都是驚異交集，只因這長衫漢子雖然滿面笑容，但在笑容後隱藏的來意是善是惡，卻實在令人難測。

他兩人計議了一夜，除了靜觀待變，也研究不出什麼計策！

哪知第二日清晨，他兩人方自立在船頭，卻竟然又有一片風帆迎面駛來，狄揚沉聲道：「昨夜那長衫漢子，今日若再上到這艘船上，嘿嘿！他就要來得去不得了。」

依露輕笑道：「好一個來得去不得。」

兩艘船又自駛近，狄揚不等那邊說話，便先已落帆、定舵，立在船頭，朗聲笑道：「朋友你來得倒早，請過來這邊說話！」

那邊船上果然遙遙呼道：「來的可是狄揚公子賢伉儷麼？」

狄揚仰天笑道：「除了我夫婦，海上船隻，還有誰會有這七色錦帆，朋友，你豈非問得多餘了。」

風重舟輕，瞬息間兩舟相近，只見對面船頭，亦卓立著一條長衫大漢，但卻絕非昨日寒暄送禮的長衫人。

這長衫大漢神情更是恭敬，送的禮也更見豐盛，狄揚口中不語，心中卻大是奇怪，只聽依露已忍不住問道：「昨日方蒙厚贈，今日又送了禮來，你家的幫主，也未免太客氣了些。」

長衫大漢愕了一愕，陪笑道：「敝幫今日才得到狄大俠賢伉儷重轉中原的消息，便即刻趕來了。」

依露道：「昨日不是你們麼？」

長衫大漢搖頭沉吟，依露道：「你家幫主是誰，可以說出來麼？」

長衫大漢道：「賢伉儷一到岸上，便知道了。」竟也不肯說出幫主的姓名，匆匆離船而去。

狄揚夫婦面面相覷，心裡更是奇怪，依露笑道：「這算作什麼？常言道君子不受非來之物，我們雖然不是君子，但這些沒有來歷的東西，還是吃不得的。」照樣將禮物全都拋入了海中。

他夫婦二人，想來想去，也想不出這些送禮的人究竟是誰，爲什麼要送來這些禮物，卻又偏偏不肯說出姓名來歷。

哪知未過多久，竟又來了一艘江船，送來了許多新鮮的蔬果，送禮的人，也是身穿長衫，故作斯文的江湖豪士，送完了禮，也是躬身一禮，匆匆而去，絕不肯透露一點姓名來歷。

由清晨到下午，一共來了四批送禮的人，一個比一個客氣，送的禮也一個比一個豐盛，但卻也沒有一人肯說出自己的來歷，幾乎都是異口同聲的說：「賢伉儷到了岸上，便知道了，小的不敢多嘴！」除此之外，什麼都不肯說了。

最怪的是，這些人和狄揚夫婦俱是素不相識，而且彼此之間，也沒有來歷，彷彿分別代表著五個門派，要拉攏狄揚夫婦。

依露心中又是奇怪，又是好笑，嬌笑道：「看來我們竟彷彿是香寶寶了，人人都要拉攏我們。」

狄揚皺眉道：「我們與武林幫派，素無交往，他們如此大獻慇懃，只怕沒有什麼好事。」

依露道：「可會有什麼壞事呢？」

狄揚沉聲道：「令人難測。」

依露笑道：「這些本都出於常理之外，自然令人難測，我看你也不必費神去想了，反正一到岸上，就會知道。」

狄揚嘆道：「上岸後才知道，只怕已來不及了。」

依露笑道：「你若是不敢上岸，那麼我們就索性永遠飄流在海上，做兩對海上仙侶。」回首向葉曼青一笑道：「妹子，你說好麼？」

葉曼青面頰一紅，轉首望向窗外，南宮平仍是木然坐在椅上，彷彿世上無論發生任何事，都和他沒有任何關係似的。

過了許久，葉曼青突然沉聲道：「此事還有個最奇怪之處，你們都沒有想到。」

依露笑道：「什麼奇怪的事？」

葉曼青道：「連昨日送禮的五撥人，個個身手都十分矯健，但只不過是他們幫派中的執事弟子，由此可見，這五個幫派實力都不弱，但我想來想去，也想不出江湖中有這樣的五個幫派。」

狄揚道：「或者並非江湖門派，而是武林宗派。」

葉曼青略一沉默，搖頭道：「不可能的，武林中自成一家的宗派，必定自恃身分，不會故意做出這樣神秘的樣子。」

狄揚皺眉道：「或是近年來，江湖中又有許多新的幫派崛起，只不過我們不知道而已。」

葉曼青道：「一年之間，江湖中竟會崛起五個實力強盛的幫派，豈非更會令人奇怪麼？」

突聽依露輕輕一笑，道：「已將靠岸了，事情立刻便知分曉，你們還猜什麼？」

狄揚、葉曼青，一齊步出船艙，定睛望去，只見前面果已現出一片灰濛濛的陸地影子，襯著滿天絢麗的夕陽，顯得更是突出。

飄流海外經年的人，驟然見著家鄉的陸地時，那種奇妙的興奮感覺，的確是令人難以描述的。

狄揚等人，只覺心頭熱血奔騰，把方才心裡還在奇怪的事，都忘去了。

那些強壯的船娘，精神亦是爲之大震，操作得更是賣力。

不到盞茶時分，陸地的輪廓，已變得極其清晰，海面上的漁船，方自辛勞了一日，此刻齊聲高歌著漁歌晚唱，揚帆歸去，準備去享受一日的豐收，有些膽大的漁夫，見到這艘奇異的海船，都不免划到近前，來看個仔細。

漫天夕陽中，點綴著朵朵風帆，海風輕拂中，瀰漫著漁歌晚唱——這種壯麗而奇妙的景色，在久別家園的遊子眼中，更有著一種無比的親切。

狄揚長嘆一聲，轉目望去，只見依露眼中，已泛起了晶瑩的淚光，她竟被這種震撼人心的美，感動得流下了淚來。

兩人目光相對，依露嫣然一笑，哽咽著道：「回到家後，我再也不願出來了。」

狄揚輕輕握住了她的纖手，輕輕地發出了一聲幸福的嘆息。

葉曼青感到他們的幸福，也感到自己的孤單，但覺有一陣不可抑止的悲哀，湧上心頭，一雙秋波中，也不禁貯滿了晶瑩的淚珠。

自淚光中望過去，南宮平木然立在艙門，遙視著漫天夕陽，他在想什麼？他在想什麼——

突聽一個船娘在身後笑道：「船未靠岸，送禮的人已有那麼多，船靠了岸，在岸上迎接的人更不知有多少了。」

得意的笑聲，象徵著她也分享了一份主人的光榮。

狄揚面色突地變得十分凝重，依露笑道：「你又多想些什麼？就憑我們幾個人，難道還怕被人吃了不成？」

海船靠岸，岸上果然站著一群迎接的人，凝目一望，這些人竟然都是女人。

依露皺眉奇道：「這是怎麼回事？難道那五幫的幫主，真都有一個妹妹要嫁給你麼？」

狄揚忍不住失聲一笑，卻見岸上的女子，竟都揮手歡呼了起來。

依露面上半分笑容也沒有了，冷「哼」一聲，道：「想不到你交遊倒廣闊得很，才出海沒有多久，就有這許多女人來歡迎你回來。」

狄揚忍不住笑道：「說不定是南宮平的朋友呢！」

依露道：「人家才不像你……」

話聲未了，只見十數艘漁船靠岸後，船上的漁夫，便與岸上的女人擁抱在一起，要知海邊禮教之防，遠不如中原江南之重，是以男女間真情流露時，也沒有什麼太多顧忌。

狄揚哈哈大笑道：「好個會吃醋的婆娘，你看清楚了沒有，人家是在等候出海捕魚的丈夫，不是來歡迎我的。」

葉曼青縱有滿心幽怨，此刻也忍不住「噗哧」笑出了聲來。

依露面頰微紅，輕輕拍了狄揚一掌，道：「你還以為我是真的吃醋麼，我只不過看到葉妹妹愁眉不展的，想逗她笑一笑而已。」

狄揚大笑道：「你嘴裡這樣說，其實心裡是真的在吃醋的。」

只見漁舟都已靠岸，辛勞的漁夫，提著一天的收獲，攜兒帶女，隨著深銅色皮膚的健康妻子，回家去享受晚間的歡樂。

剎那間，岸上的人竟走得乾乾淨淨，一個不留。

狄揚大奇道：「送禮的人不來接船，這倒怪了。」

葉曼青道：「這其中到底有什麼玄虛，連我也想不出來。」

依露道：「管他什麼玄虛，事到臨頭，自會知道，我們先弄清這裡究竟是什麼地方再說。」

四人一齊上岸，只見這海市居然甚是繁榮，街道也甚是整齊，詢問之下，才知道便是浙江名城樂清，距離他們出海地三門灣並不甚遠，當下便要尋地方投店打尖，瑣碎之事自有許多，不必細說。

哪知他們到了這陌生的地方，陌生的客棧後，突地發現，客棧中的掌櫃和店伙，竟彷彿對他們極為熟悉，狄揚一入店門，掌櫃店伙便一擁而上，恭敬地道：「狄客官遠來辛苦了。」

狄揚皺眉道：「你怎會知道我的姓名？」

掌櫃的神秘一笑，不答反問：「小店中有五個跨院，俱都十分清爽，早已打掃過了，專等狄客官來到。」

依露道：「你們這麼大的店，難道沒有別的生意麼？我們只要兩個院子就夠了。」

掌櫃的笑道：「小號雖不大，但在這附近幾百里地內，卻找不出第二家來，平日客人川流不息，但今日卻專等狄客官一家。」

狄揚心念一動，問道：「你一個跨院，有多少間屋？」

掌櫃的道：「每間跨院，都有十多間屋，不瞞客官，小店所佔的地方，比皇宮也差不了多少。」

依露道：「這麼大的院子，一個就夠了，何必五個，咱家又不是海盜，又沒有發財。」

掌櫃的笑道：「原來客官還不知道，今天來了五位英雄，每位訂下了一個院子都是爲狄爺準備的，他們付了加倍的錢，逼著小的趕走原有的客人，小的方才還在奇怪，狄爺只有一家人，到底是住哪個院子好呢？」

狄揚夫婦對望一眼，依露道：「訂房的人，可有留下話麼？」

掌櫃的笑道：「只留下了銀子，沒有留話。」

狄揚道：「可曾留下姓名？」

依露接口道：「自然不會了……掌櫃的，我只望你將他留下的銀子，拿來給我瞧瞧。」

那掌櫃的微微一愕，終於不敢違抗，狄揚卻忍不住問道：「那銀子有什麼可看之處？」

依露笑道：「這個你就不懂了，無論是從銀子或是銀票上，都可以看出一些他們的來歷，只因各地的銀票，都造得有些不同，從這上面，至少可以看出他們是來自何處，假如是銀條，就更容易看了。」

狄揚嘆道：「想不到你懂得比我還多。」

他卻不知道「幽靈丐幫」雄踞邊外，專劫不義之財，來自各省的銀子，他們都照搶不誤，「艷魄」依露家學淵源，有關這一門的知識，自是豐富得很。

不到片刻，那掌銀的便捧出一具銀箱，箱子裡又有銀子，又有銀票，依露首先取出一錠銀錁。

只見這銀錁十兩一錠，鑄得甚是粗糙，但銀子成色卻是十足十足的。

她隨意看了一眼便毫不遲疑的說道：「這銀子必定是來自青、康、藏等邊外之地，奇怪的是，那邊又會有什麼幫派來到此間呢？」

再取出四張銀票，數額俱是不少，只有第一張乃是「匯豐」的票號，這種銀票流通各地，連依露也看不出端倪，只得放下了。

第二張銀票乃是蜀中所出，第三張銀票卻是在江南一帶通常可見的。

依露嘆道：「蜀中，江南都有人來，他們不遠千里而來，是為的什麼？我越看越糊塗了。」

俯首望去，只見那第四張銀票，票面最是奇特，銀票四周，竟畫著一圈黑、紅兩色的花邊。

狄揚、葉曼青，目光動處，齊地一怔，「艷魄」依露亦面色微變，突見一隻手伸來，搶去了她手中的那張奇特的銀票。

始終木然不語的南宮平，見到這張銀票，面色突地變爲慘白，一手搶了過來，目光直視在上面，只因爲這張銀票，本是「南宮世家」所有之物。

狄揚強笑一聲，道：「想不到這人手裡有『南宮世家』的銀票！」心裡大爲奇怪，再也想不出，哪一幫會持有此物？

南宮平面色鐵青，一字字沉聲道：「這銀票是誰拿來的？」

那掌櫃的見了他的神色，早已駭得呆了，吶吶道：「是……是第二位……」

南宮平截口道：「他訂的房間在哪裡？」

掌櫃的顫聲道：「小的帶路……」

南宮平隨手將銀票拋入箱裡，沉聲道：「走！」

掌櫃的抱起銀櫃，踉蹌而行，穿過一道走廊，開開一扇圓門，只見門中一座院落，居然也有些山石花木，果然比別家客棧大不相同，掌櫃的陪笑道：「客官可要在這裡歇下麼？」

南宮平冷冷道：「不錯！」當先走入了廳房，撲地坐到地上，又呆呆地出起神來。

大家見他的神色，誰也不敢對他說話，當下收拾行李，方自準備安歇，突聽店門外一陣喧嘩，一陣雜亂的腳步聲，奔行而過。

狄揚、依露，俱都好奇心重，忍不住走了出來，只見店外的長街上，人群騷亂，無論男女老少，手裡都提著一些竹籃木桶，歡呼著奔向海岸那邊，有的老年人腳步踉蹌，卻都在全力狂奔，店裡的伙計雖不敢隨之奔去，但一個個面上俱都露出了躍躍欲試之色。

狄揚夫婦心中都不禁爲之大奇，夫婦兩人對望了一眼，兩人心意相通，一齊放開了腳步，隨著人潮奔向海岸。

星光之下，只見海岸上更是擠滿了人群，不住地歡呼、爭奪、嘻笑，有的青年男子，早已脫下衣衫，躍下了海裡。

狄揚道：「你留在這裡，我去看看。」

依露道：「我爲什麼要留在這裡！」兩人一齊擁入了人群，目光轉處，面色都不禁爲之大變！

只見海潮奔流而來，海浪中銀光閃閃，竟然都是一條條死魚，成千上萬，大小不一，直將海裡都變爲了魚浪！海城裡的居民聽到這種奇異的消息，自然飛也似的趕來，拾取這不費吹灰之力便可得到的死魚，他們雖然終年以打魚爲生，但一生中誰也沒有看到過這麼多魚。

狄揚夫婦面面相覷，心頭俱是一片沉重，只因他兩人深知這奇異魚浪是怎麼來的。

四下漁夫漁婦，見到他倆衣衫華麗，神態不凡，有的人便搭訕道：「這是老天爺賜下的神魚，吃了必定有福，兩位何不也拾一條！」

狄揚強笑一下，拉起依露的手腕，擠出了人群，低聲道：「你猜得不錯，幸好我們沒有吃那些送來的東西，否則……」心頭一寒，住口不語。

他一看到這奇異的魚浪，便知道必定是海裡的魚群，吃了他們拋下的蔬果，立刻毒發而死，隨著海浪飄流到這裡。

區區十幾簍食物，竟能毒死成千上萬的魚，其毒之烈，可想而知，兩人自是爲之心寒。依露依著狄揚的身子，雙眉深皺，沉聲道：「好狠的毒藥，是什麼人有這樣毒辣的手段，用這樣狠的毒藥？」

狄揚默然半晌道：「總有一天會知道的。」

依露輕嘆道：「即使我們知道了那五撥人是誰派來，也無法知道是誰下的毒，更不知道他們是全都下了毒呢?還是只有一個人下了毒。」

狄揚道：「天下永遠沒有包得住火的紙，也沒有瞞得住人的事，你放心好了。」

依露嘆了一聲，突然變色道：「不好！」

狄揚道：「什麼事？」

依露惶聲道：「這些魚都是中毒而死的，本身也有了毒性，他們若是吃了這毒魚，該怎麼辦呢？」

狄揚轉目望去，只見海岸上也不知有多少人，多少魚，這些平凡的漁夫，平日神權最盛，此刻已將毒魚當做神魚，眼見便是一場空前的劫難，更不知有多少人要死在這一場「魚禍」

上。

依露玉容慘變，連連道：「怎麼辦呢？怎麼辦呢？這麼多人，我們再說，他們也不會相信的。」

狄揚亦是束手無計，只見有幾個漁民，手提竹籃，將滿載而歸，他情急之下，方待縱身躍去，突聽一陣呼聲，遙遙傳來。

幾個黃衣束髮漢子，一路飛奔而來，連聲大呼道：「老神仙傳下法諭，這些魚吃不得的！」

剎那之間，便有一群人圍了上去，將那些黃衣束髮的漢子分開，不住詢問，正待歸去的漁民，已停住了腳步，只見一個黃衣人飛奔而來，大呼道：「兄弟們，快將魚帶回埋在地下，萬萬吃不得的。」

有人問：「爲什麼吃不得？」

黃衣人道：「老神仙說魚裡有毒，是惡魔送來害人的，吃下之後，不到半天便會毒發而死。」

漁民們齊地面色大變，又有人說：「幸好有老神仙在這裡，否則豈非都要送命了。」

又有人說：「老神仙功德無量，願老天保佑他老人家長命百歲。」

狄揚夫婦暗中鬆了口氣，又不禁在暗中奇怪，不知道他們嘴裡的「老神仙」究竟是何許人也，漁民們爲什麼會對他如此信服？

他兩人忍不住攔住一位漁民問道：「請問兄台，那『老神仙』是誰？」

這漁民上下打量了他們兩眼，笑道：「兩位必定是遠道來客，所以連老神仙是誰都不知道，他老人家上通天文，下通地理，端的可稱得上是無所不知，無所不曉，天下找不出第二個來。」

狄揚道了謝，一路走向客棧，依露輕嘆一聲，道：「這位老神仙，必定是異人，有時間我真要去拜訪拜訪。」

狄揚道：「什麼異人，左右不過是個神棍而已。」

依露道：「若是神棍，怎會知道魚裡有毒，令人不要煮食，這些漁民雖然神權極重，但卻也不是呆子呀！」

狄揚不願與她爭論，只因每一次爭論，自己都是落在下風。

回到客房，南宮平、葉曼青仍然對面坐在廳房裡，兩人默然相對，似乎一直沒有說過話。

狄揚夫婦便將方才所見說了，訂房的人，自不免又送來了酒筵，但他們眼見方才毒魚之事，哪裡再敢吃別人送來的東西，到了街上買了兩百顆雞蛋，用白水煮來吃了，連鹽都不敢沾上一沾。

那些船娘本待到岸上大吃一頓，此刻一個個叫苦連天，道：「姑娘、姑爺，還是早些回去吧！」

依露道：「回去！說不定永遠回不去了。」

他們口中雖不言，但心裡卻知道事情越來越是兇險，各人滿懷心事，回到房中熄燈就寢。

南宮平中宵反側，哪裡睡得著覺，他面上雖已麻木，但心裡卻是思潮萬端，想起了雙親，想起了故友，也想起了許多他不願意想的事，只見蠟燭漸短，長夜漸去，他卻仍然沒有闔過眼睛。

萬籟俱寂之中，突聽窗外響起了一陣衣袂帶風之聲，只聽「吱，吱」兩聲輕響！

他心頭一震，霍然坐了起來，院外又是「吱，吱」兩聲，響聲特異，乍聽有如蟲鳴，但南宮平面色卻爲之大變！

他還記得這聲音，他記得這聲音是他初入師門時，與同門弟兄，在夜涼如水的夏夜，以捉迷藏來練輕功時的暗號。

那時他們都還年幼，童心未泯的龍飛，帶著他們在樹林裡捉迷藏，使得他們不覺是在練輕功，而彷彿是在遊戲，這一份用心，是多麼善良。

刹那間，他心頭熱血上湧，往日的記憶，在他腦海中又變得如此清晰。

他狂喜暗忖：「難道是大師兄來了麼！」身形微聳，穿窗而出，只見一條黑影伏身簷上，見到他穿窗而出，便遙遙招了招手。

南宮平再不思索，飛掠而起，只見人影已躍到另一重院落，卓立在一株巨樹的陰影下。

他一掠而前，目光凝注，暗影中，他依稀辨出這人影竟是他的三師兄石沉，睽別已久的同門師兄，驟然相逢，他只覺心頭一陣狂喜，一把握著石沉的手掌，道：「三師兄，你……你……」喉頭一陣哽咽，眼中泛起淚光，再也說不下去。

黑暗中，往昔英俊挺逸的石沉，此刻竟是神色頹敗，面容憔悴，連雙目都顯得黯淡無光。他再也不是往昔那英俊挺逸的石沉了，他彷彿已變成一具行屍走肉，懺悔著往昔的罪惡，等待著日後的死亡……

南宮平心頭愕然，既悲又喜。

只聽石沉緩緩道：「我聽說你在這裡，就趕來了。」他語聲沉重緩慢，語聲中竟也失去了往昔的光輝，有如自墳墓發出一般。

南宮平黯然道：「你既來了，爲何不進去？」

石沉緩緩搖了搖頭，空虛黯淡的目光中，流露出一種絕望的悲哀，緩緩道：「我不能進去，我只是來告訴你，不要聽任何人的話，不要答應任何事，我……我說的就只能有這麼多了。」

南宮平呆了半晌，慘然道：「你……你近來好麼？這些日子，你在哪裡，是不是和大嫂在一起！」

「我是個不祥的人，滿身都是不可饒恕的罪孽，你……你……以後你萬萬不要再認我這個師兄，最好當我已經死了。」

南宮平忍不住淚珠滿盈，顫聲道：「師兄，無論如何，你都是我的師兄……」

石沉搖了搖頭，仰天嘆了口長長的氣，突然伸手一抹眼簾，道：「多自珍重，我去了。」

話聲未落，他已擰轉身形，如飛掠去，那消瘦的身影，在一刹那間，便被無邊的黑暗完全吞沒。

二十 撲朔迷離

夜色清寂，夜風蕭瑟，南宮平佇立在清冷空曠的院落中，無邊的黑暗包圍著他，沉重的心情，更加沉重了。

石沉是同門五人中最剛毅木訥的一個。

但是他那頹敗的神色，憔悴的面容，早已失去了昔日俊逸挺秀的光彩！

要不是經歷了一番慘痛而絕望的遭遇，絕不會使他一變如斯！自從華山分手，師兄弟姐妹各自漂泊東西，將近一年半沒見過面，石沉匆匆的來又匆匆的走，難道是逃避著什麼？南宮平沉重的心情中不禁又加雜著悲愁與辛酸！

南宮平再也無法掩抑胸中那股悲憤的情感，猶如山洪暴發，滿眶熱淚，滾滾而下！

夜風吹過樹梢，發出沙沙之聲，樹影掩映中，另一個孤瘦的身影悄悄的佇立在南宮平身後。

南宮平霍然轉身，身後那人竟然是葉曼青，面上流露著些微的驚愕，她那秋水般的明亮雙眸裡，充滿了幽怨而又關注的複雜情感。

「你哭了？」葉曼青問。

「沒有！」

南宮平倔傲地昂了昂頭，勉強地一笑，但這些都無法掩飾他臉上狼藉的淚痕！

葉曼青緩步上前，輕聲說道：「夜寒露重，你早點回房憩息吧！」

南宮平感激的瞥了她一眼，微微一嘆，走回房內。

殘燭搖曳，昏黃黯淡的燭光，映著南宮平那略帶憔悴的面容，他枯坐桌前，兩眼木然的望著閃縮不定的燭光，怔然出神。

長夜漫漫，四周寂寂，一時思潮洶湧，一連串的人影在他眼前不斷的旋轉，隱現——傷心絕望的梅吟雪，滿腔幽怨的葉曼青！

機智狡詐的任風萍，莫測高深的帥天帆！

聰穎機變、風流放蕩的大師嫂郭玉霞！

被得意夫人迷失本性的龍飛和古倚虹！

以及被困「諸神殿」性格豪爽的風漫天！

恩師「不死神龍」龍布詩和「諸神島主」南宮永樂！

最後，他更想到了獨倚柴扉，望子早歸的慈祥雙親！

心緒像一綑紊亂的亂麻，竭盡智能，也無法在雜亂無章中，尋出頭緒，決定何去何從！一陣輕微細碎的腳步聲自走廊上傳來，南宮平眉心一皺，突然又聞葉曼青怒叱道：「好賊子——」

接著兩條人影飛快的掠過屋脊，一前一後，向西而去。南宮平心中一動，揚掌將蠟燭熄滅，身形一長，也自穿窗而出，隨後追去。

他在「諸神島」上幽居一年，潛心養性，非但功力大進，輕功更是進境多多，眨眼之間已和前面兩人追成首尾相啣，凝目望去，在前人是個勁裝漢子，在後的那人身形瘦小，長髮飄拂，正是葉曼青！

南宮平足下用勁，雙方距離已不足十丈。片刻之後，已追出里許，那勁裝漢子陡地止住身形，卓立在一棵大樹之前，葉曼青飛撲而上，揚掌就劈！

她身手矯捷，不知與這勁裝漢子有何深仇大恨，一上手就是狠攻狠打，招招殺著。那勁裝漢子功力亦似不弱，有攻有守，一時之間，葉曼青倒還奈何他不得。

陡聞葉曼青怒叱一聲，雙掌一錯，一招「嫦娥奔月」，逕向那勁裝漢子雙肩拍去。勁裝漢子來不及撤招換式，已被破中肩骨，疼痛如折，葉曼青殺機已起，左掌隨後劈出，掌風雖緩，但潛力卻大！

南宮平陡地舌綻春雷，大喝道：「葉姑娘且慢！」喝聲才出，已遲了一步，那勁裝漢子已遭葉曼青劈中前胸，口噴鮮血，仆倒於地！

南宮平一個箭步竄上前，一探那漢子鼻息，業已氣斷身亡，不由惋惜一嘆！

葉曼青滿腹幽怨，此刻更是嗔怒交加，冷笑道：「想不到你竟會爲這下三流的賊子嘆惜！」

南宮平淡淡一笑，道：「我只想留個活口，一問究竟。」

葉曼青怫然道：「這種賊子還要問究竟？就這樣讓他死了，倒還便宜了他。」

南宮平不解的道：「到底是怎麼回事？竟惹得你如此生氣？」

葉曼青怒道：「你看看他懷裡揣的是什麼東西！」

南宮平俯下身去，自那勁裝漢子懷中取出一物，竟然是個錫製的「鶴頸壺」，壺口還斷斷續續的飄出一股無色的淡淡異香，南宮平哂然笑道：「原來是個採花的淫賊！」

葉曼青冷笑道：「這種賊子你還要留活口麼？」

南宮平突地神色一變，沉思片刻之後，才又搖頭道：「事情決非這麼簡單，我們形藏早露，這賊子恐怕與那五撥送禮之人有關！」一語甫罷，旋又大聲喝道：「不好！快回客棧！」

說著身形縱起，展開輕功向來路如飛奔去。

葉曼青也頓然醒悟，毫不遲疑，隨後追去。

南宮平奔回客棧，匆匆至狄揚夫婦房前，提氣大聲叫道：「狄兄！狄兄！……」叫了半天房內竟毫無回音。當下，不再猶豫，揮掌破門而入。

房內空蕩蕩，非但狄揚夫婦影蹤全無，就連行李包裹，兵刃等亦都不翼而飛！

葉曼青也匆匆奔入，詫然問道：「他們兩人呢？」

南宮平劍眉微蹙，沉思不語。

葉曼青說道：「你聞聞看，房中似乎有股異香留存未散！」

南宮平點點頭道：「這事大有蹊蹺，看來要想查個水落石出，確非易事！」

葉曼青道：「何不去問掌櫃的，看看有沒有什麼形跡可疑的人物來過這裡！」

南宮平道：「這批人顯然事先已有周密的計劃，掌櫃的哪會知道這些，適才若是不將那淫賊殺死，或可探出些許端倪。」

葉曼青嬌靨飛紅，訕訕道：「你也不早說，誰知道……」

南宮平截住她的話音，說道：「如果能查出那五撥送禮者和代訂房之人，抽絲剝繭或許還可得知一二！」

葉曼青問道：「那麼要怎樣才能查出那送禮之人呢？」

南宮平苦笑一聲，道：「這當然也不是一件簡單的事情。」話聲一頓，又接道：「現在已是二更將盡，站在這兒乾著急也不是辦法，還是早點回房歇息，明天再另思良策！」說著將殘燭熄滅，各自回房就寢。

翌日清晨，二人商定由葉曼青暫留客棧，以觀其變，南宮平則匆匆外出，期能查出一些蛛絲馬跡。

直到晌午時分，南宮平才匆匆回棧，葉曼青急忙迎了上去，關切地問道：「找到一點頭緒了麼？」

南宮平道：「快拿你的『龍吟神音』寶劍，跟我走！」

葉曼青柳眉微皺，不解地道：「到底是怎麼回事呀？」

南宮平道：「一會兒你就會知道了，快走吧！」

兩人急佩上隨身寶劍，掩上房門，走出客棧，出得城外，展開腳程，向西奔去。

葉曼青滿懷疑惑，問道：「我們現在是到哪兒去？」

南宮平一面奔行，一面答道：「據我所知，非但那幾撥送禮和訂房的人與任風萍有關，狄揚夫婦失蹤亦與任風萍脫不了干係！」

葉曼青見他答非所問，不由柳眉緊蹙，說道：「任風萍原在西北，此刻怎會跑到江南來了？」

南宮平道：「在這一年內你敢保事情沒有變化麼？說不定任風萍所佈置的潛力已遍及大江南北也未可知！」

葉曼青詫異的問道：「變化？任風萍的佈置？你到底在說些什麼？」

南宮平也不禁一愣，但繼而轉念一想，才恍然大悟，原來當年在長安城西北，任風萍吐露帥天帆有獨霸武林的意圖時，只有梅吟雪、狄揚和自己在場，任風萍心機深沉，深藏不露，只是在暗中行事，葉曼青故未得知，當下微微一笑，道：「這件事一時也難解釋清楚，以後我再詳細告訴你，現在我們趕快到南山去！」

葉曼青被他那「我們」二字，說得心頭一甜，不再多問，加快腳程，展開絕世輕功向前飛奔，只消頓飯工夫，已入南山山脈，路徑漸入崎嶇，已有難行之感。

南宮平止住身形，向葉曼青說道：「此處乃去南山必經之路，狹窄崎嶇，任風萍的手下人等，勢必在此處歇腳，我們正好趁機出手，且先調息運氣，恢復功力，說不定等一會有一場驚險的惡鬥！」

說著走至一塊嶙峋巨石之前，盤膝坐下，閉目調息起來。

葉曼青也自走到石旁坐下。

夜風呼嘯，月冷星凄，在這荒涼的郊野山區，充滿恐怖和淒涼的感覺。

約莫半個時辰之後，果聽來路上車聲轔轔，馬聲嘶嘶，漸行漸近！

南宮平、葉曼青二人，聞聲知警，同時閃身至一座大石之後，隱去身形。

眨眼工夫，車馬之聲已近，南宮平在「諸神島」一年潛居，功力大進，黑夜視物，如同白晝，此時凝目望去，只見七匹駿馬飛馳而來，七匹駿馬之後，是一輛黑篷雙套馬車！

眨眼之間，七匹駿馬馳至南宮平所隱身之大石前三丈處停了下來，只見兩名駕車大漢自轅上一躍而下，奔至車旁，掀開重重的黑布簾，自車內挾出兩個人來！

南宮平只看得心頭狂震，原來那兩人正是狄揚夫婦！

月光照映下，依露披頭散髮，那件錦色華衫被撕得襤褸不堪，幾近半裸！

狄揚更是滿身血漬，神情頹敗，往日那股神采飛揚的豪氣，蕩然無存！

南宮平心痛好友，又氣又恨，陡地撮唇長嘯，嘯聲中，人如巨鳥，刷地沖天飛起，身在空中，一個盤迴旋轉，翻腕間「葉上秋露」已拔在手中，吸腹拳腿，頭下腳上，一招「甘霖普降」，銀光萬點，閃閃刺目，舞起漫天劍影，飛灑而下！

當先那五旬的高大老者，暴喝一聲，雙手一攔，向後退去！

南宮平足落實地，也不打話，猱身欺上，「葉上秋露」猛劈猛削！

葉曼青也仗劍飛奔而出，直衝向那幾個黑衣人，掄劍就是一陣狠攻！

七騎中爲首之人，乃一五旬高大老者，一面閃躲南宮平的猛烈狠厲劍招，一面高聲叫道：「朋友！我們無怨無仇，你怎麼橫不講理，動手就是狠殺狠打！」

南宮平雙目噴火，長劍一緊，刷刷刷接連又是三招殺著！

五旬高大老者，身軀一閃，向後退去，口中再度叫道：「要打要殺，把話說明白了也還不晚——」

南宮平聲音沙啞，吼道：「少廢話！我先宰了你再說！」

吼聲中，「葉上秋露」再演絕學，竟施出在諸神島學得的「南海劍法」！一陣猛攻。

五旬高大老者知道再多說也是白費，怒哼一聲，自腰間撤下一條長達丈餘的「鎖骨連環鞭」，舞起漫天鞭影，鞭風霍霍，迎了上去！一招「雲鎖巫峰」，丈餘長鞭有如靈蛇出洞，迅猛地纏向南宮平執劍右腕！這一招反守爲攻，端的精妙無比。

南宮平料不到眼前這個老傢伙身手竟然如此了得！

但南宮平一身武功亦已非昔年吳下阿蒙，左足一旋，側身讓過來勢，右臂一抖，「葉上秋露」挾嘶嘶銳嘯疾劃而下，「葉上秋露」雖非神兵利器，但經南宮平貫注真力，劍氣如芒，逼人生寒，劍鋒尚未近身，已泛起一股冰涼之氣。

老者知逢勁敵，不敢大意，身軀向後一仰，右臂撤回，手中「鎖骨連環鞭」一擺一蕩，向南宮平頸項掃去！

南宮平沉腰挫馬，左臂一探，五指一屈一彈，數股柔緩而潛勁的指風，疾向鞭身彈去！

右臂一沉，「葉上秋露」幻成一片白芒，攔腰削去。

五旬高大老者，只覺長鞭一緊，鎖骨連環鞭竟遭南宮平震開數尺，刷的一聲，長劍也已攔腰掃至，不由魂飛魄散，心膽俱裂，被南宮平攔腰劈成兩段！鮮血飛濺，灑得南宮平滿面滿身。

南宮平毫不遲疑，身形起處，迅若鷹鷙，向那群黑衣大漢撲去！

那群黑衣大漢力敵葉曼青已呈不支，南宮平這一加入，登時大亂，頃刻之間，已有兩人中劍身亡！

另兩名駕車大漢分挾著狄揚和依露，原躲在篷車之後，這時一看情勢危急，已生逃走之念。

南宮平長劍一緊，又有兩名黑衣大漢洞穿胸腹而死，緊接著雙足一點，直向那挾著狄揚夫婦的兩名黑衣大漢撲去！

兩名黑衣大漢悚然大驚，不約而同向後暴退！

南宮平雙足略一點地，正欲再度撲去，陡聞身後一聲斷喝：「住手！」

不由身形一頓，霍地回轉身來，只見身後一丈之處赫然站著四個高大的人影！

時正子初，月華如水，照亮了那四個人！當先一人竟然是「萬里流香」任風萍！左邊兩人卻是「岷山二友」鐵掌金劍獨行客長孫單和驚魂雙劍追風客長孫空。

右邊那人卻眼生得很，是個身穿黑長衫頭挽高髻的威猛老者！腰間插著一雙長有四尺的金色短槍！

任風萍的到來，早在南宮平的意料之中，是以毫無驚異之感，倒是任風萍覺得有點意外，面上是詫異神色，緩緩向南宮平走近，微笑道：「一別年餘，南宮兄別來無恙！」

南宮平見任風萍現身，心中一動，恢復原有的鎮定和冷靜，聞言冷冷笑道：「好說，好說，大難不死，小弟還算命長！」

任風萍道：「凡入諸神殿者，從未聽說有生還的，南宮兄可謂大幸了！」

南宮平冷笑道：「在下要是死在諸神殿，任兄就更加快意了！」

任風萍忙道：「兄弟絕無此意，南宮兄切莫誤會，目下中原武林形同鼎沸，混亂紛岐，兄弟正想借重南宮兄，共舉大事……」

一語未了，南宮平卻冷冷地截道：「在下德薄能鮮，狂野成性，任兄恐怕找錯人了！」

任風萍哈哈笑道：「南宮兄太過自謙了！想當年吾兄天長樓力敗『玉手純陽』；獨闖慕龍莊爲『天山神劍』狄揚索取解藥，爾後隻身涉險『諸神殿』，諸般英勇事跡早已傳遍武林，兄台的武功、機智、見識，帥先生更是仰慕非常，如能得南宮兄大力相助，兄弟敢說不出一年，中原武林垂手可得！」

陡間葉曼青一聲叱喝：「哪裡走！」身形縱起，向前撲去！

南宮平面不改色，淡淡的轉過頭去，原來那兩個挾持狄揚夫婦的黑衣大漢正想借機遁逃，一見葉曼青撲到，只得停留在當地，兩雙眼睛卻向任風萍望去！

南宮平微微一笑，轉頭向任風萍說道：「不知那兩位挾著『天山神劍』狄揚和依露的黑衣漢子是否任兄屬下？」言詞之間淡漠異常，彷彿狄揚夫婦與他只有片面之交，此時只是隨口發問而已！

任風萍尷尬的一笑，但隨又消失，緩緩道：「不錯！正是兄弟屬下！」

南宮平神色變得十分黯然，嘆道：「想當年『天山神劍』豪情萬丈，神采飛揚，此刻卻變得如此狼狽，驟然看去，誰敢相信他就是當年叱吒江湖的『天山神劍』！」

葉曼青雖然十分不耐，但她深知南宮平心思縝密，此刻盡量避免談及狄揚夫婦被擒之言詞，定必另有用意！

任風萍道：「幽靈群丐已投效帥天帆麾下，共圖大事，窮魂依風也欲其妹隨行，故命兄弟前來，只要依露回至中原，立時帶往依風處。」

南宮平冷笑道：「既然依風要依露也投身帥天帆處，任兄又何需使用迷香？此舉實令在下費解！」

任風萍淡然道：「此中原委並非三言兩語就可解釋清楚，兄弟恐言詞之間發生誤會，故不得不出此下策！」

南宮平冷哼一聲，道：「那麼狄揚何辜？竟也遭任兄屬下擒去？」

任風萍道：「他二人既已結為夫婦，自然要同行了！」

南宮平冷笑，哂然道：「任兄可曾問過狄揚麼？」

任風萍大笑道：「婦唱夫隨乃人之常情，狄揚自無不顧之理！」

南宮平軒眉笑道：「任兄諒必還記得，年餘前在長安城西北，狄揚擲丟任兄之『風雨飄香』牌的一幕麼？狄揚狂狷高傲，豈肯依人帳下，任人支役！」

任風萍面色一變，默然不語。

南宮平又笑道：「狄揚、依露能結為連理，亦是任兄恩賜，他們二人雖已結縭年餘，但卻恩愛情深，不亞新婚，狄揚不肯，依露自然也無俯首之理！」

任風萍面色已恢復常態，非但毫無動怒之意，反而哈哈笑道：「南宮兄只知其一，不知其二，當年狄揚身罹兄弟銀雨奇毒，經依露全力施救始得生還，依露對狄揚有救命之大恩，依風肯投效帥天帆，依露自然不會不肯，依露俯首，狄揚豈會違背她的意志！」

南宮平大笑道：「幽靈群丐素來正直，其強討惡化對象，亦皆屬為富不仁之輩！而且施貧濟困，早已武林皆知，何況窮魂依風爲人孤獨矜直，冷漠高傲，豈有失身變節，投靠帥天帆帳下之理？」

葉曼青知道再舌戰下去，必然引起戰火，心繫南宮平安危，竟不自覺的走近南宮平身旁。

任風萍目光漸轉，看了葉曼青一眼，淡淡地問道：「當初南宮兄出海時，冷血妃子亦同時失蹤，江湖朋友都以爲她隨同南宮兄共赴諸神殿，孰料竟是葉姑娘同行返回，難道冷血妃子真的失蹤了麼？」

南宮平陡地放聲長笑，笑罷說道：「任兄很失望，是麼？哈哈！梅吟雪未與在下同行，致使任兄無法達到一網成擒之心願！未免有點可惜！」

任風萍面不改色，大笑道：「南宮兄言重了！兄弟斗膽，也不敢做如是之想！」

南宮平突然變得聲色俱厲，面泛殺機，喝道：「任風萍！你連派五撥人化裝成五路不同人馬送浸過巨毒的酒食蔬果上船，想將狄揚毒死！誰知被狄揚識破毒計，你一計不成，又生二計，又用不同的銀票訂下整間客棧，事實上整間客棧內，全是你的爪牙！以致狄揚夫婦被擒，我和葉姑娘能倖以逃脫，只因你事先沒想到我能夠回來，沒告訴他們，故爾他們不認得我！哈哈！誰知你的手下竟多了個成事不足卻敗事有餘的採花淫賊！才被在下識破你們的狡計……」

「住口！」任風萍臉色大變，暴然大喝！

南宮平毫不理會，雙目精光如電，懾人心魄，逼視著任風萍，口角噙著一絲冷酷而含殺機的笑意，繼續說道：「但在下與狄揚兄已結爲生死之交，任兄何不將在下一併擒去？」

任風萍正色道：「南宮兄言重了，兄弟斗膽，亦不敢如此！」

站在任風萍身旁諸人自始至今，始終沒開過口，顯然帥天帆紀律嚴明，而他們亦必對任風萍敬畏十分，此刻站在任風萍右邊那身穿黑長衫、頭挽高髻、腰插一對金槍的威猛老者，業已按耐不住，向前疾跨一步，沉聲喝道：「小子好生狂妄無禮，你道眼下真無能擒你之人麼？」

南宮平睨視他一眼，笑向任風萍道：「這位兄台想必就是帥天帆依若左右手的『戳天奪命雙槍』戈中海戈大俠了？」

任風萍頷首道：「不錯！正是戈老英雄！」

南宮平大笑道：「嘗聞戈大俠『戳天奪命雙槍』有神鬼莫測之機，戳天奪命之能！今日得識，幸會，幸會，幸會！」

戈中海回頭看了看任風萍一眼，似乎在動手之前要徵得任風萍的同意！

任風萍臉上毫無表情，默然不語！

南宮平冷笑道：「任兄何不點點頭？」

戈中海大喝一聲，身形撲進，雙掌左右拍出，一擊「章門」，一擊「藏海」！

南宮平早已有備，身形卓立不動，雙臂一圈，閃電般向他雙腕扣去，飛起一腿，踢向戈中海「丹田」大穴！

這兩招快捷無比，而且取時部位恰到好處！任風萍暗暗心驚，一年不見，南宮平一身武功又精進了不少！

戈中海滿面凝重，卻毫無懼色，身軀一側，雙掌疾翻，一招「腕底翻雲」，反向南宮平雙臂「曲池」穴拍去！

南宮平身形一閃，甩臂沉腕，一招「沉香劈月」，向戈中海胸前直擊過去！

陡聞一聲嬌叱，葉曼青已與「岷山三友」戰在一處！

戈中海微感一驚，大喝一聲，右腕一沉，左臂驀縮，才又倏地一齊劈出，硬接南宮平一掌！

「轟」然一聲暴響，雙方掌力接實，地上沙石飛揚，塵土瀰漫！南宮平只覺對方內力綿綿不絕，雙腕疼痛如折，暴退一丈！戈中海僅上身晃動，馬步依然釘立如樁，但他心中亦自暗暗一驚，普天之下能接他雙掌一擊者，寥寥可數，南宮平年方弱冠，竟能硬接一掌，而直立無恙！

南宮平臉泛青白，氣血翻騰，喉頭一甜，咯出一口鮮血，顯然受傷不輕！但他微一咬牙，旋又飛身撲上，雙掌一錯，向戈中海猛攻而去！

戈中海冷冷一哼，雙掌翻飛，迎住來勢！

南宮平這次撲上，招式一變，竟施出幽居「諸神殿」時，在木屋中所學得的「達摩十八式」！左掌斜出，右掌直劈，招名「苦海普渡」，疾攻過去！

戈中海身形一閃，左掌封出，右掌疾拍南宮平「肩井」！

誰知南宮平這竟是虛招，沉肘挫腕，左掌改削中盤，右掌併指如戟疾點戈中海前胸「七坎」大穴！

戈中海駭然大驚，疾退五步，雙掌「如封似閉」同時封出！

南宮平雖然只把「達摩十八式」牢記心中，卻沒有時間去仔細揣摩其中繁雜精奧之變化，此刻臨敵施爲，一面思忖，一面出招，這套武林絕技，依然深具威力，十招之內，將「戳天奪命雙槍」戈中海連連逼退了一丈遠近！

一旁觀戰的任風萍雙眉深鎖，沉思俄頃，不禁驚叫出聲——「達摩十八式！」

南宮平一面進招，一面冷笑道：「不錯！正是『達摩十八式』！要是膽怯的話，現在放掉狄揚夫婦還來得及！」

「戳天奪命雙槍」業已額角見汗，濃眉緊蹙，方在尋思破解之策！

驀聞「岷山二友」發出震天暴喝，原來葉曼青已逞不支之狀，「龍吟神音」左招右架，節節敗退！

只聽長孫空獰笑一聲，叫道：「看你還能支持幾招！」

叫聲中雙劍微絞，右足前探，一招「極逸滄波」，雙劍劃出一道銀弧，迅捷地向她執劍右腕削去！

長孫單卻足下一滑，閃至葉曼青身後，「飛星逐月」，疾點葉曼青背心！

葉曼青腹背受敵，險象環生，掌中劍疾封而出，嬌軀向左閃去！但她早已真力不繼，氣血浮動，身形一個踉蹌，被長孫單一劍刺中右肩，悶哼一聲，龍吟劍又被長孫空雙劍斫中，虎口一麻，脫手飛出！

長孫單劍交左手，欺身上前，伸手間，連點中她「大赫」、「商曲」二穴，葉曼青兩穴受制，嬌軀隨之倒地不起。

「岷山二友」更不停頓，飛掠過來，與戈中海聯手圍攻南宮平！

南宮平急怒交迸，右手一探，嗆然龍吟，「葉上秋露」已拔在手中，一招「天地分光」，劍芒顫動，森森劍氣，幻起一圈劍網。

戈中海冷冷一笑，亦自撤下腰間金色雙槍，一抖攻上！

南宮平大喝一聲！「葉上秋露」振腕攻出，幻出三朵劍花，分襲「岷山二友」及戈中海！

岷山二友武功雖高，與南宮平相較卻相形見絀，南宮平這詭異的一招，迫得兩人連退三步！

戈中海雙槍疾出，左手金槍硬架來勢，右手金槍，「春雲乍展」疾逾星火地挑向南宮平右肩！

南宮平知道今天想要全身而退已不可能，看出「岷山二友」中，鐵掌金劍獨行客又較驚魂雙劍追風客略差半籌，因此他避重就輕，「葉上秋露」儘向長孫單身上猛施殺手！

戈中海與長孫空何嘗看不出來？兩人心中似有默契，不約而同，加緊搶攻！

數十招一過，南宮平已逞不支之狀，兩個一流高手和一個頂尖高手，聯手搶攻，南宮平武功再高，也只能左右招架，毫無還手之力！

月光照映下，任風萍面露喜色，嘴角時而噙著一絲陰鷙而得意的微笑！

戈中海斷喝一聲，雙槍一緊，「狂鷹振翅」，右手金槍自下而上，猛刺左脅，左手金槍閃電般向南宮平執劍右腕挑去！「岷山三友」的三支長劍，齊地罩向南宮平周身要害！

南宮平虎目噴火，額角上豆大汗珠，滾滾而下，臉色蒼白，但卻洋溢著堅毅而倔傲的神情，「葉上秋露」連演絕學，「金靈飛火」，「葦渡三過」，「分水擺荷」，刷刷刷，接連三劍，封擋了三人凌厲的攻勢。

戈中海閃身欺近，雙槍疾刺而出，一點「幽門」，一點「咽喉」！「岷山三友」亦旋身撲進，三支長劍交錯遞出。

南宮平三劍攻出之後，真力已經不支，但他神智未亂，霍地足下旋轉，閃開戈中海的雙槍，奮力一劍朝長孫單胸前疾刺而去！

這一劍又疾又狠，長孫單想要抽身退避，已嫌太遲，慘叫一聲，「葉上秋露」貫胸穿過！

南宮平慘厲一笑，方把「葉上秋露」拔出，長孫空雙劍已自他左肩劃下一道深有寸許可見白骨的血溝，長至脊柱，殷紅鮮血飛噴而出！就在這同時，戈中海的金槍也正刺中南宮平右大腿上！

南宮平牙關怒咬，長劍一揮，將正欲重下殺手的長孫空和戈中海逼退五步，戈中海金槍猶未拔出，依然插在南宮平腿肉之上，令人觸目心驚！

戈中海從未見過能有如此潛力之人，不禁愕在當地！

長孫空痛兄身亡，怒吼一聲，再度撲上！

南宮平厲聲大喝：「不死神龍，神龍不死！」

喝聲中，伸手拔下大腿上的金槍，看也不看，反臂向他甩出。

長孫單的死，使得長孫空恨火攻心，此刻出手，絲毫沒有防備，何況他認爲南宮平必定已無還手之力，一見金槍破空飛來，才悚然心驚，趕忙雙劍交錯，向金槍撩去！誰知一撩不中，「哧」的一聲，金槍竟插入左肩！登時仆地不起！

戈中海搖頭嘆道：「真不愧爲神龍弟子！」緩步向長孫空走去！

任風萍神色黯然，也喟嘆道：「不死神龍第二，能得如此豪傑相助，何愁天下不定？」

南宮平喝道：「你今生作夢也休想！」

話才出口，又咯出一大口鮮血，身形栽個踉蹌，最後終於不支，仆倒於地！

任風萍一躍上前，右掌緩緩拍下，他的臉上充滿了可惜的神情，就在他右掌離南宮平頭顱不足三尺之時，驀聞身後響起一聲悶雷似的大喝：「住手！」

喝聲宏亮，響徹四野，顯然中氣充沛！

任風萍驚愕的轉過身軀，只見身後數尺之遙，站著一個身形矮小，其貌不揚的中年人。

中年人向前跨進一步，沉聲道：「這人我要帶走！」

戈中海已從長孫空身旁一躍而至，手中握著兩柄金槍，大聲喝道：「小子！你是誰？」

中年人睨視他一眼，隨口吟道：「遠山高大！」

任風萍、戈中海霍然一驚，連忙同聲接道：「風雨飄香！」

中年人自懷中掏出一隻紫檀香木的精緻小牌，揚了一揚，接著喝道：「兩位可認識此牌？」

任風萍低首道：「弟子識得！」

中年人道：「見牌如見人！這人我要帶走，兩位有何異議？」

任風萍黯然道：「弟子不敢！」

中年人冷冷一哼，走近南宮平身旁，俯下身去，將南宮平抱在懷中，頭也不回，大步向前走去！

直到中年人矮小的身影被漫漫的黑暗吞沒，任風萍才搖頭嘆道：「帥先生不知何時又新收了這一號人物，我們爲何都不認識？」

戈中海道：「我們出來半年多了，帥天帆吸收的新血，未經介紹，我們自然不認識！」

中年人抱著南宮平健步如飛，奔了將近一個時辰左右，到了一片枝椏濃密的樹林前。月光照映下，在一棵合抱的大樹旁，兩匹長程健馬正俯啃著野草，馬旁卻綽立著一位風華絕代，美艷出塵的少女，峨眉緊蹙，滿面憂急之色！

她正是梅吟雪！

中年人才一走近，梅吟雪已奔了上來，看了看他懷中的南宮平一眼，問道：「他的傷勢很重麼？」

中年人頷首道：「真力消耗殆盡，血流過多，還好我早到一步，否則就要死在任風萍掌下了！」

南宮平星目緊閉，面色蒼白，背上和腿上的血仍然一滴一滴的淌下，被中年人抱在懷中，奄奄一息，身軀僵挺，除了胸部還有一些極其輕微的起伏外，簡直和死去無二！

梅吟雪目泛淚光，黯然道：「他傷重如此，不知是否還能活著見他的師傅！」

中年人也自嘆道：「看他不是夭壽之像，相信必有奇蹟，將他救活！」

梅吟雪默然不語，伸出皓腕自中年人懷中接過南宮平。

中年人道：「姑娘珍重，我要走了，那塊木牌——」

梅吟雪道：「那塊木牌送給你吧，反正我留著也沒用！」

中年人謝了一聲，飛身上馬，揚塵馳去。

梅吟雪也跨上馬背，將南宮平抱在懷中，一咬銀牙，催開坐騎，順著官道，向前奔去。

黎明時分，梅吟雪已經趕到三門灣！直馳到一家客棧前，這才下馬走入客棧中。

匆匆跨進一間房內，房內有三張床，其中有兩張竟赫然分別躺著「不死神龍」龍布詩，和「諸神島主」南宮永樂！

此刻兩人都已醒來，四隻眼睛都透著焦灼的神色，一見梅吟雪抱著奄奄一息的南宮平推門而入時，俱不禁大吃一驚！

龍布詩首先問道：「平兒受傷了？」

梅吟雪略點螓首，一言不發的將南宮平面孔朝下放在另一張床上。

南宮永樂接問道：「是誰把他打傷的？」

兩人說話的語聲，都很柔弱輕微，彷彿是大病未癒一般。

梅吟雪沒有回答，鳳目一閉，兩行清淚滾滾流下。

南宮永樂掙扎著爬起來，察看了南宮平的傷勢一番，有氣無力地道：「他傷勢很重，但有我在，這倒不用擔心，只要用移植大法，保管他在兩天之內就可痊癒！」

龍布詩聲音沙啞地吼道：「不行！你不准碰他一根汗毛！」

南宮永樂也是怒容滿面，聲音微弱的吼道：「我碰他關你何事！你在那裡鬼叫什麼？」

龍布詩叫道：「他是我的徒弟！我就是不許你碰他！」

南宮永樂也叫道：「他是我的侄兒！我偏要碰他。」

梅吟雪淚流滿面，哀聲道：「他已是奄奄待斃之人了，兩位前輩還作無謂之爭，難道真要眼睜睜的看著他死去麼？」

兩個老人相互怒視一眼，終於緘默不語！

良久，南宮永樂轉臉向憂心如焚的梅吟雪道：「這十幾天來，我已將我全部醫術，包括移植大法在內傳授給你，我看你冰雪聰明，何不冒險一試？」

梅吟雪說道：「我只學得心法，還未實際動過手，恐怕——」

南宮永樂道：「有我在旁給你指點，你儘管大膽動手！」

梅吟雪委決不下，一時沉吟不語！

南宮永樂道：「他已命在旦夕，不能猶豫不決了。」

梅吟雪轉頭看了看龍布詩一眼，龍布詩卻默然不語！當下一咬銀牙，毅然道：「好！事已至此，我只好冒險一試！」

南宮永樂面現微笑，道：「你先去買枝大針和一瓶烈酒以及一卷細麻線回來，即刻動手！」

梅吟雪依言匆匆上街將所需之物買回。

南宮永樂道：「先將大針和細麻線泡在酒裡，用酒洗淨傷處，再點他胸前『鳳尾』、『七坎』兩穴，和背後『命門』、『帶脈』兩穴，並用真力護住他最後一口丹元之氣，然後用烈酒洗一洗我的大腿肌肉，用你的佩劍割下一塊與他傷口同長同寬的腿肌，移植上去，再用細麻線縫合，兩天之後，他就會痊癒了。」

梅吟雪一面聆聽，一面動手，兩個時辰不到，業已大功告成，果然順利無礙！

南宮永樂卻因活生生的被割去一塊腿肌，一時元氣大傷，痛徹骨髓，閉上雙目，沉沉睡去！

龍布詩不禁為之動容，嘆道：「四十年來，你簡直和瘋人無二，但自從脫離了『諸神殿』後，想不到你個性又大變特變，在你臨死之前，還做了一件有人性的事情！」

梅吟雪徹夜未眠，心神交瘁，直到此刻芳心才放寬一點，一時疲憊萬分，竟也伏在南宮平床邊，沉沉睡去！

南宮平輕輕的挪動了一下身軀，並發出一絲輕微的呻吟，梅吟雪霍然醒轉！

南宮平睜開眼睛，一眼看見身邊的梅吟雪，不禁驚喜莫名的脫口叫道：「吟雪！是你……」語才出口，已牽動傷處，臉上肌肉痛苦的抽搐一下。

梅吟雪憐憫心痛，急道：「你大傷未癒，不宜開口說話，快閉上眼睛養神！」

南宮平驟見梅吟雪，真是又驚又喜又興奮，若非不能動彈，他真會跳起來將梅吟雪緊緊的摟在懷裡，哪裡還會閉上眼睛養神，當下輕聲問道：「吟雪！這不是夢吧？」

梅吟雪強抑著心中激動的感情，柔聲說道：「不要再說話了，快好好休息吧！」

南宮平又看見了另一張床上躺著的龍布詩，情緒更加激動，道：「師傅也回來了，吟雪，快告訴我這是怎麼一回事？」

梅吟雪道：「這話一言難盡，等你傷好了後，再慢慢告訴你，你現在快休息吧！」伸手點了他的睡穴。

南宮平雙目一閉，又沉沉睡去。

龍布詩直到此刻才睜開眼來，看了沉睡的南宮平一眼，喟然長嘆！

梅吟雪道：「老前輩見了他，只應高興才對，怎麼——」

龍布詩嘆道：「我和南宮老兒在暴風雨的海上力拚千招，我打了他七拳，他劈中我六掌，雙方真力耗盡，真元已散，想不到漂泊在海上竟會巧遇姑娘，將我們救返中原！唉！我『不死神龍』一生之中，出生入死不下百次，想不到這一次就要真正的死去，老夫固然並不怕死，但是還有數樁心願未了，不願如此平平白白的死去！」

梅吟雪道：「江湖上傳言靈丹妙藥能生死人而肉白骨，前輩這點內傷，只要能得到真正所謂的靈丹服用，想要痊癒也並非一件難事。」

龍布詩嘆道：「據老夫所知，江湖聖醫『救命郎中』薄丹煉有七顆起死回生的『回天救命護心丹』，但薄老兒珍逾生命，又豈肯隨便與人！」

正說間，店伙已在門外敲門道：「客官！用午飯啦。」原來已時趨晌午！

梅吟雪道：「送進來吧！」

店伙推門而入，端著兩個大食盤，三人用罷，龍布詩道：「梅姑娘昨晚徹夜未眠，今天又勞累了一個早上，早點回房憩息吧！平兒我會照顧他的！」

梅吟雪也覺十分困倦，依言走回自己房內！

龍布詩也正欲閉目憩息，突聞一陣衣袂振風之聲，從窗戶欻然飛進一人！

竟是他多年至交——鐵戟紅旗震中州司馬中天！

不禁驚喜十分，叫道：「司馬兄別來無恙，怎知小弟在此？」

司馬中天嘆道：「唉！一言難盡！自從華山較技後，你已在江湖上失了蹤影，武林中更是傳說紛紜，有的說已敗在『丹鳳』手下自絕而亡，有的說你看破世情，隱名潛居，更有的說你去了『諸神殿』！莫衷一是，不知你到底去了哪裡？」

龍布詩遂將諸般遭遇，簡單扼要的講出。

司馬中天嘆道：「這事如果傳揚出去，勢必轟動武林！」

龍布詩問道：「司馬兄怎會到此？」

司馬中天黯然一嘆，也將自己鏢局冰消瓦解，以及那幾件轟動武林的大事逐一說出，最後嘆道：「南宮世家也完了！南宮常恕隱居太湖湖濱，南宮夫人托小弟來此，打探南宮平的下落，途中巧遇南宮世家以前的食客萬達，告訴小弟南宮平早已歸來在此，是以小弟便匆匆趕來！」

龍布詩聽罷，搖頭嘆道：「想不到短短兩年之中，江湖上竟掀起如此巨變！」

司馬中天壓低了聲音，說道：「小弟在途中發現不少江湖人物往此處集結，不知此處將有何重大事故發生！」

一語甫罷，驀聞窗外有人發出一聲輕微的冷笑，兩人不由霍然色變！

司馬中天喝道：「是誰敢在司馬中天面前鬼鬼祟祟！」話方出口，人已迅捷無比的穿窗而出。

龍布詩不能動彈，只好空自發出一聲浩嘆！

驀見梅吟雪匆匆推門而入，急道：「老前輩，我們此刻處境兇險十分……」

龍布詩濃眉一軒，搶著問道：「姑娘，有何重大事故發生，使你這樣驚惶？」

梅吟雪還沒來得及細說原委，突聞一陣急促的敲門聲，不由神色一變，隨手抓起南宮平床邊的「葉上秋露」，走至門邊，沉聲喝道：「進來！」

房門呀然而開，只見門口站著一個年約五旬，身著灰布長袍，長相奇特，雙手長及膝的老者！

梅吟雪沉聲問道：「你是誰？有什麼事？」

老者乾笑一聲，道：「敢問姑娘，房內是否住的『不死神龍』龍布詩和『諸神島主』？」

梅吟雪柳眉一揚，道：「不錯！」

老者肅容道：「我家主人有請！」說著，自寬大袍袖內拿出一張黑色的柬帖。

梅吟雪眉峰一皺，將柬帖接過，冷冷道：「不知你家主人是何方高人，貿然赴約，有嫌冒犯，如果貴主人方便，何不移駕屋內一談！」

老者面容上愕了一愕，隨即乾笑道：「這個……待小的請示敝主人再行定奪！」拱手一揖，轉身走開！

梅吟雪關上房門，拿著請柬，走至龍布詩床前，雙手遞過，她雖稱「冷血妃子」，但對龍布詩卻是狀至恭謹！

龍布詩打開請柬一看，不禁霍然動容，神情激動，只見請柬上赫然寫著龍飛鳳舞的八個大字：「諸神瓦解，神龍授命！」

龍布詩激動的情緒突又在片刻間變得異常的平靜，哈哈大笑道：「好個神龍授命！我倒要看看是何方高人能叫龍某授命！」

話聲方住，敲門之聲又復響起，梅吟雪手執「葉上秋露」卓立門旁，龍布詩沉聲喝道：「請進！」

房門開處，只見一群人正欲魚貫而入，梅吟雪長劍一橫，擋在門前，高聲說道：「哪個是帶頭的？進來！」

當先一個面皮白皙，長相英俊但是目帶邪光的中年文士微微一笑，大步走進！

梅吟雪隨即將房門砰然關上！

中年文士走至龍布詩床前，說道：「敢問尊駕就是『不死神龍』龍布詩？」

龍布詩微笑道：「不敢，正是龍某，請教尊駕大名？」

中年文士笑道：「小可孫仲玉，乃『群魔島』主之子！」

他雖然笑著說話，但神情倨傲無比，彷彿目中無人，唯我獨尊！

房內諸人均心中一動，他果然是群魔島的人！

孫仲玉回頭看了看卓立門邊，虎視眈眈的梅吟雪一眼，也不待招呼，即在床邊一隻木椅上，大馬金刀的坐下！

龍布詩濃眉一揚，傲然問道：「龍某與『群魔島』素無交往，孫少島主柬邀龍某不知有何賜教？」

孫仲玉大笑道：「別無大事，只不過小可奉家父之命前來中原向龍大俠索借一物！」

龍布詩濃眉一軒，大聲道：「索借何物，少島主但請言明！」

孫仲玉陰鷙一笑，道：「索借龍大俠項上六陽魁首！」

龍布詩朗笑道：「不知令尊索借龍某這顆項上人頭有何用途？」

孫仲玉怔了怔，隨即說道：「小可只是奉命行事，至於家父要來有何用途，卻是不知！」

龍布詩大笑道：「人生百年，終歸一死，少島主你說是嗎？」

孫仲玉冷笑道：「不錯！」

龍布詩神色一變，聲色俱厲，道：「但令尊欲妄想索借龍某首級，你說龍某是該雙手奉上，或是拒死一拚？」字字鏗鏘，令人心神一震！

龍布詩那滿是劍疤刀痕的臉上，一片神光湛然，宛如一個凜然不可侵犯的神聖，一股懾人而又令人心折的威儀，像是一支利刃，直戳入孫仲玉心坎深處！

孫仲玉如冷水澆頭，神色頹敗，眉目間那股不可一世的倨傲之氣，蕩然無存！

孫仲玉默然嘆道：「龍大俠果真英雄豪傑，江湖傳言果然不虛！」

一語甫罷，驀聽門外有人提氣高聲叫道：「少島主別受他巧言所惑，難道你忘了島主諄諄告誡的話嗎？」

話音剛落，陡聞砰然聲響，房門已遭人劈開，門外那群人已轟擁而入！

梅吟雪嬌叱一聲，「葉上秋露」幻出朵朵劍花，攔住門口，喝道：「站住！」

只見一個身材矮小之人，排眾而出，冷笑道：「你以爲一劍在手，就能將我古薩擋在門外麼？」

梅吟雪睨他一眼，亦自冷笑道：「不信你就闖進來試試！」

古薩縱聲狂笑！一掄雙掌，正欲動手，驀聞「群魔島」少島主孫仲玉斷然喝道：「住手！未得我的允許，怎能在此胡鬧！」

古薩像是對他十分畏服，吶吶道：「我只是爲少島主的安全著想——」

孫仲玉叱道：「在我未招呼你們之前，不得擅入此房一步，違者嚴處！去吧！」

眾人轟應一聲，相繼退下！

孫仲玉轉對龍布詩陪笑道：「他們乃家父屬下『十大常侍』，此次追隨小可遠涉中原，不精禮教，惹得龍大俠見笑！」

龍布詩笑道：「不敢！不敢！」

孫仲玉眼波流轉，瞟了梅吟雪一眼，問道：「這位姑娘麗質天生，美艷絕倫，不知芳名能否見告？」

梅吟雪心念數轉，粉面上怒意全消，嫣然笑道：「我叫梅吟雪，人稱冷血妃子！」

孫仲玉一驚，隨即笑道：「原來大名鼎鼎的『冷血妃子』就是姑娘，小可久仰得很！」

梅吟雪輕笑道：「少島主初莅中原，怎會久仰呢？」

孫仲玉朗聲道：「冷血妃子名揚宇內，在下初入中原，就已聽江湖人士談及！」

梅吟雪蕙質蘭心，聰穎絕倫，想到帥天帆、任風萍等獨霸江湖，問鼎武林之野心已昭然若揭，而中原武林人材凋零，「丹鳳」已死，「神龍」又身罹重傷，能夠領導中原武林人士挺身而出，相為頡頏之人已是鳳毛麟角，這「群魔島」少島主，以及他所帶來的「十大常侍」，武功想必是武林罕見，若能略施小計，稍加利用，豈不是一大助力？兩害相較取其輕，梅吟雪已在心中暗暗下了一個毅然的決定！

正忖念間，孫仲玉已轉對龍布詩道：「家父此命小可遠涉中原，向龍大俠索借首級，若不能如命回覆，必遭重處，龍大俠可否為小可尋思一萬全之策？」

龍布詩朗聲笑道：「不知『群魔島主』借龍某首級有何用途，少島主若能言明，龍某衡量輕重，如屬萬分必要，龍某絕對雙手奉上就是！」

孫仲玉冷笑一聲，道：「如果不屬萬分必要，家父也不至於命小可遠涉中原了！」

龍布詩哈哈笑道：「龍某倒要看看少島主有何手段，能借得了老夫的人頭！」

孫仲玉冷冷接道：「小可借龍大俠的首級，可謂探囊取物……」

驀聽窗外響起一陣雄渾蒼勁的口音，道：「小子別太狂妄，你的首級還在我的手中呢！」

話聲甫落，一條人影已迅疾無比，毫無聲息的穿窗而入，赫然是司馬中天！

孫仲玉目光連轉，自忖不吃眼前虧，當下，冷冷提議道：「離此不遠的西方郊野中有一座荒廢的古寺，小可今晚二更在彼候駕！」

說罷站起身來，也不待回答，大步向門口走去。

梅吟雪竟然綻顏一笑，推開房門站在一側。

孫仲玉心中一喜，也自對梅吟雪含情的笑了一笑，出房而去。

梅吟雪隨手將房門關上！龍布詩突地臉色大變，一片慘白，接著咯出一大口鮮血——司馬中天與梅吟雪同時一驚，不約而同急躍上前，司馬中天叫道：「龍——兄」只覺喉頭一塞，下面的話哽咽著說不出來。

龍布詩搖搖頭，苦笑道：「適才放情言語，早已牽動內腑傷勢，五臟破碎，看來離死已不遠了！」

司馬中天黯然慰道：「龍兄，今後別再妄動真氣，待小弟護送你回止郊山莊後，小弟走遍天涯海角也要找到薄老兒，將你治癒！」

龍布詩慘然一笑道：「此刻小弟已是奄奄一息，油盡燈枯，只因還有一樁心願未了，所以一直不願死去，待平兒醒來，我了卻這樁心願之後，我就該瞑目安息了。」

這段話出自龍布詩口中，緩緩道來，使人更覺英雄遲暮，淒涼可悲！

躺在另一張床上的南宮平此時已由昏迷中逐漸醒轉，發出一絲輕微的呻吟！

梅吟雪急步上前，輕聲喚道：「小平！小平！」

南宮平從床上爬起來，踉踉蹌蹌的走至龍布詩床前，神情激動的喊道：「師傅，你怎麼了？」

龍布詩盡了最大的努力，才使嘴角泛出一絲勉強的笑意，淡淡的道：「沒怎麼，只是受了一點傷，平兒！師傅有一句話要問你，你必須要好好的答覆！」

南宮平茫然的點點頭。

龍布詩神色凝重，肅容道：「要是師傅一旦永遠的離開了你，你打算怎辦？」

南宮平心中一驚，愕然道：「師傅——」

龍布詩搖頭道：「不要多說話，冷靜的想一想，再回答我這個問題！」

南宮平心中紊亂如麻，但是他的面上卻是異常的冷靜，沉吟片刻，肅容答道：「徒兒首先找到殺死師傅的人，爲師傅報仇，然後節哀順變，重建止郊山莊，與幾位師兄師姐，同心合力，光大神龍門戶！爲武林主持正義！」

龍布詩虎目中泛起欣慰而帶著傲意的光彩，說道：「不錯！爲師的一番苦心，到底沒有白費，只是那報仇一舉，卻是大可不必！」

南宮平詫異道：「師傅此話怎講？」

龍布詩苦笑道：「爲師是死在你大伯父手中！」

「啊！」南宮平驚叫出聲，龍布詩的一句話，使他紊亂的思維，此刻更加紊亂了！

龍布詩又道：「我在臨死之前還有一樁心願未了，此刻我已僅存最後一口丹元真氣！平兒！爲師只好成全你了！」

南宮平茫然不解，只得靜默不語。

龍布詩嘆道：「練武一道，招式精妙，固然能殺敵致果，但如無精湛之內力相輔，亦難臻大成，是以爲師以最後一口真氣，強提數十年之內力修爲，爲你打通任督二脈，衝破生死玄關！」

南宮平心中一震，想起師恩浩蕩，不禁熱淚盈眶，搖頭說道：「師傅，此舉大可不必……」

龍布詩怒道：「在我臨死之前，你還惹我生氣麼？過來！」

南宮平卓立不動，流淚叫道：「師傅……」

龍布詩浩然長嘆道：「強敵環伺，群魔西來，中原武林已岌岌可危，平兒，你可知你所負之大責重任？」

南宮平心頭一凜，望著龍布詩那傷疤累累而神光湛然的老臉，一時百感叢生，不知何是何從！

龍布詩濃眉一軒，大聲喝道：「平兒過來！」

南宮平慘然一嘆，只得向前邁進一步！

龍布詩掙扎著從床上坐起，說道：「坐在床邊！」

南宮平一雙星目呆呆的望著龍布詩，他本是意志堅定之人，但此刻胸中情感激動，有如浪濤澎湃，直欲破腔衝出，禁不住又流下兩行眼淚！

房內的梅吟雪及司馬中天，也覺心中黯然，泫然欲泣！

龍布詩發出一陣朗朗的狂放笑聲，大聲道：「男兒有淚不輕彈！大丈夫當叱吒武林，怎能輕做兒女之態！平兒！坐下！」

南宮平一咬牙關，依言在床邊坐下！

龍布詩笑向司馬中天與梅吟雪二人道：「行功之時，但請兩位暫爲守護，兩個時辰之後，即可功德圓滿，屆時龍某恐怕來不及向二位辭別，此刻就先行向二位道別了，來生再見了！」

他雖然乃是笑語相向，但語音淒涼，扣人心弦！

兩人心頭像是被一塊巨石窒塞住，黯然無言，只得輕輕點頭。

龍布詩毫不怠慢，左手按在南宮平天靈蓋上，右掌頂住他背心命門，沉聲說道：「平兒，抱元守一，萬流歸宗，凝神了！」

南宮平屏諸雜念，眼觀鼻、鼻觀念、心神合一，靈台一片空靈靜朗！片刻之後，頂門上冒起一縷蒸蒸熱氣，臉色已由蒼白而轉爲紅潤！

龍布詩原就蒼白的臉，此刻更加慘白了，渾身上下，也發出一陣輕微的顫抖……司馬中天與梅吟雪四隻眼睛睜得大大的，瞬也不瞬的望著這師徒二人。

一個時辰已無聲無息的過去，房內情景一無變化，要是有，那就是龍布詩身軀的顫抖，已由輕微而變爲劇烈！

驀地——

一聲砰然巨響，房門竟被震開，司馬中天和梅吟雪同時一驚，舉目望去，只見一群人魚貫而入！

當先兩人，赫然竟是「萬里流香」任風萍，以及「戳天奪命雙槍」戈中海，隨後諸人，卻是神情木然的「天虹七鷹」！

梅吟雪拔出「葉上秋露」，司馬中天也取下背後一雙鐵戟，兩人並排而立，護在床前。

任風萍口噙笑意，手搖摺扇，緩步上前，微微笑道：「梅姑娘別來無恙？」

梅吟雪也綻顏一笑道：「好說，好說！托任大俠的福！」

任風萍眼光流轉，瞥見了龍布詩與南宮平師徒二人，臉上微露驚異之色，但旋又消失，依然笑道：「任某曾在高屏縣見過南宮平一面，怎會又轉到三門灣來與龍大俠相聚？腳程當真快得很！」

梅吟雪故作黯然道：「他遭人打成重傷，此刻龍大俠正運功爲他療傷！」

任風萍愕然道：「江湖上傳言『不死神龍』龍布詩身罹重疾，怎麼——」

梅吟雪笑道：「江湖流言，豈可深信？龍大俠非但身體健康，而且功力精進多多，已非昔可比！」她原是心細如髮，聰穎絕倫之女子，知道時間珍貴，能拖延就盡量拖延，而且還撒了一個大謊，果然使任風萍心中有了幾分忌憚！

任風萍語聲一轉，笑問道：「年前在長安城外，任某相托之事，不知梅姑娘是否已經三思，此刻能否回覆？」

梅吟雪嫣然笑道：「小女子一介女流，帥先生與任大俠一代英彥，何況此乃龐大之組織與計劃，梅吟雪實不便參入！」

她原就嬌美如花，此刻嫣然微笑，更如百合初放，沁心醉人，就連任風萍這等人物，心中亦都不自覺的一蕩！

任風萍道：「可是梅姑娘已收下了帥先生的信物——風雨飄香牌！」

梅吟雪嬌笑道：「此牌已不慎遺失！」

戈中海驀地欺前一步，沉聲喝道：「若將此牌遺失，你就得抵命！」

梅吟雪瞅了戈中海一眼，笑對任風萍道：「不知任大俠何時多養了一條野狗？」

戈中海勃然大怒，暴喝一聲，身形撲進，雙掌猛地攻出。

梅吟雪冷冷一笑，「葉上秋露」急削而出，一招「凌風抖羽」，削向戈中海雙腕！

戈中海雙掌一錯，右掌斜拍而出，左掌五指微屈，閃電般扣向梅吟雪執劍右腕！

梅吟雪毫不閃避，嬌軀一側，右腕一沉，劍尖揚起，一招「野火燒天」，便捷地刺向戈中海咽喉！

戈中海心中微微一驚，身軀一閃，躲過咽喉一劍，兇猛無倫地展開絕技，眨眼工夫，攻出十六七拳之多！

梅吟雪長劍在手，竟還佔不了赤手空拳的戈中海上風，不由得一股羞憤之意襲上心頭，嬌叱一聲，納劍歸鞘，也憑一雙肉掌與其相搏！

但聞「波」然一響，雙方掌力接實，梅吟雪粉臉驟變，一片蒼白，嬌軀微晃，咯出一大口鮮血，顯然受傷不輕！但她腳下卻未曾移動半步！

戈中海冷哼一聲，雙掌一錯，再度疾攻而上！

梅吟雪柳眉一揚，暗中略一調息，又復揮掌封出！

戈中海的武功原要較梅吟雪高出甚多，但梅吟雪此刻已有拚死之心，一時之間，雙方還難分軒輊。

任風萍微一皺眉，朝著「天虹七鷹」喝道：「你們還站在這兒幹什麼！」

司馬中天鋼牙怒咬，環眼圓睜，一聲虎吼，鐵戟挾呼嘯銳聲，猛掃而出！

「天虹七鷹」神情木然，但聞任風萍之言後，立時迅疾無比地向司馬中天撲去！

「天虹七鷹」彷彿遭藥物迷失本性，站成一個半圓，將司馬中天圍在核心，一陣狂攻狂打！

司馬中天當然不懼，罩住了周身上下，但卻罩不住翠、藍、紅、黑四鷹劈出的掌風，前胸登時如受千斤重錘，一張口，一蓬血雨，噴向白鷹，白鷹猝不及防，被噴得滿頭滿臉，一件白緞長袍，全片殷紅，猶如血人一般！

司馬中天仗著內力雄渾精湛，雖然捱了一掌，但卻乘白鷹駭然轉身之際，雙臂連揮，戟影如山，密密層層，向功力最弱的紅鷹攻去！

紅鷹洪哮天大吃一驚，措手不及，竟活生生被砍破頭顱，血雨橫飛，腦漿迸濺，慘號一聲，栽地身亡！

其他六鷹卻視若無睹，依然搶攻如故，司馬中天立時遭劈中三掌，又咯出一大口鮮血！但他愈戰愈勇，不顧本身傷勢，鐵戟一抖，一招「火樹銀花」，兇猛無儔地攻向翠鷹「七坎」、「氣門」二穴！

翠鷹凌震天，側身欲閃，但司馬中天雙戟已疾逾流星般刺到，只得雙掌齊地劈出，司馬中天大喝一聲，竟將他劈來的雙掌視若未見，鐵戟加速向前一送，但聞慘叫聲起，翠鷹身上多了兩個血洞，仆倒於地。

司馬中天卻遭他雙掌劈中左肩，登時血氣受阻，左臂痲木不靈，左手鐵戟噹的一聲失手落在地上！

其餘五鷹毫不遲疑，同時猱身撲上，司馬中天右手鐵戟一掄，接住又戰！

驀聞戈中海大喝一聲，雙掌連環攻出六掌。

梅吟雪真力不繼，登時被他一掌劈中，噴出一大口鮮血，身形踉蹌，坐倒地上！

戈中海獰聲一笑，右掌揚起，正待劈下，忽聞一聲暴喝道：「住手！」

聲如洪鐘，入耳嗡嗡作響，戈中海猛一旋身，只見身後站著一個面目俊秀的中年文士，正是那群魔島少島主孫仲玉！

這廂方自停手，驀聞司馬中天慘叫一聲，口中狂噴鮮血，栽倒地上，接著紫鷹也倒了下來，腹部上插著一支尚在抖動的鐵戟，血流如注！

其餘四鷹，齊向前邁進一步，揚掌就要向龍布詩及南宮平劈去！

梅吟雪急叱一聲，強提一口真氣從地上躍起，擋住二人之前，硬接四鷹聯手攻擊，櫻口一張，又再噴出一蓬血雨，鳳目緊閉，呼吸急促，嬌軀劇烈的晃了兩晃，但腳步卻依然釘立如樁，沒有倒下！

孫仲玉心中大痛，怒喝一聲，急躍而上，雙掌連環劈出，硬將四鷹震退五步，與梅吟雪並肩而立！

梅吟雪鳳目微啓，瞥了他一眼，嘴角極其勉強的泛起一絲感激的笑意。

孫仲玉低聲道：「姑娘傷很重麼？」

梅吟雪張口欲言，但話還沒說出，卻又咯出一口殷紅的鮮血！

孫仲玉心頭大急，忙提氣大喝道：「十大常侍何在！」

喝聲甫落，門外立即響起一陣轟喏之聲，接著由古薩當先，十大常侍魚貫而入！

任風萍悚然一驚，估量自己的實力，「天虹七鷹」，死了三鷹，剩下四鷹亦都消耗真力過劇，疲憊不堪，「戳天奪命雙槍」戈中海武功雖高，但亦雙拳難敵四手！衡量輕重之後，已存退卻之心，當下，冷笑道：「尊駕原來倚仗人多勢眾，任某倒失敬了，只是我們素無仇怨，如此火併，非但不大值得，而且還惹人恥笑！」

孫仲玉狂笑道：「閣下如果膽寒，現在就滾！」

「戳天奪命雙槍」戈中海面現憤恨之色，雙手按在腰間雙槍柄上，大有拚死一搏之意，任風萍正啓口欲言，突聞院中響起一陣洪亮的朗吟之聲，道：「遠山高大，風雨飄香！」餘音裊裊，蕩漾不絕！

任風萍心頭一震，大喜過望，話鋒一變，轉向孫仲玉怒道：「此房狹窄，不便動手，尊駕如真要架此樑子，我們不妨到院落中央決一高下。」

孫仲玉狂笑道：「在哪裡動手都是一樣，請！」

任風萍陰鷙一笑，毫不遲疑，大步向外走去，天虹「四鷹」挾起另三鷹的屍體，隨後跟去！「戳天奪命雙槍」戈中海冷哼一聲，亦隨四鷹之後，走到院落之中。

孫仲玉微微一笑，亦率十大常侍，緩步走向院落之中。

梅吟雪見他們一走，精神稍一鬆懈，那股神奇而能支持她卓立不倒的力量，也隨之消去，只覺頭昏目眩，眼前發黑，噗通一聲，已栽倒在床前！

院落中站著一個身材高大，虬鬚滿面的威猛大漢，任風萍大步上前，威猛大漢揚聲道：「天風銀雨三十六傑待令！」

任風萍面露笑容，嘆道：「帥先生果真神人也！」

孫仲玉已率十大常侍走至院落中站定，任風萍有恃無恐，緩步上前說道：「我們無怨無仇，如此火併，姑不論誰勝敗，俱皆太不值得！我們何不化敵爲友，同心協力，闖蕩江湖，幹一翻轟轟烈烈之大事！閣下但請三思！」

孫仲玉乃「群魔島」少島主，驕縱狂傲已慣，他率十大常侍遠涉中原，除了執行「群魔島」主之命令外，他最大的野心，卻是要在中原揚名立萬，任風萍這番話，更使他激起萬丈雄心，當下狂放地笑道：「欺善怕惡，以眾凌寡之輩，小可向來最爲不齒，閣下毋庸多言，亮開兵刃決一高下吧！」

任風萍陰鷙的一笑，冷冷道：「你死在臨頭，尚且執迷不悟，別怪我心狠手辣了！」驀地提氣大聲喝道：「天風銀雨，武林一鼎！」

喝聲方起，只見前後左右，各間房中相繼走出一群黑衣大漢，每人手中都提著一個其大如球，色作銀白，球上附刺的奇形兵刃——「鏈子流星單鎚」！

這群黑衣大漢每三人一組，一人在前，二人在後，共有一十二組之多，分四面八方，緩緩包圍而至！每個人行走之間，步履十分緩慢，但沉穩至極！

孫仲玉和十大常侍均看得心中微微一驚，難怪任風萍有恃無恐，原來果真有點門道。片刻之間，這群黑衣大漢已將十大常侍及孫仲玉圍在核心，每人臉上神情木然，均毫無表情！

任風萍道：「此刻如果尊駕回心轉意還來得及，再遲恐怕你們全都要喪生在這『天風銀雨』大陣之中！」

孫仲玉神情凝重，滿面肅穆之色，那股驕狂之氣，早已蕩然無存，此刻雙眉緊皺，像是正在尋思如何破解之法，對任風萍的話卻聽若未見，十大常侍環列他的左右，成爲一個空心的圓形，每人臉上都沉重十分，一如他們沉重的心情一樣！

一群黑衣大漢沉穩的腳步依然緩慢地向前邁進。

任風萍放聲長笑，雙足點處，身形後掠五尺，右臂卻緩緩的揚起！

孫仲玉劍眉一揚，微微一哼，伸手自腰間取出一支精鋼打鑄的緬鐵軟劍，劍身細長，足有五尺，劍尖卻又分為二，與一般普通長劍迥然而異，劍身泛著一股淡淡的青色光華！

其餘十大常侍，亦紛紛取出隨身兵刃，全神戒備，凝神地準備應付這場即將爆發的生死大戰！

黑衣大漢們腳步都已止住，數十雙眼睛，目注場中，一瞬不瞬，左手抓著鏈尾，右手抓著離鎚頭四尺之處，鎚頭離地三尺！每人所抓的部位均一致無二，個個屹立如山，顯然訓練有素，只看得孫仲玉身後環列的十大常侍心中又是微微一驚！

任風萍意氣飛揚的環顧左右一眼，滿面輕蔑與驕傲之意，突又發出一陣高亢而冷削的笑聲！

黑衣大漢右腕微抖，鐵鍊發出一陣叮噹之聲！

任風萍陡地一聲清叱：「天！」

黑衣大漢三人一組中的前面一人，手臂齊揚，只聽呼呼風聲響起，十二道寒光突地自最前一個黑衣大漢掌中沖天飛起！

任風萍接連喝道：「地！」

這十二道寒光未落，又是數十道強風自黑衣大漢群中飛出，一齊擊在孫仲玉及十大常侍的身前！

孫仲玉大喝一聲，手腕一抖，身形展動，劍上青色光華驟然暴長，一片冥冥青光，向前捲去！

十大常侍，亦自紛紛舞動兵刃，護住周身！

陡聞任風萍又是一聲低叱：「風！」

「風」地一聲，這一圈銀光突地飛起，本待飛起的一圈銀光卻宛如閃電般擊下！耀目的銀光，強烈的風聲，再加以鐵鍊揮動時的叮噹之聲，威勢端的不同凡響！

一個手使九節鋼鞭的常侍按捺不住，暴喝一聲，身形衝起，舞動一乍鞭風，直向那寒光中撲去，打算衝出重圍！

孫仲玉手揮奇形長劍，撩開迎面擊來的三柄銀鎚，眼波一轉，已瞥見那「衝動」的常侍，不由得驚叫出聲：「使不得！」

話聲未了，那手舞鋼鞭的常侍已被六柄銀鎚同時擊中！發出一聲淒厲的慘叫，登時血雨橫飛，血肉模糊，屍身糜爛！

古薩乃十大常侍之首，站在孫仲玉的左側，一面揮動手中三才奪，一面低聲問道：「少島主，現在形勢對我們大爲不利，看樣子，只能拚力一搏，衝出重圍！」

孫仲玉搖頭道：「堅守毋躁，靜觀其變！」

驀聞兩聲慘號響起，十大常侍又有兩人同時被三柄銀鎚擊中，有一個腦漿迸濺，橫屍當場，另一個渾身浴血，滿地亂滾，口中慘號連連，狀至痛苦，想來那銀鎚之上，還附有奇毒！

孫仲玉心中一緊，長劍略緩，六柄銀鎚又同時分左右上下攻到，當下一定心神，左掌劈出掌風，右手掌中奇形長劍橫削而出，但聽噹然脆響，又有兩柄銀鎚遭他的奇形長劍把鐵鏈削斷！

站在圈外的任風萍一皺雙眉，陡又低聲叱道：「雨！」

喝聲才出，黑衣大漢的陣勢倏地一變，寒光交剪，勁風呼呼，專攻上下二盤，數十柄鏈子流星單鎚，幻起漫天銀濤，匝天蓋地般，襲捲而至！

轉眼工夫，又有兩名常侍被銀鎚擊中，立時屍橫當場！

十大常侍已倒五個，防守的威力頓時銳減，餘下的六人猶自苦苦支持。

日已西斜，驕陽無力，一個時辰早已過去！

在房內的神龍師徒業已行功完畢，南宮平霍然睜開眼睛，房內的景象使他大大的吃了一驚！

南宮平一躍而起！掠至梅吟雪身旁，一探鼻息，氣猶未斷，不由寬心大放！再掠至司馬中天身旁，只見他怒目圓睜，雙手緊握，卻是早已身亡。

陡聽背後一聲砰然巨響，南宮平回頭一看，龍布詩已頹廢的倒在床上！不由又是心頭一緊，連忙掠至床前，忘情地吼道：「師傅！師傅……」

龍布詩無力的睜開一絲眼縫，但隨即又無力的閉上，嘴角抽搐，喉間發出一陣極爲輕微而嘶啞的聲音道：「我……我不行了！平……兒，你要……好……自……爲……」之字尚未出口，他已經氣絕身亡了！

南宮平心中大痛，他真想大哭一場，但是，他沒有，他只是緊咬著牙關，緊抿著嘴唇，嘴角的肌肉卻在不停的抽動，顯然他正強自壓抑著眼淚，也強自壓抑著胸中那股如火山爆發前一般洶湧衝動的極度悲痛之情！

突地——

梅吟雪發出一陣極其輕微的呻吟，雖然那呻吟之聲細如蚊蚋，但是已足以使南宮平自茫然中，找回自己的存在！他霍然轉過身軀，掠至梅吟雪的身旁，俯下身軀，把她抱在懷裡！輕聲喚道：「吟雪！吟雪！」

梅吟雪緩緩地，撐開那有如千鈞重般的眼簾，終於她笑了，雖然那只是嘴角些微的掀動，但這已足以代表她內心的安慰與滿足！

南宮平柔聲問道：「吟雪，你傷勢很重麼？」

梅吟雪沒有說什麼，也沒有表示什麼，卻輕輕的闔上雙目！

院落中，突然傳來兩聲淒厲的慘號！梅吟雪突然渾身發出一陣輕微的顫抖，南宮平雙臂用力，卻將她摟抱得更緊了！

梅吟雪力不從心的急促說道：「小平！放開我，快去救院中那批與任風萍交手的人！」說完話，已是嬌喘連連，柔弱不勝了！

南宮平愕然道：「吟雪！這是爲什麼？」

梅吟雪柔弱的說道：「不要問原因，快點去吧！」

一語未畢，慘叫之聲，再度傳來！

廿一 奇遇奇逢

南宮平情知局勢危急，輕輕地點了點頭，把梅吟雪抱至床邊放好，迅捷地點了她「氣門」、「七坎」、「期門」、「玄機」四大重穴，以護在她胸中一口真氣不致散失！

他又迅速抱起司馬中天的屍體，與龍布詩並排放好，又替他們蓋上一條白布，默默地流下兩滴眼淚！然後，他抓起地上的「葉上秋露」，一咬牙，嗖地一聲，已如閃電般穿窗而出！

院落中的景象，使他大大的吃了一驚，數十條大漢所圍成的陣勢，是他曾領教過的「天風銀雨陣」！只是人數似乎比上次少了許多，但是威力卻比以前增加了幾十倍！顯然他們又重新組訓過一次！

被圍在核心的只剩下三個人了，一個是孫仲玉，一個是古薩，另一個是身軀偉岸的高大老者！

三人俱是鬚髮凌亂，長衫破碎，渾身浴血，大汗淋漓，神情狼狽不堪，猶作困獸之鬥！

黑衣大漢也躺下了不少，但陣式卻毫無一絲凌亂之象。

南宮平舌綻春雷，暴然大喝：「住手！」

任風萍回頭一看，來人竟是南宮平，不由得驚愕交加，暗道一聲：「不妙！」

南宮平身形不停，身法快捷得驚人，掠過任風萍身側，看也不看他一眼，直向那群黑衣人閃電般撲去！

手中「葉上秋露」舞起一招「天外來虹」，劍光瀰漫，劍氣森森，三名黑衣大漢已一齊被攔腰劈成兩截，血雨橫飛，濺得南宮平滿身是血。

南宮平毫不稍停，足尖點處，身形再度掠起，右臂一揮，劍光暴長，又有三名黑衣大漢中劍身亡！

這六名黑衣大漢一倒下，陣式大露空門，被圍在中央的三個人，立時乘機縱起，衝出重圍！

南宮平兩招之內將配合嚴密的「天風銀雨陣」破去，立時震懾住在場諸人！

戈中海暴喝一聲，直向南宮平撲到，雙掌連揚，兩股威勢無儔，剛猛絕倫的掌風已席捲攻至！

南宮平哂然一笑，左掌斜拍而出，右手沉肘挫腕，劍尖上揚，反向戈中海咽喉點去！

戈中海雙足輕點，後飄五尺，當南宮平跟蹤進擊時，他已取下腰間雙槍，與南宮平戰在一處！

那邊孫仲玉、古薩，以及另一個身軀偉岸的高大老者衝出重圍之後，毫不稍停，舞動兵刃，直向任風萍立身之處撲去！

三人已將任風萍恨之入骨，此時撲進，又快又疾，直欲將任風萍置諸死地而後才甘心似的！

任風萍亦非泛泛易與之輩，冷冷一笑，手中描金扇張合之間，拍出一股扇風，逼向古薩！左掌斜出，一招「斜取龍騏」，扣向孫仲玉右腕！

任風萍身旁的那個神情威猛的大漢也自腰間抽出一把摺鐵快刀，舞起一片刀牆，接住偉岸老者的猛烈攻勢！

數招才過，二人已被逼得左招右架，險象環生！

陡聽任風萍突地大聲喝道：「天虹七鷹何在？」

佇立一旁的天虹「四鷹」神情木然地應聲加入戰圈！頓時局勢立成平手！

另一面，戈中海與南宮平已戰至激烈之處，只見金光閃閃，槍影縱橫，銀光耀目，劍幕如山！

南宮平心念梅吟雪安危，早已立下決心，速戰速決，是以一上手，便是連番快打狠攻！

他已被龍布詩打通任、督二脈，衝破生死玄關，內力有若長江大河，滔滔不絕，原來就已甚是精妙奇奧的劍招，此刻因有充沛雄渾的內力相輔，更具威力，一交手便已制先機，處處主動，佔盡優勢！

戈中海卻是越戰越心驚，被南宮平步步進逼，一直處在挨打地位！

南宮平陡地清叱一聲，「葉上秋露」連演絕學，「七星巧渡」、「怒海泛舟」、「飛虹戲日」，刷刷刷，接連三招又狠又快，罩住戈中海「天井」、「氣門」、「將台」三大要穴！

戈中海悚然心驚，如此情形之下閃無可閃，避無可避，唯一之途，只有孤注一擲，於是身形微晃，一對金槍揚手飛出，擲向南宮平「肩井」雙穴！

南宮平冷冷一笑，雙臂一抖，面孔朝上，與地一線，避過雙槍，足尖又疾又猛的踢向戈中海面門與前胸。

戈中海雙足猛頓，向後躍退開去！

南宮平早已立下必殺此人之心，哪還能容他逃去？猛地一沉真氣，身軀一直，足尖輕點地面，「葉上秋露」前舉，有如鬼魅般，神奇地飄身欺進！

戈中海雙槍已失，只得運集平生功力，雙掌挾狂風怒嘯，猛推而出！

南宮平夷然不懼，但面上卻是十分凝重，左掌也由前胸緩緩推出！

雙方掌力甫一接實，南宮平立時內勁外吐，內力宛如浩瀚大海，綿綿不絕，滔滔而出！

陡聞轟然一聲大震，登時飛沙走石，塵土瀰漫，戈中海面色慘變，蹬蹬蹬，連退五步，方才拿樁站穩，南宮平僅是上身略一搖晃，別無大礙，立時雄心大熾，輕嘯一聲，向前撲進！右臂一揮，立把這個帥天帆依為左右手的「戳天奪命雙槍」戈中海，攔腰斬成兩段！

南宮平毫不遲疑，足尖點處，身形暴長，又向任風萍等人撲去！

孫仲玉疾攻一招，奇形長劍招演「銀河天漢」，橫削而至！

任風萍左右受敵，只得雙足猛點，向後躍退。

南宮平身形展動，再次撲進，同時真力貫注劍身，「葉上秋露」頓時光華暴漲，劍尖泛起森森劍氣，逼人膚髮，透骨生寒。

孫仲玉亦恨任風萍的「天風銀雨陣」，將他所帶來的十大常侍，毀去八人，亦自怒喝一聲，奇形長劍抖腕攻出！

任風萍心知不能再退，否則就只有永處劣勢，不能挽回，於是足下一旋，身軀微閃，讓開孫仲玉攻來一劍，右臂一帶，描金扇點向南宮平肘間「天芬」穴！

南宮平一驚低叱，「葉上秋露」振腕刺出，突破任風萍拍來的扇風，逕向他右臂刺去！

任風萍大吃一驚，右臂驀縮，想要抽招換式，但是依然遲了一步，但聽嗤的一聲，右袖裂開，右手小臂上也被劃開一道深有三分，長達五寸的血漕，鮮血汩汩，痛徹心脾，手中描金扇亦幾乎脫手掉下。

南宮平長劍一緊，又自迅捷猛厲地刺出三劍，孫仲玉也大喝一聲，由側面疾攻而至！

兩人此刻心意相同，都是要置任風萍於死地而後才甘心，因此攻勢亦都同樣地猛厲辛辣，招招殺著。

任風萍眼看大勢已去，但卻苦無脫身之策！此刻一面招架，心中卻一面苦苦思忖。

驀聽一聲慘叫聲起，黃鷹黃今天已被古薩的三才奪斫中，鮮血飛濺，倒地身亡。

任風萍靈機一動，心中閃過一絲狠毒的念頭！於是橫下心腸，突地向前欺進一大步，左掌握拳，當胸搗出，右掌描金扇疾點而出，攻向南宮平「期門」重穴！

南宮平與孫仲玉不禁齊地一愕，想不到他竟不顧自身安危，全力搶攻，不約而同怔了一怔！

誰知任風萍竟不再欺近搶攻，反而雙足猛頓，向後疾掠而去。

兩人恍然大悟，不由得同時怒喝一聲，雙雙飛身跟蹤追去！

任風萍足尖連點，已掠退五丈開外，接著竟嗖的一聲，穿入客房之中。

南宮平與孫仲玉跟蹤追入房中，只見任風萍左手挾著奄奄一息的梅吟雪，右掌抵住她背心上，面露獰笑，喝道：「站住！你要是再進一步，我立刻震斷她的心脈，你知道任某行爲向來是寧爲玉碎，不爲瓦全的！」

南宮平目眥欲裂，咬牙切齒，但卻依言站在當地，不敢再前進一步！孫仲玉也不禁愣在當地，作聲不得！

梅吟雪氣若絲縷，嬌靨蒼白，柔弱不勝，卻被任風萍挾住，雙目緊閉，柔髮披垂而下，南宮平心痛如絞，厲聲喝道：「你若不將她放下，你今天勢難全身而退！」

任風萍冷笑接道：「我若想全身而退，只有將她永遠挾制，直到我離開險境爲止！」

南宮平鬚髮怒張，目眥皆裂，厲聲吼道：「任風萍！今天梅吟雪要是死在你手中，我南宮平若不將你碎屍萬段！挫骨揚灰，誓不爲人！」

語音鏘然，如斬釘斷鐵，逐個字的打進任風萍心中，只聽得他心中狂震，心頭一凜！

南宮平的目光中，面孔上，俱是一片令人望而心悸的恐怖殺機！

任風萍盡力的躲避著自己的目光，不和南宮平那有如利刃般，懾人心魄的目光相接觸！

沒有一絲聲音發出，彼此對視著，南宮平不敢輕舉妄動，但卻極力在尋找機會，打算冒險一搏，救回梅吟雪！

任風萍也不敢稍一大意，梅吟雪若有意外，他今日就只得葬身此處了！院落中交戰的叱喝聲已中止，想來那天虹「三鷹」及那威猛大漢，必也已遭古薩及偉岸老者所殺！

空氣像拉滿了的弦，繃得緊緊的，死亡的威脅逼近了梅吟雪，也逼近了任風萍！三人的心頭沉重得彷彿將要窒息一般，周遭是死一般令人心寒的寂靜，三人依然佇立著沒有移動過一絲一毫的腳步！

突地門外響起一連串銀鈴般的笑聲，接著房門大開，一干人緩步而入！

任風萍一見來人，不禁心中一震，欣喜若狂！

當先一人，赫然竟是郭玉霞，隨後跟進三個黑衣老者！

南宮平眉頭一皺，郭玉霞淺笑盈盈，蓮步細碎，走至南宮平身旁，嬌笑道：「五弟別來無恙？」

南宮平大感不耐，礙於龍飛的面上，又不便對她無禮，只得淡淡點頭道：「還好！」

任風萍卻趁機向房門口的地方挪近了一大步！南宮平霍然驚覺，回轉頭來，大聲喝道：「任風萍！你要是再妄動一步！可別怪我對不起你了！」

任風萍一見後援來到，膽識一壯，冷冷道：「只怕未必！」

南宮平怒道：「不信你就試試！」

這時那三個黑衣老者已走至任風萍身旁並排站定，三人雖均貌不驚人，但眼中卻神光充足，步履之間沉穩而悠閒，想來必屬一流高手！

此刻的形勢大大的轉變，南宮平已由優勢而變爲劣勢，但他毫無懼色，暗中提氣運功，準備必要時全力一擊！

孫仲玉、古薩，以及偉岸老者，亦皆感到事態嚴重，均自凝神戒備！

郭玉霞依然巧笑連連地笑道：「五弟，江湖上傳言，你去了『諸神殿』，學得一身絕技回來，這是真的麼？」

南宮平已有怒意，大聲道：「不錯。」

他的目光一直沒離開過任風萍，瞬也不瞬的盯著他！

郭玉霞眼波流轉，訝聲道：「你們是怎麼啦？難道有過節嗎？」

南宮平道：「不錯！」

郭玉霞又道：「任大俠要帶著『冷血妃子』離開此房，你卻不准他離去，對嗎？」

南宮平怒形於色，冷峻而高亢地道：「不錯！」

他一連說了三句不錯，每一句都隱含怒意，郭玉霞柳眉一蹙，不悅地道：「任大俠帶走梅吟雪與五弟有何關係？但你卻要攔阻？難道江湖上的流言都是真的嗎？」

南宮平怒聲說道：「師嫂！難道你竟幫著外人？」

郭玉霞怒道：「梅吟雪醜名滿江湖，你竟恬不知恥，與她攜手共遊，止郊山莊因你而蒙羞！」

南宮平大聲道：「我只是遵從師傅之命看護她，何況她內心善良！江湖上對她卻是惡意誹謗！」

郭玉霞道：「無論如何，我站在師嫂兼師姐的立場，命你離此，讓任大俠帶梅吟雪走！」

南宮平大笑道：「你還夠資格來命令我嗎？」

郭玉霞怒道：「爲何不能？」

南宮平厲聲道：「你背師叛道，爲害武林，師傅一生英名全毀在你一人手中，你我名份早無，你憑什麼還能命令我！」

郭玉霞亦自厲聲道：「你才背師叛道！我今天暫且代師行權，鏟除你這忤逆之徒！」

說著，纖手一抬，當胸擊出！

南宮平對她恨極、怒極，兩眼盯著任風萍，右掌卻驀地拍出！

郭玉霞想不到他竟會重下殺手，猝不及防，竟遭他一掌拍中，蹌踉跌出七八步遠！

南宮平神色不變，兩眼卻依然盯著任風萍，一瞬不瞬！

郭玉霞勃然大怒，嬌軀一閃，正欲再度撲進，驀聞一聲大喝響起，一條人影飛快的奔入，那人竟是石沉！

石沉喝道：「五弟莫慌，愚兄來也！」

話聲中，雙掌一分，逕向郭玉霞攻去！

郭玉霞驚道：「石沉！你瘋了？」

石沉大聲道：「我沒有瘋，我過去一直在做夢，但是現在夢醒了，你一人丟盡了『神龍』門下的臉，大哥不在，這裡以我最大，我代替師傅教訓你一番！」

一面發話，一面搶攻，郭玉霞驚怒交加，只得連連招架！

眨眼工夫，兩人已交手十幾招，石沉狀似瘋虎，連番狠攻狠打，招招殺著，郭玉霞已被逼至牆角一隅！

突地——

右首一個黑衣老者大喝一聲，身形起處，向石沉撲去！接著，另兩名黑衣老者也向南宮平撲到，四掌交錯，疾攻而至！

南宮平心知不妙，左掌劃一圓弧，硬接來勢，右掌卻向任風萍拍去！

任風萍陰鷙一笑，雙手平舉，竟將梅吟雪的嬌軀迎向南宮平拍來的右掌！

南宮平鋼牙怒咬，冷哼一聲，將右掌撤回，兩掌一合復分，閃電般向兩名黑衣老者劈去！

任風萍趁勢一躍，正欲奪門而出，南宮平虎目噴火，身軀一擰，旋至任風萍身側，雙臂疾探，連環向任風萍腰帶抓去！

任風萍陰狠的笑了笑，左足後撤，右足一旋，反手將梅吟雪向前一擋，梅吟雪被他左迎右擋的，立時牽動內腑傷勢，悶哼一聲，昏暈過去！

去！

南宮平心如刀割，傷痛萬分，雙掌一錯，避開梅吟雪，迅捷無比的向梅吟雪左右雙腕扣去！

他這一招非但應變迅捷，而且奇奧無比，任風萍心中一驚，只得向後一躍，退回原處！

兩名黑衣老者又雙雙撲到，一攻正面，一攻左側！南宮平大喝一聲，閃身欺近，右腕一翻，疾向正面那黑色老者胸膛印去，左肘一甩，向後撞去！

兩名黑衣老人均自微微心驚，撤招換式，躲過一擊，旋又呼嘯一聲，纏攻而上！

南宮平被兩人一前一後連環搶攻，一時竟脫身不了，不由大感焦灼，任風萍卻趁機冷笑一聲，身形起處已匆匆奪門而出！

南宮平厲聲喝道：「哪裡走！」

喝聲中，雙掌前後攻出，一招「乾坤日月」，硬將兩名黑衣老者逼退一步！但是兩人武功不比泛泛，同時錯身一轉，又再度撲上！

南宮平正想飛身追去，卻再度被兩人纏住，眼見任風萍已從容逃去，不禁急怒攻心，殺機畢現，招式一變，急欲將兩人斃於掌下！

突聽郭玉霞嬌叱一聲，竟也擺脫石沉，逃出門去！

孫仲玉突地大聲說道：「南宮兄放心，小可誓將梅姑娘追回！」話聲中，已率古薩及偉岸老者隨後追去。

南宮平恨極、怒極，冷哼一聲，雙掌疾分，一先一後，一左一右，竟施出「達摩十八式」

中的絕招「苦行菩提」，猛攻過去！

兩名黑衣老人駭然大驚！左邊那人掌招尙未遞滿，已被南宮平電光石火的一招擊中脅下要害，悶哼一聲，倒地身死了！另一黑衣老人卻想抽身而退，南宮平大喝一聲，閃身欺進，捷逾星火的點了他「石關」，「中柱」二穴！

突聞石沉大喝一聲，南宮平轉頭望去，只見那黑衣老人的身形踉蹌，退後三步，石沉也衣衫碎裂，臉色泛白，滿面倦容，顯然吃虧不小！

南宮平毫不猶豫，足尖點處，飛身撲去，揚掌就劈！

他本非乘人之危的小人，但是這幾天來接連慘事，使得他怒火攻心，是以絲毫不加考慮，就向那黑衣老人猛攻過去！

黑衣老人閃避不及，悶哼一聲，仆地身亡！

夕陽西下，天際上一片耀目絢麗的彩霞，哪裡還有任風萍和郭玉霞的蹤影！

南宮平望了龍布詩與司馬中天的屍體一眼，走至南宮永樂床邊，探手一摸，竟是冰涼僵木，原來他也早已氣斷身死！

骨肉情深，南宮平雖然與這位身爲「諸神島主」的大伯父不很熟悉，但總是一脈淵源！

望著這一生孤僻，鬱鬱而終的老人屍身，他的喉頭哽咽著，兩眼充滿了茫然與悵惘的光景，他的神經彷彿已被刺激得麻木了，師傅死了，大伯父死了，父親的老友，龍布詩的莫逆——司馬中天也死了，一日之間，三位與他關係甚深的老人相繼去世，他並非超人，只是一個血肉之軀，無法承當這一連串嚴重而悲慘的變故！若不是胸中那股復仇與憤怒的火燄在熊熊地燃燒，他早已頹敗地倒下了！

石沉緩步上前，他不識得南宮永樂，更不知道他就是大名赫赫的「諸神島主」，但他知道，若在此時此地出言相詢此人是誰，卻是大大不智，因爲南宮平與這老人之間，顯然有著極深厚的關係！

南宮平轉過身軀，石沉看了他一眼，緩緩移動腳步至龍布詩屍體的床前，緩緩的跪了下去！

他雙掌在胸前合什，口中喃喃自語，聽不出是祈禱，或是懺悔，面上的肌肉劇烈的抽搐著，雙目輕闔，兩行熱淚卻順著臉頰滾滾流下！淌濕了衣襟，又滾落在地上！

南宮平在心中低低的喟嘆一聲，緩步出房，竟闃無人跡，原來這家客棧內的旅客、伙計，甚至掌櫃的，俱皆逃走一空！

突地一絲念頭自南宮平腦際閃過，他突然想起被任風萍劫往南山的狄揚夫婦和葉曼青來，何況梅吟雪適才也被任風萍擒去，極有可能亦是擒赴南山，此刻如果趕往南山一行，雖然未必有十成把握，但至少總能探出些端倪！

心念一轉，立刻疾步回房，石沉已站起，臉上猶淚痕狼藉，南宮平道：「三師兄！小弟尚有一事急待辦理，如果在明晚天黑以前尚未回轉，三哥不妨先將師傅等屍體運回止郊山莊！」

石沉愕然道：「什麼急事？我不能隨行麼？」

南宮平道：「這只是小弟一件私事，何況此間後事也急待料理，就請三哥多多偏勞了！」

一言甫罷，雙足輕點，已翩若驚鴻地穿窗而出！

石沉喟然一嘆，木然呆立，望著屋內那幾具屍身，怔然出神！

南山別業——

這一座並不廣大但卻雄偉精緻的莊院，聳峙在南山的東麓、西、北、南，三面群嶺環抱，東邊卻散佈著一片小丘陵，其中還間雜著不少樹林，有些是天然生成，有些卻經過人工特意的栽植，顯然是某種陣式！

月上樹梢，清華滿地，夜色朦朧中，隱隱可見南山的嵯峨之姿，以及南山別業的巍峨氣派！

突地——

十數條人影掠上樹梢，個個身法輕靈，竟皆身具「踏枝渡林草上飛」的武林輕功絕技，捷逾鬼魅飄風，迅若風馳電掣，眨眼工夫，已越過這片「樹陣」！

雄偉的南山別業也已聳峙在他們眼前！

月光照映下，可清晰地看出人數共有一十七人之眾！個個俱是乞丐打扮！當先兩人各執著一根青色竹杖，正是那「窮魂」依風和「惡鬼」宋鐘！無可諱言地，這群乞丐正是「幽靈群丐」！

「窮魂」依風四下打量了一番，忖度好地勢，陡地輕叱一聲，「幽靈群丐」同時縱身飛起，嗖的一聲，齊齊掠入南山別業之內！

南山別業之內雖然建築堂皇，亭台水榭，花園假山，畫閣雕樓，但在黑夜之中卻籠罩著一股陰森森的氣氛！

「窮魂」依風陡地發出一陣尖銳長嘯之聲，淒厲刺耳，在夜空中蕩漾繞繞，久久不絕！

他嘯聲甫歇，驀見南山別業內所有燈光竟一齊熄滅，剎時變得一片黑暗，慘白的月光照映下，這一幢幢的高大屋宇竟變得有如森羅鬼域般，陰森恐怖！

「幽靈群丐」俱是一愕，但無一怯色！「惡鬼」宋鐘大聲笑道：「既來之，則討之！『幽靈群丐』強討惡化，怕過誰來？伙計們！即使是閻王殿上我們也要闖他一闖！」

竹杖一點，大步向前走去！「窮魂」依風以及其餘群丐亦隨後大步跟去！

半盞熱茶光景，「幽靈群丐」已繞過一座花園假山，穿過一道短杆長廊，來至一片寬大的院落中。

這片院落乃南山別業的中心之處，「惡鬼」宋鐘與「窮魂」依風雙雙止步，停在當地不復前行！

「窮魂」依風打量四周一眼，大聲說道：「此處如果做格鬥之場所，實在是最適宜不過！」

一語甫罷，驀見四周房內燈火突明，剎時光如白晝，耀目的強光，使得久處黑暗中的「幽靈群丐」雙目一陣昏花！

對面一座大廳人影閃動，接著廳門大開，一個身材頎長，面孔白皙，身著黑袍的中年人緩步行出！

此人臉孔奇白如銀，身穿黑袍，一白一黑，相映之下，頓使人感到一股陰森之氣，自他身上散出。

「窮魂」、「惡鬼」細細打量來人，只見他步履輕靈，雙目上視，神情甚是倨傲！

此人緩步走至「幽靈群丐」之前，止住身形，抱拳道：「諸位夤夜造訪，不知有何貴幹？」

他說話語氣甚是溫婉，竟若女子口音，眾人不禁為之一呆！「窮魂」依風大聲道：「兄台就是此間主人麼？」

白面中年人微微一笑，道：「豈敢！小可乃南山別業總管，米白香！」

「窮魂」依風濃眉一軒，道：「叫你們主人出來答話！」

言詞之間，盛氣凌人，米白香毫不動怒，瞥他一眼，仍舊淡淡笑道：「我家主人此時不見客，諸位有事，和在下一談，也是一樣！」

「窮魂」依風神色一變，怒聲道：「小子！咱們是要人來的！」

米白香愕然道：「要人？這話怎講？」

「惡鬼」宋鐘吼道：「明人不做暗事！兄台也不要再裝蒜了，『天山神劍』狄揚以及依兄之妹，依露夫妻被你們擄來此間，今夜咱們兄弟來此，就是要回這兩人！」

米白香正欲答話，突聞大廳中響起一陣洪亮的喝聲，說道：「貴客光臨，還不肅迎，更待何時？」

「幽靈群丐」怔了一怔，米白香卻神情一變，退後一步，舉掌恭請道：「我家主人有請！」

「窮魂」依風怒聲喝道：「既然是此間主人，何不現身一談？不敢露面，豈是大丈夫行徑！」

屋內那人再度發話道：「幽靈群丐名滿武林，如此深夜蒞臨敝莊，蓬蓽生輝，屋外夜寒露重，諸位何不移駕屋內一談？」

「幽靈群丐」聞言俱皆一愣，只覺此人口音好熟，但一時之間卻無法自話音中分辨出此人是誰！

「窮魂」、「惡鬼」兩人相互對望一眼，「惡鬼」宋鐘道：「既蒙寵召，『幽靈群丐』有僭了！」

說著隨米白香之後，向那高大廳房大步行去！

大廳之內巨燭高燃，光如白晝，正中一張太師椅上赫然端著一個身材適中，面上蒙著一層黑絲紗絨的覆面人！

覆面人一見眾人，長身站起，左手一擺，道：「有話好商量，諸位請坐！」

「幽靈群丐」也不客套，隨即一一坐下！

米白香走至覆面人身側，垂首侍立，狀至恭謹！

覆面人露出黑絲紗絨外的一雙炯炯目光，環視諸人一眼，笑道：「有朋自遠方來，不亦樂乎，諸位來自關外，迢迢萬里，更使在下感到榮幸之至！」

「窮魂」依風冷冷道：「廢話少說，咱們是來要人的！」

覆面人大笑道：「依兄好生性急，吾等闊別已久，今日重聚一堂，真該暢談別情，剪燭話舊！」

「幽靈群丐」聞言不禁驚愕交加，此人口氣間儼然與己相識，雖然口音甚熟，但因有黑紗絲絨覆面，無法看清他的面容長相。

「惡鬼」宋鐘心中一動，也自大笑道：「吾等既然相識，兄台何不取下面紗，也好讓我們看清到底是哪位故人！」

覆面人笑道：「取下面紗自非難事，只不過時候未到，請恕在下暫不從命！」

依風冷笑道：「天下唯有做了虧心事之人，才不敢以真面目示人，兄台恐怕也是虧心事做多了，才以黑紗覆面！」

覆面人看他一眼，突地轉頭望向內廳，沉聲喝道：「貴客光臨，還不擺酒上菜，以敬佳賓！」

「幽靈群丐」聞言皆相顧愕然，「惡鬼」、「窮魂」，相互對望一眼，「惡鬼」宋鍾沉聲說道：「既來之，則安之，兄台盛意吾等敬謝了！」

覆面人笑道：「宋兄果真快人快語！請！」

說著長身起立，左手向內廳一擺！

宋鐘朗朗一笑，當先向內廳大步行去！

依風亦不再遲疑，隨後跟去！其餘群丐亦皆紛紛起立，魚貫行入內廳！

內廳之中，一張大八仙桌上赫然擺著一桌熱氣騰騰的美酒珍餚！

覆面人大馬金刀地坐下上首主位，「幽靈群丐」亦依次坐下，但每個人的心中均驚愕不已！俱皆擔心這美酒珍餚中下有毒藥或迷魂粉之類！

覆面人見「幽靈群丐」皆已坐定，遂拿起一個大酒鼎，大笑說道：「當此良夜中宵，在下能與名滿江湖的『幽靈群丐』開懷暢飲，秉燭夜話，可謂榮幸之至！來！來！來！在下先敬諸位一杯！」

說著舉鼎近口，一飲而盡！

依風濃眉一軒，長身而立，道：「我等兄弟遠道來此，只因舍妹及『天山神劍』狄揚夫婦被帥天帆手下，擒來此間，依風心繫舍妹安危，憂心忡忡，哪有心情開懷暢飲！兄台如若有興，不妨將舍妹及狄揚先行放出，依風心愁既解，定當奉陪兄台秉燭夜話，浮一大白！」

覆面人朗朗笑道：「依兄要在下放出依姑娘，是否就要與她攜手重回關外？」

依風道：「當然！」

覆面人舉起酒壺一面斟酒，一面說道：「如果依姑娘不肯隨行呢？」

依風哂然道：「笑話！依露乃我同胞小妹，豈有不肯隨行之理！」

覆面人道：「她在此生活優裕，我們侍候她有如皇后一般，她豈肯回到關外受那風寒雪冷之苦！」

依風冷冷道：「只怕未必！」

宋鐘插口笑道：「幽靈群丐雖然以乞成名，強討惡化，但在關外一片基業卻是富可敵國！若與區區南山別業相比，真有大巫與小巫之判！」

覆面人大笑道：「只怕此刻那片基業已化爲頹瓦灰燼！」

宋鐘亦大笑道：「幽靈群丐何許人也？豈會受你危言恫嚇！」

覆面人道：「在下以事論事，真言相告，實無危言恫嚇之必要！」

依風喝道：「廢話少說！兄台如果識趣，先將舍妹放出，咱們也才有話好談，否則，哼哼——」

覆面人笑道：「依兄怎麼恁地心急？我們亦屬舊交，何況諸位對在下尙有救命之恩，在下理當先敬諸位三杯，再談此事不遲！」

說著，一面環視諸人一眼，見群丐俱皆正襟危坐，手不觸箸，唇不沾酒，幾十道炯炯目光，均虎視眈眈地望著自己，不由哈哈笑道：「我只道『幽靈群丐』俱乃遊戲風塵之異人高士，誰知今日一見，卻是徒負虛名！」

宋鐘愕道：「兄台此話怎講？」

覆面人道：「在下在半夜之中備出一桌酒席，為諸位洗塵接風，諸位卻一再猜忌，深怕此酒菜中，下有毒藥，未免太使在下難堪了！」

宋鐘乾笑數聲，道：「兄台言重了！」

說著舉起面前的酒杯，一飲而盡！

覆面人見狀，不由大笑道：「宋兄不愧為『幽靈群丐』之首，果有英俠豪風！」

其餘群丐一見宋鐘飲盡杯中之酒，亦已不再顧忌，紛紛舉杯而飲，揀菜而食！

依風卻大聲說道：「未見舍妹之前，依某誓不飲酒！」

覆面人笑道：「要見令妹，並非難事！」雙掌輕擊，大聲喝道：「請依露姑娘見客！」

垂手侍立一側的米白香，恭諾一聲，大步向內廳左側的月形圓門走去！

片刻工夫，但聽環珮叮噹，蓮步細碎，依露已盛裝打扮，姍姍行出！

只見她丰姿依舊，嬌靨容光煥發，淺笑盈盈，哪有半點像是遭人囚禁之容？

依風胸懷大慰，情不自禁地喚道：「露妹！」

依露明眸流波，看他一眼，卻沒有任何兄妹重逢之親暱表示，反而走至覆面人身側，朝他嫣然一笑。

「幽靈群丐」俱皆一怔，依風更是驚愕交加，顫聲道：「露妹！你不識得愚兄了麼？」

依露綻顏笑道：「你是我的哥哥，怎會不識！」

依風聞言不禁放心不少，又道：「愚兄前來救你出險！」

依露截道：「我在此很好，不勞大哥救我出險——」

依風吼道：「難道你不願回到幽靈山莊去？」

依露笑道：「這裡不比幽靈山莊差呀！」

依風驚愕交加，吼道：「露妹！難道你瘋了！」

依露怫然道：「誰說我瘋了？哼！我還有事，恕不多陪了！」

依風雙目皆赤，跨前一步，喝道：「露妹！」

依露頭也不回，逕自走入月形圓門！

依風正欲追去，卻被宋鐘一把拉住，沉聲說道：「風弟稍安毋躁，此事大有蹊蹺！」

依風神色頹敗，有氣無力地指著覆面人吼道：「你！你……用的什麼迷魂藥，竟使她迷失本性，至這般地步！」

覆面人朗聲笑道：「她神志清明得很，豈是被藥物迷失本性？」

宋鐘突地長身站起，神色莊重地道：「宋某真佩服兄台之神通廣大，竟能使他們兄妹之間形同路人，兄台何不將覆面黑絲紗絨取下，好使吾等一睹兄台尊顏！」

覆面人道：「既然諸位一再堅持，在下也只好從命了！」

一語才罷，右手輕伸，已取下面上黑絲紗絨！

群丐一看清他的面容，均自大吃一驚！

宋鐘驚叫道：「你！你竟然是狄揚！」

狄揚淡淡笑道：「不錯！在下正是狄揚！」

依風目眥皆裂，虎目噴火，吼道：「你這個狼心狗肺，忘恩負義的畜牲！還我的妹子來！」

吼聲中，飛身撲進，雙掌齊地劈出！

狄揚神情一變，冷笑道：「我已是此間主人，豈能容你在此撒野！」

宋鐘亦自叫道：「原來如此，難怪你要用黑紗覆面！」

同時搶身撲進，揚掌劈去！

狄揚不閃不避，突地雙手猛按桌面，陡聞一聲嘩啦暴響，竟然連人帶椅，一齊陷了下去！

兩人劈出的掌力，頓時落空！

依風虎吼一聲，急躍上前，狄揚座位下的那塊活板又砰的一聲，自行彈上！

依風右腿一抬，照準那塊活板，猛地一腳踩下！

他這一腳踩下，少說也有五百斤以上力道，誰知那塊活板竟如鋼打鐵鑄一般，紋風不動！

宋鐘走至桌前，照著狄揚適才所按的部位，依樣畫葫蘆，也是用力按下，那塊活板卻然分毫不動！

突地——

一陣「軋」之聲，自四面傳來，依風抬頭一看，只見對面牆上竟自緩緩落下一道鋼閘！

依風大吃一驚，轉頭望去，另三面牆上也同樣落下一道鋼閘！

宋鐘大聲吼道：「糟糕！我們竟中了這廝鬼計！」

吼聲中雙足猛頓，宛如脫弦急箭，疾向門口撲去！他去勢雖快，但已遲了一步，鋼閘已齊地落滿！四面不留下一絲縫隙！只有閘板上留有無數個小孔，顯然是用來通氣的！

依風喟然嘆道：「幽靈群丐一生遊戲江湖，想不到竟栽在這裡！」

宋鐘也嘆道：「這四面之鋼閘厚達數寸，即使寶刀寶劍亦難將它削動！何況我們皆手無寸鐵，唉！看來今夜想要逃脫此困，真是難為登天了！」

月已偏西，突地——

一條人影，飛快的掠入南山別業之中！眨眼工夫，他已越過三棟樓房，卓立在南山別業正中一間大廳的屋脊上！

月光照映著他那俊秀卻略顯蒼白的面容，一雙充滿了毅力光芒的眼神，有若夜空中兩顆明亮的寒星！兩片緊抿的嘴唇，勾劃出幾分倔強而孤傲的意味！

他，正是南宮平！

夜風蕭颯，突地——

一陣極輕微衣袂帶風之聲響起，南宮平霍然轉身，只見身後不知何時已站立一個身穿黑袍，臉色奇白如銀的中年人！

白面中年人微笑說道：「兄台在深更半夜來敝莊，不知有何貴幹？」

南宮平冷冷道：「在下南宮平，尊駕是誰？」

白面中年人微現驚愕之容，隨即恢復原有的笑容，抱拳道：「在下米白香，乃此間總管，奉敝主人之命，候駕多時了！」

南宮平道：「令主人是誰？」

米白香道：「南宮兄一見便知！」

南宮平已存深入虎穴之心，當下冷笑道：「但請米兄引路！」

米白香又是抱拳一禮，道：「請！」雙肩微聳，已飄然下房！南宮平腳尖輕點，隨後躍下地面！

米白香逕自向左側一間華麗大廳行去，南宮平大步跟後，卻一面留心前後左右，但並未發現一絲異狀！

大廳中，佈置得十分華麗，綠幔垂窗，紅絨鋪地，檀木桌椅，古玩壁畫，卻又略帶幾分幽雅意味。

米白香道：「南宮兄請稍候片刻，待在下進去通報一聲！」

逕向大廳左側一扇小門走去！

俄傾，面覆黑紗的狄揚已緩步行出！

狄揚笑道：「南宮兄！久違了！」

南宮平只覺口音甚熟，但卻不知他是誰，茫然道：「尊駕是誰？」

狄揚大笑道：「才不過小別數日，南宮兄竟已不識得我了麼？」

說著，已伸手取下面上之黑絲紗絨！

南宮平做夢也想不到竟是狄揚，驟見故人，不禁欣喜莫名，搶前一步，握住狄揚雙手，叫道：「狄兄！原來是你！」

狄揚拍了拍南宮平的肩膀，笑道：「想不到吧！」

南宮平道：「真是做夢也想不到！可是——不對呀！」

狄揚道：「怎麼？」

南宮平劍眉緊蹙道：「你和依姑娘不是被任風萍擒去了嗎？怎麼忽地又做起這南山別業的主人來了？」

狄揚淡淡一笑，卻是沉吟不語！

南宮平又問道：「那麼依姑娘和葉姑娘呢？」

狄揚笑道：「她們倆此刻正好夢方酣！」

南宮平不解地搔頭道：「狄兄！這到底是怎麼一回事？」

狄揚道：「這南山別業，已屬我有！你此刻到來，我們正好共圖大事！」

南宮平愕然道：「什麼大事？」

狄揚大聲說道：「就是實踐帥先生所說的——問鼎武林的大計！」

南宮平驚叫道：「狄兄！你說什麼？」

狄揚笑道：「帥天帆乃一代奇人，我已投靠他麾下，為他效力，南宮兄是否也有此心意？」

南宮平吼道：「狄兄！你瘋了不成！」

狄揚大笑道：「我此刻神智清楚得很！哪有半點瘋狀？」

南宮平心中一動，激動的情緒，立時平靜下來，恢復原有的鎮定，懇切地道：「狄兄！你真的已經加入了帥天帆的組織？」

狄揚大聲說道：「你是知道我向來不說假話的！」

南宮平冷冷道：「那麼！依姑娘和葉姑娘呢？」

狄揚笑道：「她們二人也已投身帥先生麾下，不用你費心了！」

南宮平怒叱道：「胡說！」

狄揚向前跨進一步，道：「我沒有騙你！」

南宮平心中半信半疑，忖道：「像狄揚如此耿直爽朗之人尚且還加入帥天帆那一伙，依露和葉曼青女流之輩，只怕也很可能失節變志了，只不知那帥天帆到底有何魔力？」

心念未了，突聞一聲暴笑響起，大廳中已多出一人，南宮平抬頭一看，只見他五短身材，滿面虬鬚，頭大如巴斗，與其矮小身軀，極不相稱！

身上穿著一件深灰色的勁裝，雙目神光充足，年紀在四旬上下！

狄揚和米白香一見來人，均自神色一變，躬身施禮，口中說道：「唐大哥！」

唐大哥神情倨傲，僅微一頷首示意，大步向南宮平走近！

南宮平暗暗忖道：「此人神態狂傲，步履沉猛，狄揚和米白香對他狀至恭謹，想來必是極爲扎手人物！」

心念之間，那人已說道：「你就是南宮平麼？」言詞之間，狂傲已極！

南宮平暗是冷笑，口中淡然道：「小可正是南宮平，敢問尊駕大名！」

唐大哥大笑道：「你連我『旋風追魂四劍』唐環的大名都不識麼？」

南宮平忖道：「帥天帆手下幾員得力助手，諸如任風萍，戈中海，和眼前這唐環，均齊集江南，只不知又有何重大變故發生！」

唐環道：「我受帥先生親口諭令，請南宮平赴我總壇一行！」

南宮平心中一動，笑道：「南宮平武林末學，哪裡敢當！」

唐環大怒，喝道：「你這不識好歹的東西，難道我就不能將你擒去？」

南宮平冷笑道：「只怕憑你還擒不住我！」

唐環大喝一聲！突地閃身欺近，右掌驀地劈出！

南宮平不肯示弱，也自一掌劈出！

「轟」的一聲大震，兩人掌力接實，竟然各退三步！

唐環叫道：「小子！果然有兩手！再接我一掌試試！」雙掌平舉胸前，緩緩推出！

南宮平心知他此次必定全力而發，不敢大意，氣納丹田，抱元守一，運集十二成力道，雙掌亦自緩緩推出！

又是「轟」的一聲暴響，兩人內力交擊，勁風如剪，氣流過漩，震得屋頂積塵，簌簌落下！

蹬蹬蹬！兩人竟然又是各退三步！

這一較量，已看出兩人內力半斤八兩，難分軒輊！

唐環神色一變，吃驚不小，他萬萬料不到南宮平一個後生小輩，竟有如此雄渾精純的內力！

南宮平神態從容，口噙笑意，睨視著唐環，冷笑道：「想不到大名鼎鼎的『旋風追魂四劍』不過如此而已！」

唐環冷冷道：「拳掌內力不分上下，不妨在兵刃上見個真章！小子！亮劍吧！」

南宮平淡淡一笑，翻腕拔下背後「葉上秋露」！

唐環神色莊重，亦自腰間撤下一把精鋼軟劍！此劍與普通長劍迥然不同，劍身細長，通體渾圓，竟無劍刃！劍身爲白色，劍尖卻烏黑閃亮！

南宮平不敢絲毫大意，凝神待敵！

唐環低喝一聲，右腕微抖，奇形軟劍抖得筆直，當胸一劍刺出！

南宮平身軀一側，避開來勢，「葉上秋露」乘勢遞出，一招「金龍抖甲」，幻出一朵劍花，封住唐環胸前「天池」、「步郎」、「氣門」、「天井」、「將台」五大重穴！

唐環冷冷一笑，奇形軟劍一折，竟然神妙無比的點向南宮平「肩井」！

南宮平不願失去先機，右手長劍原式不變，左手五指如鉤，施出一招「達摩十八式」中的武林絕學，奇奧無比地向唐環執劍右腕扣去！

他這招出手如電，快速已極！唐環駭然一驚，右腕立挫，改刺「曲池」，身軀卻退後一尺，閃開當胸一襲！

南宮平輕聲一叱，身形微轉，右手長劍一緊，竟然乘虛快速絕倫地攻出五劍！又將唐環逼退三步！

要知這「神龍十七式」乃「不死神龍」龍布詩的成名絕技，精妙神奧，博大精深，唐環卻太過小視於它，是以一上手便屈下風！

此刻他羞憤交加，怒喝一聲，劍招一變！

右臂一帶，奇形軟劍掄起一幕劍光，頓時挾起一片銳嘯風聲，四周勁風激盪，逼人膚髮，氣流飛施迴轉，竟使人彷彿置身於旋風之中！

南宮平不敢有絲毫大意，左手捏劍訣，右手劍平舉胸前，氣納丹田，全神貫注！雙目精光炯炯，緊盯著飛舞迴旋中的「奇形軟劍」瞬也不瞬！

突地——

唐環大喝一聲，「奇形軟劍」在旋風迴盪中猛然一劍刺出，勢若奔雷，疾似閃電！

南宮平也是舌綻春雷的一聲大喝，目光不瞬，同樣快速絕倫地一劍刺出！

但聞「嗤」的一聲輕響，兩柄長劍竟然黏在一起！

唐環面現喜色，手腕一抖，「奇形軟劍」竟如靈蛇般，繞著「葉上秋露」纏了三匝！閃亮烏黑的劍尖，正對準著南宮平的面門！

南宮平悚然心驚，想要撤招拔劍，但因兩人內力相若，無法拔出「葉上秋露」！

唐環猙獰得意的一笑，大聲喝道：「丟劍！」

南宮平傲然道：「未必！」

但他「必」字方才出口，突見那閃亮烏黑的劍尖，突地爆開，襲向南宮平面門！同時一股色作湛藍，腥臭撲鼻的液體，也噴灑向南宮平面門！

那劍尖與毒液已離南宮平面門不足二尺！

突地——

一絲智慧機變的光芒，閃過南宮平的腦際！大喝一聲，雙足猛地一頓，全身重量，聚集在執劍右腕，身軀陡地懸空，「葉上秋露」禁不住他這大力的旋壓，形成弧度極大的傾斜與彎曲！

同時他的雙足卻乘勢連環踢向唐環的「曲池」重穴！

一支劍尖，一蓬毒液，在毫厘之差，間不容髮的當兒掠過他的面門，向前飛去！

唐環手腕一抖，撤回纏在「葉上秋露」上的奇形長劍，向後倒退三步！

南宮平就在藉以使力的憑藉一失，虛懸的身軀，頓時向下跌去之頃，霍地右足前伸，左足向下一劃，「葉上秋露」順勢微一點地面，偉岸的身軀，卻已經靈妙曼地長身起立！

唐環低叱一聲，乘虛攻入，渾圓劍身，旋之若棍，一招「沉香劈山」，當頭斫下！

南宮平長劍一橫，右臂疾揮，一劍向唐環中盤削去！

他這一招出手如電，快速絕倫，唐環招未遞滿，已被南宮平硬生生的逼退五步！

突聞米白香、狄揚同時喝道：「接招！」

雙雙自側面猛攻而至！

南宮平心中一橫，左掌劈出，阻住狄揚攻勢，右腕一抖，劍尖上翹，疾點米白香咽喉！

他招式初發，唐環又已手掄「斷劍」，由正面攻到！

三人皆身負上乘武學，此刻同時出手，頓使南宮平大感吃力，六招不到，已僅能堅守，無力還擊！

片刻工夫，雙方又對拆了十幾招，南宮平已是額間見汗，險象環生！

陡聞南宮平大喝一聲，左掌驀地擊出，擊向米白香，右臂一帶，「秋江泛度」，「葉上秋露」由右至左，劃出一道極大的圓弧，劍光閃閃，劍氣森森，三人竟被他這神奧無比而凌厲無儔的一招，同時逼退！

南宮平雙目精光如刃，面泛殺機，肩不晃，身不搖，倏然飄退數尺！

三人怔了一怔，卻見南宮平雙手握劍，劍尖斜斜高舉，偉岸身軀，傲然卓立，大聲喝道：「南宮平今夜要開殺戒了！」

三人俱是江湖閱歷甚豐之人，卻從未見過如此怪異的握劍手法！

唐環大喝一聲，身形撲進，右臂一揚，斷劍當頭斫下，左掌暗蘊內力，蓄勢待發！

狄揚與米白香也同時發難！

南宮平卓立不動，雙腕一抖，劍尖顫動，幻出朵朵劍花，「葉上秋露」由右而左，由上而下，緩緩劃出，正是「神龍十七式」中「在田五式」的起手招：「綠野在天」！

那顫動的劍尖由上而下，緩緩抖出無數朵閃閃的劍花，竟將南宮平的上中下三路護得有如劍牆一般，三人雖然身懷絕技，卻無法自朵朵劍花中尋出破綻，出手攻入，均不自覺神情一呆！

南宮平大喝一聲，劍招陡變，「在田五式」的第二式已然施出「秋楓丹林」，長劍揮灑而出。

只覺劍光閃閃，耀人雙目，劍氣森森，逼人膚髮，三人竟然不知不覺的被逼退一步！

南宮平不再追擊，身形卓立，雙手握劍，劍尖斜斜高舉！

突見唐環一言不發，轉身向後奔去！

南宮平心中一動，大聲喝道：「哪裡走！」「葉上秋露」閃電般刺出！身軀正欲撲進。

突地——

兩聲嬌喝響起，葉曼青和依露突然自內廳飛奔而出，撲至南宮平身前，一言不發，齊地揚掌就是一陣猛攻！

南宮平大聲喝道：「葉姑娘、依姑娘，你們不認識南宮平了麼？」

依露嬌喝道：「不管你是誰！我們已是這南山別業的主人，豈能容你在此撒野！」

一面發話，一面掄掌攻出！

南宮平雙掌推出，封住來勢，說道：「你們爲什麼不聽我解釋？」

葉曼青冷冷道：「沒什麼好解釋的！納命來吧！」話聲中，嬌軀微閃，展開「丹鳳」食竹女史的獨門絕技，一陣搶攻！

狄揚也大喝一聲，撲身而進，加入戰圈！

三人狀似瘋狂，全然不顧自身安危，全力搶攻，招招殺著，一時之間但見掌影繽紛，掌勢如山，掌風呼嘯，勁風激蕩！

南宮平被三人團團圍住，一陣猛過一陣的連環搶攻，卻不能痛下殺手，又不能脫身離開！只得展開師門絕技，緊守不攻！

內廳之中，不時傳出唐環那得意狂妄而刺耳的笑聲，盞茶工夫，二十招已過！

此時長夜漸去，黎明將來，星光隱隱，明月西沉，東方天際已現出魚肚白色的曙光！

南宮平空懷絕技，無法施展，三十招甫過，又被逼至大廳正中。

他經過長途的奔馳至此，又經歷了半夜的慘烈拚搏，內力雖然充沛，但此刻真力已消耗過半，面現疲憊之色，汗流浹背，出手已緩慢了許多，漸呈不支之狀……

鋼閘房中——

「幽靈群丐」經過整夜的苦苦忖思，依然想不出脫身之法，每人臉上均現出焦慮而憤忿的神色！

驀然——

鋼閘房頂發出一陣輕微的「軋軋」聲響，「幽靈群丐」相皆愕然，齊地抬頭一看——

只見房頂一塊約有三尺見方的小鋼板正緩緩掀起，並垂下一條麻索來。

宋鐘驚喜莫名，急急喝道：「良機難再，動作要快！」

說著當先騰身飛起，抓住麻索，捷逾猩猴，揉索直上，待離洞口不足一尺時，雙手微一加勁，「嗖」的一聲，穿洞而出！卻發現洞房立著一個身材適中，白白面皮，而神情木然的中年人！

宋鐘見此人甚是陌生，但卻知道今夜必是被此人所救，當下拱手一禮，朗聲道：「吾等蒙尊駕慨施援手，恩重如山，請受在下一禮！」

這時，「幽靈群丐」已陸續出洞，圍在宋鐘身旁，依風大步上前，道：「幽靈群丐生平不受人半點恩惠，但是今夜——」

話猶未了，中年人冷冷截道：「我受天鴉道長之命，前來救你們出險，你們要謝，就去謝天鴉道長，用不著謝我！」

依風神色茫然，喃喃自語道：「天鴉道長……天鴉道長……我們並不相識呀！」

中年人道：「不管你們相不相識，我救你們出險，卻有一個要求！」

宋鐘忙接道：「尊駕請說！只要吾等能力所及，赴湯蹈火亦在所不辭！」

中年人道：「你們識得南宮平麼？」

宋鐘搖了搖頭，依風卻接口道：「曾有一面之緣。」

中年人道：「他此刻亦是身處險境，他與我甚有淵源，但我礙於身分，不便出面救他，只好藉助諸位之力！」他頓了一頓，繼道：「諸位知道我是誰麼？」

宋鐘搖頭道：「我等不知！」

中年人道：「我就是這南山別業的真正主人！」

眾人聞言不禁又驚又愕，宋鐘道：「這……這……這……」這了半天，卻沒有說出下文！

中年人神色陡地變得異樣的莊重，道：「我另有要事，不刻久留，但請諸位勿忘許諾在下之言！」

依風問道：「南宮平現在何處？」

中年人自懷中取出一封函札，交至宋鐘手上，道：「他此刻正在前面大廳中浴血苦戰，諸位去時，請先將此信交給他，待他看完後，立刻護送他脫離此處！在下言盡於此，至於以後之事，只有靠諸位大力鼎助了！」說完，人已飄然而去！

「窮魂」、「惡鬼」相互對望一眼，依風大聲喝道：「走！」當先向前面大廳飛身撲去，其餘諸人亦不盡疑，隨後跟蹤撲去！

大廳之中——

南宮平正在苦苦支撐，他額角上，豆大汗珠不斷的淌下，此刻已被三人逼至大廳的一角。依風大喝一聲，撲進大廳，閃身加入戰圈，一招「雲鎖巫峰」青竹杖向狄揚攔腰掃去。

狄揚一見「幽靈群丐」現身，不禁大感驚駭，一愕之間，依風的青竹杖已攔腰掃至，杖勢兇猛，杖風虎虎，迫不得已，向後飄退。

宋鐘此刻亦已進廳，竹杖一揮，逕向葉曼青攻去！

南宮平頓感壓力大減，大大的喘了一口氣！

宋鐘右手竹杖攻向葉曼青，左手一伸，已將那封函札遞至南宮平面前，口中說道：「接住此信！」

南宮平先是一愕，但隨即伸手接過，在接信的當兒，左掌猛地拍出，封擋住依露的攻勢！

此刻「幽靈丐幫」已蜂擁入廳，其中有兩名直向依露攻去，但出手招式，俱是攻向依露的「昏」、「睡」二穴，或是攻向她身上無關緊要之處！

在內廳正滿心得意地觀戰的唐環與米白香，突見到「幽靈丐幫」出現，不由悚然心驚，齊地雙雙搶出，直向群丐攻去！

大廳之中，登時一片混戰！

大廳之外，一群執刀握劍的黑衣大漢，陸續奔了過來！

宋鐘一面發招攻向狄揚，一面朝南宮平喝道：「趕快拆信，看看內容！」

大廳中雖在混戰，但是南宮平卻是閒著！聞言連忙拆開封口，取出信紙一看，只見上面赫然寫著：

「令尊令堂生命垂危，命在旦夕，速至太湖東邊，柳蔭莊內一見，遲恐生變，儘速離去！」

下款署名，卻是萬達二字！

他看完信箋，不禁疑慮參半，他不相信這是事實，但是，萬達那龍飛鳳舞，蒼勁有力的筆跡是他所熟悉的，難道萬達還會騙他嗎？

一時之間，不禁愕在當地，怔然出神！

激戰中的宋鐘一眼瞥見他那呆呆的神情，猛地想起中年人臨行時所交代的話，立時大聲喝道：「信上寫些什麼？竟使你委決不下？如果要離開此地，現在已是時候！」

南宮平心中猛然一震，問道：「這封信是誰交給您的？」

宋鐘連環攻出三杖，逼退葉曼青迅厲無比的攻勢，抽空說道：「是一個神情木然的中年人！」

南宮平眉頭一皺，問道：「您知道他的姓名麼？」

宋鐘再度攻出三杖，道：「他並未說出，只是說受天鴉道長所托！」

驟聞天鴉道長四字，南宮平不禁神情大變，天鴉道長就是萬達啊！

南宮平立時憂心如焚，大聲喝道：「多謝諸位援手，南宮平沒齒不忘，但是此刻身有要事，請恕先走一步了！」

宋鐘微惱叫道：「要走就快走，不要廢話！」

南宮平不再遲疑，雙足猛點，直向廳門奔去！

唐環哪肯如此輕易地讓他離去？身形一長，正欲飛撲而上，阻住去路！

「幽靈群丐」卻同時發招搶攻，迫得他只得退回原處！

眼看南宮平就要奔出廳外，陡聞狄揚提氣高聲叫道：「不許讓此人離開！否則嚴懲不貸！」

他說話分神，立被依風一杖擊中左肩，痛徹骨髓，身軀栽個踉蹌，但立刻又穩住身形，強忍痛楚，回身再戰！

廳外那群黑衣大漢一聽狄揚發出命令，立刻舞動兵刃，將南宮平的去路阻住！

南宮平憂心似焚，歸心如箭，一見眾人攔阻，不由面泛殺機，翻腕拔出「葉上秋露」，振腕一揮，灑出萬道劍芒！

但聽慘叫連連，只見殘肢與斷臂齊飛，血雨共朝霞一色！

立時殺開一條血路！

幾個起落之間，飛身出了南山別業！

大廳之中，混戰依舊。

……

廿二 群奸授首

日落崦嵫，晚霞滿天！

浙北湖州縣內，有家「鴻安老店」，在一張靠近店門口的食桌上，此刻正坐著一個長相英挺卻面帶慓悍之色的年輕人，以及兩個年約十五六歲的垂髫幼童。這年輕人勁裝打扮，背插長劍，眉宇間除了英挺慓悍之氣，還隱隱露出愁苦之色。

此刻雖然滿桌俱是美酒佳餚，但他卻彷彿無心下嚥，時而劍眉微蹙，時而長吁短嘆，像是憂心忡忡，又像是十分失意！

他——

正是初入江湖，甫經一年，嶄露頭角的崑崙子弟戰東來！他身旁的兩個垂髫幼童，自然就是白兒和玉兒了！

戰東來左手支頤，右手撫弄一隻精緻的小酒杯，杯中的陳年老酒，已剩一口不到！

他——戰東來——正思念著使他一見傾心的梅吟雪！

梅吟雪離開他，也離開中原將近一年多了，這一年漫長的歲月，他均在愁苦的想念中度過！

雖然，梅吟雪對他並非一片真情，但是，他和她曾相處過一段甚長的時光。

梅吟雪對他雖沒有表示過好感，但也沒表示過討厭他。

他曾經想過，憑自己這身武功與長相，只要多下工夫，想要博得她的歡心，並非一件很難的事情！

他也曾經爲自己編織過一個美麗的遠景與幻夢！

於是，他在那自己所編織的愛魂夢中迷失了自己。

於是，他只圖用酒來麻醉自己，用酒來沖淡往日那美麗的記憶與幻夢，然而，他畢竟失敗了，酒入愁腸愁更愁呵！

他的雙目中，滿佈著紅色的血絲，面頰上，泛起兩片酡紅色的酒暈。

玉兒、白兒，惶恐的望著他。

就在這時，一個身著白色長衫，頭戴文生巾的中年文士大步走了進來，他的右肩上還揹著一個身材婀娜，長髮垂披的少女。

光天化日之下，一個大男人揹著一個少女走進這生意鼎盛的鴻安老店，難免引起一陣輕微的騷動，和紛紛的議論。

戰東來抬頭一看，不由霍然起身，大聲叫道：「啊！原來是任兄，久違了！」

中年文士止步轉身，回頭一看，臉上泛起一陣不自然的笑意，淡淡道：「原來是戰兄！慕龍莊一見，已有一年半未見面了！」

戰東來道：「不錯！任兄所揹的是——」

那中年文士正是挾走梅吟雪的任風萍，當下微微笑道：「在下一位舍親得了急病，爲了趕路回去，是以只好不顧男女之嫌了！」

戰東來那雙帶著七分酒意的目光，仔細端詳著任風萍肩上的梅吟雪，披垂而下的長髮，雖然遮住了那娟美的面龐，但卻掩不住她那美麗臉型的輪廓，戰東來劍眉一皺，說道：「任兄這位舍親，看來好生眼熟。」

任風萍臉色微變，故作淡然地笑道：「在下這位舍親，常在江湖走動，也許兩位曾有一面之緣。」

突地——

梅吟雪的嬌軀顫抖了一下，口中發出一陣夢囈般的呻吟之聲，斷斷續續地叫著：「小平……小平……」

這聲音甚是輕微，但聽在戰東來的耳中，卻是極爲清晰，好熟悉呀！這少女的口音！

任風萍臉色大變，忙道：「她傷勢甚重，待在下將她安頓好後，再來陪戰兄把盞，一敘別情。」

戰東來雖然滿腹狐疑，但卻萬萬料想不到她竟然就是朝夕思念的梅吟雪！

當下說道：「無妨！任兄請便！」

任風萍如釋重負，大大的鬆了一口氣，急忙向客房大步行去！

戰東來重行入座，但他已跌入迷惘的深淵中，茫然地喃喃自語道：「好熟悉的臉型呀！好熟悉的口音呀！好熟悉……」

他仰起頭，望著屋頂，眉峰深鎖，彷彿要自迷惘中尋出往日的記憶！

玉兒望著他的臉色，忍不住說道：「公子！您是在想那位梅姑娘麼？」

戰東來神情癡癡，彷彿沒有聽見。

白兒較玉兒聰明些，也插口道：「公子！您是否在懷疑那位身罹急病的少女，就是梅姑娘？」

戰東來陡地神情激動，一把抓住白兒的肩膀，急急地道：「你！你說什麼？再說一遍！」

白兒被他這突然的舉動與喝問，嚇得神情呆住，惶恐萬分，張口結舌地道：「公子！小的沒……沒……」

戰東來雙手一鬆，理智地道：「不要怕！沒什麼，我只是叫你把剛才的話再說一遍。」

白兒驚魂甫定，嚅嚅著，依然說不出話來！

玉兒已由主人的神情間猜出他的心裡，於是替白兒把話重複了一遍：「他剛才說，公子是否懷疑那位少女就是梅姑娘！」

戰東來神情一變，大聲叫道：「啊！對了！你們真聰明！」

戰東來突又搖頭道：「不！不可能是她！」

二童經過主人的讚賞，不禁膽識大增，玉兒道：「公子何不去一看究竟？」

真是一語驚醒夢中人，戰東來大喜道：「不錯！我何不去一看究竟！」

他想到就做，立時起身，向客房奔去！

他向店伙問明了任風萍所在的房間，走至門前，毫不遲疑，輕敲三下。

任風萍打開房門，一見是戰東來，不禁怔了一怔，隨即含笑說道：「戰兄有事麼？」

戰東來道：「小弟有點事情想向任兄請教！」

任風萍淡淡一笑，道：「請！」

戰東來大步入房，轉眼向床上瞥去，只見那少女躺在床上，由頭到腳用一條被單蓋住，只有細柔的長髮披露在外。

任風萍見狀，不由神色一變，已知戰東來來意不善，當下笑道：「戰兄這一年來已在江湖上揚名立萬，真是可喜可賀之事！」

戰東來生性怪異，哪肯和他胡扯？微微一笑，就已開門見山地道：「任兄這位舍親病勢彷彿甚重，何不及早求醫？」

任風萍心中悚然而驚，口中卻道：「她只是痼疾復發，只要送她回去，她父親即能將她治癒！」

戰東來笑道：「任兄方才不是說在路上得了急病麼？」

任風萍臉色一變，乾笑數聲，支吾以對！

戰東來又道：「在下倒是略通醫術，說不定就能在此時將她治癒，這豈不省卻許多麻煩？」

任風萍忙道：「怎敢勞動戰兄大駕！」

戰東來笑道：「無妨！」

說著就要向床邊走近！

任風萍連忙橫身一攔，陪笑道：「區區一個婦人家，戰兄犯不著為她操心！」

戰東來卻正色道：「生死大事，怎能因男女之別而輕視！」

說話之間，右手已經伸向床上，想將被單揭開……

任風萍臉色一整，高聲道：「男女授受不親，戰兄此舉不嫌太過冒昧麼？」

左手卻同時伸出，將戰東來的右手駕開！

戰東來大笑道：「吾等江湖兒女，怎能拘泥於此世俗禮節！」

任風萍道：「但是戰兄此舉卻太使兄弟難堪了！」

戰東來笑道：「在下只是好心要為她治病，怎麼？任兄竟然不識抬舉！」

言詞之間，盛氣凌人，目無餘子！

任風萍知道今夜勢難善了，終於按捺不下，臉色一變，怒聲道：「不識抬舉的是戰兄，你！」

戰東來大笑道：「不論是誰不識抬舉，反正這張被單非揭開不可！」

突地——

躺在床上的梅吟雪挪動了一下身軀，口中再度發出那如夢囈般的呻吟之聲：「小平……小平……」

兩人同時神色大變！戰東來驀地欺近一步！

任風萍暗中蓄勢戒備！戰東來大喝道：「她口中所呼的小平是誰？」

任風萍哂然笑道：「她所稱呼的人是誰，兄弟怎會知道？」

戰東來目泛兇光，厲聲道：「是不是南宮平！」

任風萍未開口，戰東來又緊接著喝道：「如果是南宮平的話，那麼她必然就是梅吟雪無疑了！」

任風萍聽戰東來指出梅吟雪來，不由冷笑道：「怎麼會是梅吟雪！」說著身軀微轉，閃至一旁。

戰東來冷哼一聲，右手伸出，就要將被單揭開！任風萍一聲不響，雙掌同時急劈而出，掌勢迅捷無比卻絲毫不帶風聲，一擊頭顱，一擊「腹結」！

戰東來暴喝一聲，左足微旋，右足刷地踢出，猛向任風萍左手關節踢去，左掌一翻，五指如鉤，「斜取龍騏」，疾扣任風萍右腕脈門！

任風萍連忙撤招換式，沉肘挫腕，身形微閃，雙掌一穿而出，「二龍取水」，分點對方左右肩井！

戰東來探步旋身，左掌輕帶，右掌微沉，身軀在一晃之間，神妙地躲過這一招，雙掌卻同時攻出，招演「亂堆彩雲」，猛逼過去！

雙方對折了一二十招，任風萍已是額角見汗，苦苦支撐，喘息之聲，清晰可聞！

戰東來冷笑連連，出手更狠，攻勢更猛！

陡見任風萍右腕一抖，手上已多出一把描金摺骨扇！

戰東來冷冷一哼，不屑地道：「你亮出兵刃，就想勝我麼？」

任風萍緘默不語，右腕一抖，摺骨扇開合之間，刷地拍出一股扇風，直逼過去！

他這一招出手，卻激起戰東來滿腔豪氣，朗朗一笑，叫道：「戰某僅以一雙肉掌要你在二十招內丟扇！」

叫聲未歇，右足後撤，左足卻驀地踢出！左右雙掌同時劈向任風萍胸前「玄機」、「期門」兩大死穴！

三招出手，迅猛兼俱，任風萍夷然不懼，右腕微抖，留香扇合而復開，拍出一股扇風，全力封擋而出！

左掌一沉，閃電般向戰東來踢出左腿的關節「陽關」穴拏去。

戰東來大喝一聲，左足驀然點地，右足卻又猛地一腳踢出！

雙掌一錯，迅捷無倫地分向他雙腕脈門扣去！

戰東來非但變招奇快，而出手招式又精奧無比，雙掌一腿攻出，竟如千雙百隻般，令人有無從躲閃之感！

任風萍微微心驚，招式一撤，竟然被逼退一步！

戰東來冷冷一笑，正想跟蹤進擊——

陡聞一聲斷然大喝道：「住手！」房門開處，三人大步走進！

兩人同時望去，戰東來神情不變，這三人他全不認識！但任風萍臉色大變，暗呼糟糕！

原來這三人赫然正是群魔島少島主孫仲玉，以及十大常侍僅存的古薩和偉岸老者！

孫仲玉口噙冷笑，走至任風萍身旁，用冰冷的口音說道：「這回你還逃得了麼？」

戰東來心高氣傲，看不慣孫仲玉那種狂妄的作風，怒聲喝道：「尊駕冒冒失失的闖進此屋，而且出言不遜，喝令吾等住手，是何居心？」

言詞之間神態倨傲無比，儼然是責備、教訓的口吻！

孫仲玉何嘗不是心高氣傲目中無人之輩，聞言不禁傲然笑道：「怎麼，你想插手管這件閒事麼？」

戰東來勃然大怒，叫道：「明明是你闖進此屋，淌這渾水，還敢強詞奪理！」

突聽任風萍高聲道：「兩位先別抬槓，反正這件事，大家都有份！」

戰東來不禁眉頭微皺，茫然道：「你這話是什麼意思？」

任風萍陰鷙一笑，道：「你也要梅吟雪，他也要梅吟雪，我更是想要梅吟雪，這豈不是大家都有份麼？」

戰東來勃然大怒，右掌揚起，就要向任風萍劈去！

孫仲玉卻橫身一攔，道：「且慢！我的十大常侍泰半死在他手中，這筆血債我要親自索還，豈能容你輕易將他殺掉！」

戰東來怒道：「你是什麼東西？竟敢命令戰某！」

驀聞偉岸老者大喝道：「你還想逃麼！」

右掌就向任風萍劈去！

原來任風萍在兩人爭論之時，想乘機逸去，不料卻被偉岸老者識破，揚掌劈了過來，只得退回原處！

孫仲玉轉眼向躺在床上的梅吟雪望去，雖然她有被單蓋住，但依然可看出她胸腹間起伏甚微，彷彿已一息奄奄，氣若游絲！

孫仲玉大感焦灼，情不自禁地就要向床邊走近！

卻突見戰東來雙手一攔，阻住去路！

孫仲玉微微愕然，怒道：「你這是做什麼？」

戰東來道：「床上既然躺著梅吟雪，就不許任何人走近她！」

孫仲玉道：「笑話！你和她是什麼關係，竟敢如此大言不慚？」

戰東來不禁一怔，立時爲之語塞，他究竟無法說出他和梅吟雪有何關係。

孫仲玉已感不耐，喝道：「識相的，閃開一邊！」

說著，左足一抬，跨前一步！

戰東來怒哼一聲，「嗆」然龍吟，已翻腕拔下背後的長劍，橫在胸前，依然擋在床前！

孫仲玉冷笑道：「你想動手較量一番麼？」

戰東來傲然道：「你若再跨前一步，戰某長劍可不留情！」

孫仲玉不屑地道：「憑你也能攔得住我？」

戰東來道：「不信你就試試！」

孫仲玉不願耽擱時間，只得忍氣吞聲的道：「你可知道梅吟雪身受重傷，生命垂危？」

一語甫出，頓時使戰東來想起任風萍揹著梅吟雪投店時的情景來！

他原是深愛著梅吟雪的，一想起梅吟雪身負重傷，不由立感怔忡不安，但一股年青人的傲氣，卻使得他絲毫不肯退讓，反問道：「她身負重傷，與你何干？」

孫仲玉道：「我曾許諾過南宮平要將她傷勢治癒，而且還要將她親手交還給南宮平！」

他不說猶可，話聲未了，戰東來已勃然大怒，道：「原來你竟爲了南宮平！哼！你休想碰她！」

孫仲玉道：「她傷勢很重，若不及早施救，恐怕有生命之憂！」

戰東來冷笑道：「她傷勢再重，也用不著你操心！」

孫仲玉已忍無可忍，要知他原也是心高氣傲之人，適才一再忍氣吞聲，只是爲梅吟雪著想，此刻見他竟然渾不講理，不由也勃然變色！

當下後退一步，右手一撤，已自腰間取出那柄奇形長劍！

戰東來放聲狂笑，長劍已振腕攻出！

孫仲玉臉泛殺機，右腕一抖，奇形長劍劍尖顫動，迅捷地向他右腕挑去！

戰東來右腕一沉，「舉火燒天」，劍尖斜斜點向孫仲玉胸前「七坎」穴！

這雖是一招江湖常見的普通招式，但在他的手中施出，威勢卻是大大不同！無論是腕力、部位、取時，均妙到極處，凌厲已極！

孫仲玉身軀一側，右臂一揮，奇形長劍由左至右，閃電般劃出一道劍弧！

他這一招出手，看似平淡無奇，其實卻是凌厲至極，劍弧劃出，已將戰東來前胸「章門」、「期門」，以及左臂「曲池」三大死穴完全封住！

戰東來悚然心驚，方知遇到勁敵，身形連閃，方才躲過一招！

孫仲玉不顧久戰，一上手便施出絕技，快速絕倫，凌厲無比的攻過去！

戰東來雖然先機受制，但他武功究竟不比泛泛，三招甫過又已扳成平手！同樣施出快速絕倫的劍法，以快打快，以攻搶攻！

眨眼之間，十招已過，雙方功力所差無幾，一時之間，勝負難分！

古薩以及偉岸老者心繫主人安危，均不自覺的緩緩向鬥場走近！

任風萍一看良機難再，當下，便待悄悄奪門而出，豈料又被離他較近的偉岸老者發覺，將去路攔住，不由忿怒交加，留香扇一揮，向偉岸老者攻去！

偉岸老者呵呵一笑，雙掌一錯，自任風萍猛烈的攻勢中，一穿而出。

任風萍一咬牙根，左掌加足勁道全力劈出，硬接對方一掌。

雙方掌力接實，轟然一聲大響！任風萍臉泛青白，蹬蹬蹬連退三步，胸中氣血翻動，顯然受傷不輕！偉岸老者卻神色自若，佇立原地不動！

任風萍心中一嘆，只得打消逃走念頭。轉眼向鬥場中望去！

但見孫仲玉及戰東來已戰至激烈處，只見劍光閃閃，劍氣森森，人影難辨！

突地——

孫仲玉清叱一聲，戰東來暴然大喝！兩條人影倏地分開！

孫仲玉右袖上被刺上一道深深的劍痕，只差半分，就要傷及皮膚。

戰東來左肩上卻劃出一道血糟！衣衫碎裂，膚肉外翻，鮮血涔涔滴下。

雙方這一比較，顯見戰東來技遜一籌！

孫仲玉道：「你已敗在我手中，還有何話可說！」

戰東來強忍痛楚，傲然道：「笑話，勝負未分，生死未判，怎能說是戰某敗了！」

孫仲玉將奇形長劍扣回腰間，緩緩地道：「如此以劍招相搏，極耗時間，且又於事無補，我們何不力拚三掌，立分勝敗？」

戰東來朗笑道：「無妨！」說著也將長劍歸鞘。

孫仲玉陡地舌綻春雷，大喝道：「先接我一掌！」

右掌平舉胸前，緩緩推出！

戰東來心知一掌之下，即能分出勝敗生死，絲毫不敢大意，右掌運聚九成真力，亦自緩緩推出！

但聽轟然一聲暴響，真氣激盪，氣流迴旋！

孫仲玉神色大變，腳下依然釘立如椿！

戰東來臉色更爲蒼白，馬步浮動！

孫仲玉提氣大喝道：「第二掌！」

右掌又緩緩推出！

戰東來星目噴火，施出十成真力，推出一掌！

又聽轟然一聲暴響，真氣激盪，氣流迴旋！

孫仲玉面色泛青，馬步浮動！

戰東來臉色慘白，後退一步。

孫仲玉再度喝道：「第三掌！」

喝聲已無先前洪亮，顯然受傷不輕！

右掌運集全力推出！

戰東來牙關緊咬，眼冒金星，終於極其勉強地全力推出一掌！

「轟！」震天價響……

孫仲玉臉色更青，倒退三步，額間汗珠不斷淌下！

戰東來雙目一閉，頭腦一陣昏暈，仆倒於地……

孫仲玉嘴角抽搐，泛起一絲欣慰的笑意，緩緩走近床邊，將梅吟雪抱起，吃力地道：

「走！」

當先向房門大步走去！

他的腳步不穩，身軀在劇烈的晃動，古薩上前一步，想要攙扶他，卻被他大聲喝退！

接著孫仲玉咯出一大口鮮血，但終於還是大步地跨出了房門！

偉岸老者朝任風萍冷笑道：「今夜暫且饒你不死，待少島主傷癒後，再來找你算賬！」

說完轉身大步離去！

任風萍神情癡呆，目光茫然，偉岸老者的話彷彿沒有聽見，口中喃喃道：「群魔島……群魔島，獨霸武林的大計，又多了一層阻礙，又多了一……」

夕陽西下，煙樹冥冥，水波浩淼，一碧無際！

震澤之濱，垂楊遍野，在柳絲底垂處，掩映著一堵殘缺的圍牆，圍牆裡面，瓦屋三椽，菜圃與花畦相間，情趣盎然！

可是此刻卻炊煙不冒，寂無人聲，彷彿這莊園已很久沒有人居住了！

驀地——

一陣急驟的馬蹄聲起處，只見一匹健馬四蹄翻動，飛馳而來，牠混身的毛片已完全被汗水濕透，口沫亂噴，顯見是曾經奔馳了一段長遠的路程。

就在馳抵莊門的一霎間，牠悲嘶了一聲，突的四蹄一蹶，「砰」的倒在地上，鼻孔裡大口喘氣，四條腿掙扎了一下，便虛弱地躺著不動了！

馬上的騎士伸手一按馬鞍，騰空而起，瞧也不瞧那倒在地上的坐騎，身形如矢，直向莊門掠去……

他正是獲悉雙親性命垂危，千里長征，趕到這柳蔭莊來的南宮平。

三天來，他目不交睫，縱馬疾馳，如今，他站在莊門外，右手方自舉起，卻突地變得猶豫起來……

因為，在他的心中還存了一個希望，希望他獲得的消息是假的，但倘若門敲開了之後，他的希望也許就會立刻粉碎了！

猶豫了半晌之後，他終於一咬牙，右手一落！砰砰砰！

敲門之聲一住，隨聽屋內傳出一聲低沉的喝問：「是誰？」

語音雖是這樣的低沉，但聽在南宮平的耳中，卻不啻如聞九天綸音，因為，這正是一年之久不曾聽過的聲音啊！

他激動地喊道：「爹爹！爹爹！我是平兒，平兒啊！」

距料他這樣興奮地回答了之後，屋內卻反而靜了下來，不由他大吃一驚，再也按捺不住焦急的心情，手下微一運勁，「砰」地推開兩扇木門，邁步跨進屋中。目光閃動，登時鬆了一口氣。

只見他的爹爹和母親並肩盤膝坐在一張硬木榻上，四道閃耀著激動光芒的眼神，也正凝注在他的身上，看這情形，明顯地並不如他所獲得的消息那麼壞！

南宮平略一鎭定心神，搶前幾步，拜倒地上，道：「不孝孩兒叩見爹爹媽媽！」

南宮常恕目中激動的光芒突然一歛，凜然望著跪在地上的南宮平，緩緩說道：「平兒，你可是從『諸神殿』回來的麼？」

南宮平點頭道：「孩兒正是從『諸神殿』回來，不過……」

南宮常恕截住道：「是『諸神島主』放你回來了？」

南宮平搖頭道：「不是……」

話方出口，南宮常恕已勃然怒道：「好個不守信諾的畜生，難道你忘了咱們南宮世家的家訓了麼？」

南宮平不知老父爲何發怒，不由大吃一驚，忙低頭應道：「咱們家訓，以信義爲先，孩兒怎敢忘記？」

南宮常恕怒道：「那你爲何離開『諸神殿』返回中原，破壞了我家數代遵守的諾言？」

南宮平聞言，方知老父發怒的緣故，但這一年來所發生的事情實在太多了，一時間，竟不知從何說起，不由得口中期期艾艾了半晌，仍自尋不出一個頭緒來……

南宮常恕見狀，更是怒不可遏，雙目一睜，便待喝罵，卻聽身側的南宮夫人輕輕咳了一聲，道：「瞧你把孩子嚇成這個樣子，你等他把話說完了再教訓他也不遲啊！」

南宮常恕回頭望了她一眼，勉強壓下心中的怒火，道：「平兒，你有什麼話說？」

南宮平這時已將擁塞在心頭的亂麻般的往事整理清楚，於是便將如何隨著風漫天出海，到『諸神殿』的經過，以及後來所發生的事情，逐一詳細稟告……南宮常恕聽罷，默然良久，方始長嘆一聲，道：「孩子！爲父錯怪你了！想不到短短一年多的時間裡，你竟經歷了這許多的事情，唉！世事如浮雲，變幻令人莫測……」

南宮夫人已自笑道：「平兒，過來讓媽媽瞧瞧！」

南宮平宛似一頭迷途的羔羊，忽然找到慈母一般，應聲站起身來，撲入母親的懷中，只覺一股溫馨暖流，浸潤著他整個身心，於是，他的眼睛潮濕了，他默默地流著淚珠，默默地享受著慈母的愛撫……

良久，良久——

南宮平突地想起了門下食客萬達的警告，霍然離開慈母的懷抱，關切地凝視著南宮常恕，道：「萬大哥曾經告訴孩兒，說爹爹和媽有性命之憂，但孩兒看來，他莫非故作危詞不成！」

南宮常恕聞言，臉上忽然籠罩了一層陰鬱的神色，望了愛妻一眼，沉重地緩緩說道：「不錯，爲父和你媽的確有性命之憂，最多……最多……」

南宮平駭然驚道：「什麼？……」

南宮常恕垂頭一嘆，道：「爲父和你媽最多也活不到明天了！」

此言一出，南宮平腦際頓時轟的一聲，臉色蒼白的倒退了兩步，失魂落魄地望著他的雙親，叫道：「不！不！您和媽媽看起來不是好好的嗎？怎麼可能呢！」

南宮常恕用鎮定的目光，制止住愛子激動的情緒，沉重地說道：「為父和你媽在外表看來似乎並沒有什麼，可是，我們不但中了劇毒，而且受了嚴重的內傷，目前只不過是憑著數十年的修為，勉強提住一口未散的真氣而已，為的就是想和你見上最後一面，到了明天……唉！只要天光一亮，我們就……」

南宮平大叫一聲！撲上去跪在榻前，張臂抱著母親的雙膝，哭道：「這是怎麼一回事？怎麼一回事？啊！不！不！不！這是不可能的……」話聲一頓，霍地跳起身來，叫道：「孩兒絕不相信這是真的！」

南宮夫人淒然一嘆，道：「傻孩子！難道你爹爹還會騙你嗎！」

南宮平虎目圓睜，道：「那麼，告訴孩兒，究竟是誰下的毒手？」

南宮常恕眼神中閃爍著忿恨的光芒，沉聲道：「就是你方才說過的那個意圖獨霸武林的帥天帆！」

「帥天帆！」

南宮平「蹬蹬」倒退了兩步，大叫道：「又是他！又是他！咱們與他有什麼深仇大恨？竟這般歹毒啊！」

南宮常恕恨恨道：「那廝不知怎地竟探出為父和你媽過去的事情，親自尋來要咱們參加他的組織，爲父自然不肯和他合作，致雙方鬧翻，詎料這惡賊在入屋之時，已暗中下了毒手，爲父和你媽與他動手之後，方始發覺受了暗算，故此功力大打折扣，終於被他擊傷……」

南宮平聽得星目噴火，渾身熱血沸騰，緊握雙拳，大叫道：「惡賊！惡賊！我不將你碎屍萬段，誓不爲人……」

話尙未完，陡聽一陣陰森的冷笑，飄進屋中……

此際，暮色蒼茫，湖濱野地，僅有微風拂抑的沙沙之聲，是以這一陣冷笑，聽來份外陰森刺耳！

南宮平霍地旋身，睜目望去，只見柴扉開處，一個身材頎長，白面無鬚，身著儒衫的中年文士緩步走進庭院。

南宮常恕夫婦似乎早已預料到此人的出現，故此神態都鎭靜如常，但南宮平卻難以抑止心中的激動，大喝道：「站住！」

來人微微一笑，應聲止步。

南宮平跨前幾步，擋住堂屋門口，喝道：「你是誰？來幹什麼？」

來人一抱拳，笑道：「在下蕭夢遠，特來拜望公子，並送令尊令堂往生極樂！」

南宮平勃然大怒道：「匹夫！你是帥天帆的狗黨？」

蕭夢遠臉色一整，道：「豈敢！帥先生倚區區如左右手！」

南宮平怒喝道：「狗賊來得正好，我先宰了你再找帥天帆算賬！」右手一揚，「嗆」然龍吟，精芒耀目，「葉上秋露」電閃出鞘，一指蕭夢遠，喝道：「狗賊快過來領死！」

蕭夢遠哂然一笑，道：「公子自信能置區區於死地麼？」

南宮平瞋目叱道：「少廢話，不信你就試試！」

蕭夢遠悠悠接道：「姑不論公子未必能勝得了區區，就算我願意將項上人頭奉送，難道公子就不替令尊和令堂設想了嗎？」

南宮平一怔，道：「你是什麼意思？」

蕭夢遠笑道：「小意思。令尊和令堂是否能活得過今天，全看公子的意思來決定……」

南宮平「哼」了一聲，厲聲截住道：「你休要作夢！」

蕭夢遠冷冷道：「公子既然明白就好，常言道：百善以孝爲先，公子要做一個不孝的罪人，區區自無話說。」

南宮平大大一震，默然無語。

蕭夢遠狡猾地笑了笑，又道：「南宮世家富甲王侯，令尊與令堂昔年名傾天下，如今竟落得蟄處湖邊，這是誰的賜予?公子不去奮發圖強，重振家聲以報親恩，反而斤斤於一己之私怨，置雙親性命於不顧，此種狹窄胸懷，偏激思想，實令區區爲之扼腕！」

這一番話，只聽得南宮平毛骨悚然，冷汗涔涔而下！

的確，蕭夢遠的話並沒有錯，「南宮世家」之所以落得這般下場，乃是「諸神殿」的賜予，但「南宮世家」之興起，也可說是得力於「諸神殿」，何況如今「諸神殿」已冰消瓦解，殿主南宮永樂也離開了人間，這種種恩怨，又如何算法？

南宮平捫心自問，他的仇人是「群魔島」嗎？但「群魔島」並不曾損害過「南宮世家」的一草一木。那麼，是帥天帆嗎？不錯，帥天帆曾經有形無形地陷害過他，他的雙親也正是遭了帥天帆的毒手，可是，真如蕭夢遠所說，即使殺了帥天帆，能挽回「南宮世家」已墜的聲望和財富嗎？

殺了帥天帆能挽救得了垂危的雙親嗎？

這些問題的答案都是個「不」字！

但是，不反抗帥天帆，又該怎麼辦呢？

南宮平心中思緒如潮，紊亂如絲，怔怔地站在門口，一時間，竟不知如何是好……

忽聽南宮常恕一聲朗笑，道：「好一個利口傖夫！竟敢在老夫面前饒舌！」隨即嚴肅地喝道：「平兒！爲父和你母親蟄居湖濱，以貧苦度此餘生，乃是恪守我『南宮世家』世代之諾言所致，於人無尤，帥天帆狼子野心，意圖以殘惡手段，驅策武林，殺之正是爲天下除大害，你還猶豫什麼？」

話聲有若暮鼓晨鐘，撞擊著南宮平昏亂的心緒，頓令他神智爲之一振，忙一定神，應聲道：「大人嚴諭，孩兒省得！」揚劍一指蕭夢遠，厲喝：「狗賊速來領死！」

蕭夢遠依然神色不變，笑容滿面的說道：「常道是不見棺材不流淚，公子以爲區區不進屋中，就不能置令尊令堂於死地了麼？」

此際，南宮平心中已恨怒到了極點，直恨不得撲上去把這蕭夢遠砍成肉醬，但卻考慮到對方這般引逗，極可能是故作姿態，引自己離開門口，另派人乘隙入屋對雙親不利，是以始終不敢移動，當下，橫劍喝道：「狗賊徒仗空言，我倒不信你有何伎倆！」

蕭夢遠笑嘻嘻地伸手入懷中，緩緩取出一隻晶瑩奪目的翠玉小杯，陰惻惻地說道：「令尊與令堂的性命，便繫於這隻杯子之上，公子要不要試它一試？」

夜色蒼茫，南宮平定睛細看，也瞧不出這隻小玉杯中盛的是什麼東西，雙方距離足有兩丈，又勢難出手搶奪或擊毀這玉杯，不由心中焦躁，腦中千萬個辦法反覆奔騰，仍舊選擇不出一個善策……

蕭夢遠見南宮平一副躊躇失措的神態，不禁越加得意，陰森一笑，又復逼問道：「公子的主意打好了沒有，區區尚有要事在身，可不能久候。」

南宮平聞言，腦際忽然靈光一閃，憶起父母昔日相賜的一對「護花鈴」來，當下，迅快探手懷入，將兩隻「護花鈴」取出，一隻扣在掌心，一揚手，另一隻疾飛而出……

「叮鈴鈴」！一聲清脆的鈴聲劃空而起，一隻小小金鈴帶著一線金絲，閃電般向蕭夢遠遠手中的玉杯擊去！

誰知——

鈴聲乍響之頃，陡聽屋內南宮常恕夫婦突地同時發出一聲痛苦的呻吟！

南宮平大吃一驚，慌忙將掌心中扣著的金鈴發出，鉤住了眼看就要擊中蕭夢遠手中玉杯的金鈴，閃電般掣回手中，然後迅快掉頭一看！

燈光熒熒之下，只見雙親業已面如死灰，牙關緊咬，渾身不住痙攣抽搐，神態痛苦至極！耳際，傳來蕭夢遠遠的得意笑聲：「如何！公子這是自作聰明，害了令尊與令堂，可怪不得區區了。」

南宮平回頭厲聲喝道：「狗賊！你使的什麼卑鄙手段？快說！」

蕭夢遠詭笑道：「這是公子自己下的手，與區區何干！」

南宮平目眥俱裂，揚劍喝道：「你再胡說，我便將你碎屍萬段！」

蕭夢遠笑道：「本來帥先生賜與令尊令堂的毒藥，毒性潛伏於體內，需區區將這玉杯擲在地上之時，方始會被那清脆的玉杯破碎之聲引發，如今公子的鈴聲，效果竟高於這玉杯，真是妙不可言！」話聲微頓，倏地面容一整，又道：「若公子不忍雙親受苦，答允爲帥先生效力還來得及，望公子三思！」

南宮平又急又怒，只氣得毛髮直豎，星目流血，心如油煎，卻說不出一個字來……

蕭夢遠笑了笑，緩緩探手入懷中，又取出兩隻色澤相同的小玉杯來，道：「本來按照規定，須擲碎第三隻玉杯，方是令雙親畢命之時，現在有公子代勞，區區只須損失兩隻便可了事，公子若是心存疑慮，區區這就試給你看一看！」言罷，將一隻玉杯朝地上一擲——「瑲瑯！」一聲清越脆響乍迸，頓聽屋內南宮常恕夫婦齊聲慘叫，緊接著呻吟喘息之聲迸作……

南宮平掉頭望去，只見母親已倒在爹爹懷中，爹爹的七竅中已滲出一滴滴瘀血，面目痙彎，神態慘悽，不由心膽俱裂，當下，一咬牙，霍地回身，嘶聲叫道：「狗賊！我……我……答……」

言還未了，陡聽乃父顫聲吼道：「住嘴！」

南宮平轉身哭叫道：「爹爹！你……」

南宮常恕嘴唇抽搐，深深喘了口氣，啞著嗓子道：「平兒！你忘了咱們的家訓了嗎？你……你若是爲了我和你母親的性命而屈服，你……你……你就是南宮世家的不肖子孫……天下武林的罪人……」

南宮平心如刀割，他何嘗不明白爹爹的話乃是大義凜然的至理，但是，他身爲人子，能這樣眼睜睜地看著父母受苦，甚至死亡嗎？

「不！不！我不能這樣做……」他心中痛苦地喊叫著，一咬牙，霍地旋身，朝著蕭夢遠昏亂地衝去……

他腳步方自一動，蕭夢遠立即一聲斷喝：「站住！」

南宮平應聲怔然止步。

蕭夢遠高高舉起手中的玉杯，獰笑道：「你再動一步，我這玉杯便立成粉碎，答不答應，只准你站在原地說話！」

南宮平鋼牙銼得格格作響，拳頭緊握，指甲都深深陷入肉中，半晌，忽地長嘆一聲，恨恨道：「也罷！我……」

陡聽乃父又是一聲嘶啞的呼喚：「平兒！」

南宮平茫然地轉過身子，卻不由心中猛地一震！

只見爹爹顫巍巍地舉起了右手，做出向母親腦門拍下之勢，忙急聲叫道：「爹爹！你……」

南宮常恕怒目瞪著愛子，啞聲道：「你已決定屈服了？」

南宮平哭道：「爹爹！除此之外，孩兒又有什麼辦法呢！」

南宮常恕忽地慘然一笑，道：「也好，為父實在不忍見我有如此不肖的兒子，只好和你母親先走一步了！」

南宮平失聲大哭起來，仆地跪下，叫道：「不！不！爹爹！你不能這樣做！」

南宮常恕沉聲道：「那就答應為父，將這姓蕭的殺了，然後召集天下武林，除去帥天帆這惡賊！」

南宮平把心一橫，叫道：「好！孩兒答應你老人家，誓報此仇！」話聲一落，霍地長身而起，凌空一轉，挺劍直撲蕭夢遠，厲喝道：「狗賊拿命來！」

蕭夢遠見他神情慘厲，其勢凜凜有若天神，不由駭然失色，慌忙飄身後退尋丈，獰笑一聲，揚手將第二隻玉杯猛然朝地上一擲……

說時遲，那時快，他玉杯方告脫手，柴扉外面一條人影疾掠而至，勢如閃電，伸手將玉杯攫住，同時反手一按，蕭夢遠頓覺腰間一陣劇痛，渾身虛脫，「噗」地仰翻地上，動彈不得！

南宮平又驚又喜，忙一沉真氣，止住前撲之勢，腳落實地，定眼瞧去，不禁失聲叫道：

「是您老人家！」

來人也自收勢，原來是個身材猥瑣的禿頂老人，也正是昔年名震武林的「風塵三友」中的「神行仙影銅拳鐵掌」魯遷仙！

他歉然地對南宮平道：「愚叔來遲一步，累賢侄受驚了！」

南宮平聞言，登時悲從中來，垂淚道：「我爹爹和娘恐怕……」

魯遷仙搖手道：「賢侄不必憂慮，這事包在愚叔身上……」

說時，柴扉外又是一條人影飛掠而至，南宮平閃目望去，見來人乃是個走方郎中打扮的矮胖老者。

魯遷仙已迎著此人笑問道：「都收拾了麼？」

矮胖老者吭也不吭，只冷冷地點了點頭。

魯遷仙轉對南宮平道：「賢侄快過來拜見這位名傾天下的『奪命郎中』崔明嵬，崔大俠！」

南宮平久已聞說這「奪命郎中」崔明嵬醫道通神，不禁大喜，忙上前恭恭敬敬地行禮道：「晚輩南宮平拜見老前輩！」

崔明嵬一擺手，神情冷漠地一頷首，仍然雙唇緊閉，不吭一聲。

南宮平心知這種風塵奇人，性情多半如此，遂轉對魯遷仙道：「叔叔怎會來得這般湊巧，可是……」

魯還仙搖手止住道：「這事說來話長，且先瞧瞧你爹娘再說。」彎腰抓起地上的蕭夢遠，同了崔明嵬走進屋中。

這時，南宮常恕適才勉力提聚最後一口真氣，和愛子說了一番話之後，已然氣息奄奄地倒在榻上，南宮平見這情形，不禁大聲失色，焦急的淚珠，又復滾滾而出！

魯還仙放下蕭夢遠，側顧崔明嵬嚴肅地說道：「崔兄，這就有勞一展妙手了！」

崔明嵬上前替南宮常恕按了按脈息，冷冷說了聲：「無妨！」便自伸手入懷中取出一個布包，從包中摸出一個黑色小瓶，拔開瓶塞，倒出兩粒黑色藥丸，分別塞入南宮常恕夫婦口中，道：「半個時辰後，他二人體內毒性自解，那時再療傷便好了！」說完，自顧一旁坐下，閉目養神。

南宮平疑信參半，又不好出聲詢問，只得望著魯還仙，方待開口……

魯還仙已搶著低聲道：「賢姪但請放心，愚叔自從接到你家中以前的食客萬達的消息，得知你爹娘遭害，不知費了幾許精神，才請出崔大俠前來相助，若不是在莊外收拾幾個小腳色，早就進來了……」話聲微頓，又道：「你不是到『諸神殿』去了嗎？怎會回到中原來呢？」

南宮平長嘆一聲，遂將這一年來的經過，詳細說了。

魯還仙聽罷，點頭嘆息道：「想不到這短短時光，竟發生了這許多事故，等你爹娘醫好之後，咱們得好好商量個辦法……」說話之間，只聽南宮常恕夫婦已齊聲長呻，霍然醒轉，南宮平大喜，忙撲上前喊道：「爹爹！媽……」

南宮常恕一眼看見魯遷仙，遂擺手止住南宮平，笑對魯遷仙道：「賢弟！可辛苦你了！」魯遷仙笑道：「不是我的功勞。」伸手一指崔明嵬，道：「多虧崔兄大俠，大哥和三妹才能逢凶化吉哩！」

南宮常恕一望崔明嵬，方自恍然，忙就在榻上抱拳道：「愚夫婦有何德能，敢勞動崔大俠賜予援手……」

崔明嵬欠身而起，擺手道：「現在不忙謝我，還有事情不曾了哩，我且先爲你療傷，待會由你來治尊夫人好了。」

南宮常恕聞言連聲稱謝，崔明嵬又從布包中摸出一個白色小瓶，傾了一撮白色粉末在兩手掌心上，探入南宮常恕的衣裳裡面，分按在「丹田」「命門」兩穴道上，運聚本身三昧真火，將掌心的藥末煉化，逼入南宮常恕體內，約有一盞熱茶功夫之久，只聽南宮常恕大大吁了口氣，出了一身熱汗。

崔明嵬抽出雙手，吩咐南宮常恕略爲調息，然後倒藥末在他兩手掌心上，將用法說了，南宮常恕依法施爲，將愛妻傷勢醫好，這才雙雙振衣下榻，重行向崔明嵬施禮致謝救命大德。

崔明嵬微一頷首表示答禮，便又自顧一旁坐下，閉目養神。

魯遷仙這才向南宮常恕夫婦重新拜見，恨恨道：「想不到帥天帆這廝如此可惡，我們倒要好好想個辦法來收拾收拾他，才不辜負他的這一番盛意哩！」

南宮常恕長嘆一聲，道：「本來愚兄自從送走了平兒之後，已自雄心盡滅，偕同三妹隱居此地，打算安靜地度過這晚年，誰知這一來，勢非東山復出，與這武林梟雄一爭短長不可了。」話聲微頓，目注魯遷仙道：「賢弟從江湖來，可知道帥天帆的動靜麼？」

魯遷仙沉吟道：「小弟只知道他利用藥物和卑鄙手段，已籠絡了七大門派之人，打算開一次推舉武林盟主大會，至於何時召開以及開會地點，卻不知曉。大哥會見那廝之時，可曾獲得一點頭緒麼？」

南宮常恕搖了搖頭，忽然若有所得地瞧著蜷伏地上的蕭夢遠，笑道：「此人既自稱是帥天帆的左右手，何不從他身上著手！」

魯遷仙也笑道：「大哥之言，正合弟意。」當下，彎腰伸手在蕭夢遠脅間一按一拍，解了穴道，笑嘻嘻地說道：「閣下要死要活，在下洗耳恭聽。」

蕭夢遠以手撐地站起身來，暗自一運真力，誰知渾身竟似虛脫了一般，膝蓋一軟，「噗」地又自跌坐在地上，方知欲求一拚之望已絕，心中不由又急又怒，但臉上神色卻保持著一派笑容，緩緩反問道：「要死如何？要活又如何？」

魯遷仙笑道：「要死如何且不談，閣下若要活下去，得拿出幾句話來作交換條件。」

蕭夢遠冷笑道：「要想從我口中問出半個字來，除非閣下願意投效帥先生。」

魯遷仙冷冷道：「那麼，閣下是不想活了，但是死也不見得舒服哩！」

蕭夢遠微笑道：「既落人手，區區豈敢有此奢望！」

魯遷仙哈哈一笑，道：「很好，就請閣下嚐嚐我的『縮脈焚心鎖百穴』手法如何！」

蕭夢遠乍聞「縮脈焚心鎖百穴」手法之名，登時臉色大變，張口方待說話，魯遷仙的雙手已自連連揮動，他頓覺渾身一陣痠軟，便自倒臥地上……

南宮夫人白了魯遷仙一眼，道：「二哥，你忘了昔年的誓言了？」

魯遷仙面色一整，道：「此人雖非十惡不赦之人，但除此之外實無別法，三妹怎能拿昔年誓言來怪我？」

南宮夫人嗯了一聲，招手叫南宮平過來，伸手攬住道：「平兒，讓媽看看你，地上的那個人不要去看。」

說話之間，一陣聞之令人心魂俱顫的呻吟之聲，已自從蕭夢遠的喉間吐出，只見他渾身每一寸肌肉都在抖個不停，一絲絲黑血從七竅中涔涔而出，面孔扭曲，形如厲鬼，難看至極。

終於，他一雙怒恨獰厲的目光，漸漸變作乞憐之色。

魯遷仙滿意地笑了笑，兩腳連環踢出，驟如風雨般踢遍蕭夢遠周身七十二處大小穴道。然後一把將他揪起。冷冷道：「時間無多，你現在答我第一句話，帥天帆準備在什麼地方召開武林大會？」

蕭夢遠長長地吁了口氣，眼皮連連霎動，啞聲說道：「止郊……」哪知，他「止郊」兩字方一出口，突地一聲慘叫，一股血泉從口中狂噴而出，身子望後一仰，便僵直不動！

魯遷仙一躍上前，伸手一探蕭夢遠鼻息，不由頓足嘆道：「帥天帆這廝手段真狠！」

南宮常恕笑道：「他若不狠，怎會有獨霸天下武林的妄想？如今線索已斷，賢弟可有其他善法？」

魯遷仙搔首沉吟，默然不語。

南宮平忽地心頭一動，失聲叫道：「莫非是師傅他老人家的『止郊山莊』？」

魯遷仙霍然道：「對！對！『不死神龍』雖已死去，但他的門下和『止郊山莊』那塊招牌仍有震懾武林的作用，帥天帆自然要選這地方來行事了！」

南宮常恕點頭道：「賢弟所見極是，這一來，他便可以收到消滅『神龍』餘威和震懾武林的雙重效果了。」

南宮平心懸師門安危，急道：「事不宜遲，我們就此動身好麼？」

魯遷仙略一沉吟，眼中忽露出一線靈光，望了望南宮常恕，然後對南宮平道：「賢侄要去，可以先去，愚叔和你爹娘卻另有巧妙安排，不能和你一路。」

南宮平怔了怔，方待開口，南宮常恕已含笑道：「平兒，你就聽叔叔的話先走吧。」

魯遷仙從懷中取出一個小包，交給南宮平道：「這裡面是崔大俠專爲化解帥天帆獨門迷藥而煉的靈丹，你此去如遇見了心神被帥天帆迷藥所制的人，可利用各種機會，將這靈丹用本身真火煉化，設法逼入對方體內，則其毒立解。」

南宮平大喜接過來藏好，依依不捨地拜別雙親，出了莊門，施展輕功，乘夜向「止郊山莊」奔去。

月黑，風高！夜色深沉！

名傾天下的「止郊山莊」，此刻卻靜如止水，只有當中一間大廳，漏出一線燈光，映照著庭園中扶疏的花木，倍覺淒清。

大廳中央，並排陳著三具棺木，裡面分別長眠著「不死神龍」龍布詩，「鐵戟紅旗震中州」司馬中天，以及「諸神島主」南宮永樂。

三具棺木前面的一張長案兩側，圍坐著鐵漢龍飛、古倚虹、石沉。

這三個「不死神龍」龍布詩的弟子，此刻都是神情肅穆，你望我，我望你的默默無言……

終於，龍飛長嘆了一聲，開口道：「我們該怎麼辦？」

話聲是如此的深遠，彷彿來自縹緲的雲間，一種無可奈何的絕望之情，隨著語聲嬝嬝地向周圍散擴開去……

古倚虹和石沉對望了一眼，眼中彷彿也互相詢問道：「我們該怎麼辦？」

龍飛抬頭望了望廳外的夜空，反手緩緩拔出長劍，不停地摩娑著，偶爾發出一聲沉重的嘆息！

「砰」然一聲！石沉忽地一拍長案，咬牙道：「兵來將擋，水來土掩，無論如何，也要使『止郊山莊』轟轟烈烈的毀滅，不能無聲無息地在武林中消失！」

古倚虹黯然道：「三哥豪氣干雲，自是『止郊山莊』的本色，可是，憑我們三人，恐怕也難達到轟轟烈烈的願望啊！」

石沉訥訥一嘆，萬丈豪情，突地萎頹下去，緩緩垂首道：「不拚又有什麼辦法呢！除非……除非……」底下的話，恐怕連他自己也聽不見了。

龍飛喟然嘆道：「如果五弟在就好了……」

話方出口，陡聽廳外有人朗聲道：「大哥、三哥，四姐，小弟來了！」一條人影，隨聲掠進廳來！

龍飛等人聞聲，俱不禁驚喜交集地一躍而起，迎著來人，齊叫道：「五弟！你來了！」

這人正是南宮平，他穩住身形之後，一眼卻瞥見了長案後面的三具棺木，登時神色一變，驚疑的目光，霍地向龍飛望去。

龍飛忙解釋道：「這是師傅和司馬叔父以及伯父大人的靈柩，是三弟押運回來的。」

南宮平這才鬆下緊張的心情，分別向師兄姐行禮，道：「小弟聞得帥天帆對『止郊山莊』有不利之舉，故連夜趕來，不知大哥接到警訊沒有？」

龍飛環眼一掃長案，沉重地說道：「怎麼沒有！」

南宮平閃目望去，只見長案上，赫然擺著一封黑色的柬帖，忙上前拿來打開一看，不由勃然大怒道：「鼠輩竟敢這般張狂，難道真的欺我『止郊山莊』無人不成！」話聲一頓，目注龍飛，道：「大哥是否已有準備了？」

龍飛沉重地搖了搖頭，道：「正希望賢弟回來，商量一個萬全之策。」

南宮平道：「據小弟看來，若憑真實的力量，我們自非帥天帆之敵，但反過來說，帥賊之所以發展到這般龐大的勢力，只不過靠了迷藥和卑鄙手段而已，如果將那些被他毒藥所迷之人救醒過來，以及揭穿他的狼子野心，造成他眾叛親離的局面，便不難將他擊敗。」

龍飛喜道：「如此說來，賢弟自必已成竹在胸的了。」

南宮平道：「到目前爲止，小弟只不過略得頭緒而已，一切還得到時見機行事，只希望七大門派之人能倒戈相向，便僥天之倖了。」話聲一頓，又道：「我們莊中的子弟們呢？大哥已安排好了麼？」

龍飛道：「一切均已按著昔日師傅的佈置，安排好了。」

話聲方住，忽聽幾聲更鼓傳來，時辰已到了子夜，適時，一陣弦管絲竹的樂聲劃破夜空，緩緩移過莊門……

南宮平冷哼一聲，道：「這賊的排場倒不小，我們且莫理會，吩咐子弟們開門放他進來再說。」當下，和龍飛、石沉、古倚虹等人，端坐長案兩側，凝目向莊門望去。

這時，莊中的子弟已將莊門大大打開，夜色沉沉之下，只見三數十個黃衣大漢手擎紗燈排成兩行，緩緩進入長門，燈光照耀中，領頭的是八個吹奏著樂器的錦衣僮子，引導著一群衣飾各異之人，再後面又是一對宮燈，傍著一乘錦輿，錦輿周圍，簇擁著數十個黑衣大漢。

那一群手擎紗燈的黃衣大漢直抵大廳前面的廣庭，便自向兩邊一分，雁列不動。八名錦衣僮子也自停止吹奏，分站在黃衣大漢們的面前，那一群衣飾各異之人腳步微錯，已分作兩列，垂手恭立。

南宮平對這一群人物，差不多認得一大半，那是任風萍、伍狂風、秦亂雨、旋風追魂四劍、古虹、斷魂手，以及五虎斷魂刀的後人彭烈。

最令南宮平心驚的，是這群人當中，竟然也有葉曼青、狄揚、依露和郭玉霞在內。這些和他最親近的人，竟都迷失了本性，甘心受人驅策，若是「奪命郎中」崔明嵬給他的靈藥失靈的話，那結果的情形，將是多麼的可怕！

南宮平方自心情忐忑不安之際，那兩個擎著宮燈的童子已扶著那乘錦輿，穿過任風萍等人排列的人衖，直抵庭階之下，方始停住，齊聲報道：「帥先生駕到！」

龍飛冷地說道：「請！」

兩錦衣童子雙雙捲起錦輿的珠簾，只見輿內緩緩走出一個面目清秀，身材頎長的中年文士來。

南宮平等人不由大為詫異，想不到這個攪得中原武林雞犬不寧的梟雄，竟如此年輕，舉止更不像是叱吒江湖的人物。

帥天帆走出錦輿，面對廳堂，朗聲道：「本座聞說龍大俠靈柩已運返此間，本座欲先行祭奠一番，方談正事，止郊門下之意如何？」

龍飛端然正坐，沉聲道：「家先師與先生素昧平生，不敢拜領！」

帥天帆正色道：「閣下此言差矣，『不死神龍』威震天下，誰不欽仰，本座豈能例外？」話聲一頓，側顧兩錦衣童子道：「還不快將祭品擺上！」

兩錦衣童子躬身應命，從錦輿後面取出一副香爐燭台以及鮮花果品，恭恭敬敬地走進廳堂……

龍飛環目一睜，方待喝止，南宮平低聲道：「他既以禮來，我們且大方一些，不要讓旁人說『止郊山莊』小器。」

說時，兩錦衣童子已走至長案跟前，將香爐燭台以及鮮花果品擺列案上，焚香燃燭，躬身退下。

帥天帆一擺手，命那八名錦衣僮子一齊吹奏起哀樂，然後率了隨來的一群人物，面對廳堂，一連三揖。

龍飛等四人只好肅立兩側還禮。

帥天帆行禮已畢，又復一擺手，沉聲道：「設座！」

那一群黑衣大漢當中，立有十七人應聲走出來，各人捧著交椅公案，頃刻間在廣庭中央擺設了八副座位。

帥天帆待座位擺好，揮手命人將錦輿抬開，那任風萍已自領了一班爪牙，躬身齊聲道：「請先生上座！」

帥天帆也不答禮，便自昂然坐上了正中的座位，然後微一頷首示意。

任風萍又復朗聲道：「請七大門派貴賓上座！」

話聲一落，便見人群中，緩步走出一個老僧、四個道人、兩個老者，順序坐在其餘七副坐位上。

南宮平等人雖不知這一僧四道兩俗，是否就是七大門派的掌門人，但見他們個個目蘊精光，步履沉穩，神定氣足，分明也是七大門派中的重要人物。

這一來，止郊門下這四大弟子，俱不禁面面相覷，心中暗忖：「這番恐怕不好應付了！」南宮平更是焦急萬分，暗忖道：「爹爹他們為何還不來，莫非有什麼變故？……」

正思忖間，帥天帆已朗聲發話道：「不死神龍已死，『止郊山莊』從今以後，自應從武林中除名，各位以為然否？」

那七大門派之人彷彿是應聲蟲一般，竟齊地點頭道：「是極！是極！」

帥天帆得意地笑了笑，又道：「止郊門下有何話說？」

龍飛睜目大喝道：「就算我『止郊山莊』冰消瓦解，你帥天帆也休想獨霸武林！」環眼中精光電射，一掃那七大門派之人，厲聲道：「各位難道忘了武林正義了嗎？」

那為首的老僧應道：「施主之言差矣，『止郊山莊』在武林中稱雄已久，這番盛極而衰，正應讓有德者代之，我等奉掌門之命，到此共推帥先生為武林盟主，望施主們共體大勢，切勿執迷不悟才好！」

這一番話，只氣得龍飛面色鐵青，虬鬚飄動，拍案大叫道：「放屁！我看你們七大門派還有什麼臉面立足於武林！」話聲一頓，厲喝道：「止郊門下，還不現身殺賊更待何時！」

喝聲一落，頓聽震天價一陣吶喊，從四方響起，百數十道強烈的孔明燈光，劃夜破空，集中照射在廣庭之上！

帥天帆冷冷一笑，神色自若的笑道：「區區埋伏本座早已料到，只須一舉手，閣下這百數十名子弟，便立成野鬼了！」

他話聲一落，陡聽那百數十道孔明燈光之中，爆起一聲冷笑，跟著有人接口道：「妙極！妙極！這裡有現成的數十條孤魂野鬼，瞧閣下能否把我們再變一變！」

語聲沙啞，南宮平一聽竟是「幽靈群丐」之首，「窮魂」依風的口音，不由心中一喜！

帥天帆冷笑道：「妙極！妙極！本座算定諸位也該來了！」言罷，側顧那七大門派之人，微一頷首示意。

那少林老僧合掌道：「七大派門下弟子已將此莊包圍，隨時聽候先生下令！」

南宮平聞言，心頭又是一驚，暗忖：「七大派的門下弟子，少說也有數百人之多，若真個集中於此，則己方縱有『幽靈群丐』相助，也難挽回頹勢……」

看來，這一場力量懸殊的血戰，已勢難倖免，南宮平一面盤算，一面朝龍飛等人連使眼色，示意準備廝殺。

那一邊，帥天帆已斬釘截鐵地說道：「殺！」

一僧四道兩俗，這七大門派之人應聲起立，各自從懷中取出本門信火旗花，齊地揚手擲向天空……

「嗤嗤嗤嗤……」一陣藥信引燃之聲爆處，七道顏色不同，形狀各異的火花已沖霄而起，直升上高空，又復「砰砰」直響，七道火光齊齊爆作七蓬五彩星花，將夜空照耀得如同白晝，絢爛奪目！

南宮平等人霍地長身而起，齊地掠至廳外，「嗆嗆嗆」數聲龍吟。各人已將兵刃撤出……

那百數十道孔明燈光一陣晃動，黑暗中，「咔咔咔咔」之聲如連珠般暴響……

任風萍聞聲變色，匆匆躍至帥天帆身後，低聲道：「此地伏有『諸葛神弩』！」

帥天帆冷然一笑，方自一搖頭，適時空際的七蓬星光已齊齊一閃而滅。

那少林老僧朗宣佛號，道：「任施主萬安，這區區『諸葛神弩』，算不了什麼，我們這信火一滅，彈指之間，此莊便成鬼域了！」

話尚未完，突地七縷烏金光華，電射而至，「奪奪」連聲，竟齊地分插入七大門派之人面前的公案上！

任風萍閃目望去，只見光華歛處，那七張公案之上，赫然都插著一柄烏金匕首，匕首的頂端，刻著一個栩栩欲活，猙獰可怖的魔鬼頭顱！

他乍見之下，不禁失聲呼道：「鬼頭魔令！」

那七大門派之人已各自伸手將匕首拔出，凝目一看，登時臉色俱變，互相看了一眼，霍地一齊朝帥天帆施禮道：「敝派有大事發生，恕我等不克參與盛會，再見！」

話聲一落，也不待帥天帆開口，已自齊地施展身形，破空而起，淩空又復齊聲發話道：「止郊門下，後會有期！」餘音嬝嬝，七人蹤影俱杳，端的是神速至極。

帥天帆沒料到事情竟發生得這般突然，方自怔得一怔，七大門派之人業已遠去，不由大怒，冷冷哼了一聲，臉上殺機陡地層層湧起……

南宮平等人雖不知其原委，但哪肯錯過時機，當下齊聲大喝道：「子弟朋友們動手！」

陡聽莊門外一聲大喝：「風塵三俠駕到！」

南宮平乍聞之下，不禁心頭大喜，但立即又浮起了一層疑雲，暗怪道：「爹爹他們來到，為何會由帥天帆的人傳報？」

帥天帆臉上的殺機，這時已自轉化作三月春風，側顧任風萍使了個眼色便朗聲道：「快請，本座恭候多時了！」

那任風萍身形一閃，消失在人叢當中，緊跟著便見南宮常恕夫婦和魯遷仙，並肩緩步走進廣庭。

帥天帆離座施禮道：「三位俠駕怎地此時才到，那蕭夢遠呢？」

南宮常恕微一抱拳，笑道：「愚夫婦因邀約二弟之故，因而耽擱，先生勿怪，那蕭大俠說要在另一地等候先生，不曾同來。」

帥天帆面上掠過一絲詫色，隨即含笑揖讓南宮常恕三人入座。

南宮常恕坐定之後，又開口道：「今夜大會發展如何？愚夫婦及三弟是否有效勞之處？」

帥天帆神色一整，道：「本來無須麻煩三位，但因七大門派之人臨陣退縮，致使令公子與止郊門下更是昧於大體，本座礙於三位金面，不欲大動干戈，不知三位可否……」乾咳了兩聲，卻不再開口。

南宮常恕笑道：「些須小事，愚夫婦理應效勞，以報先生大德。」

帥天帆喜道：「哪裡！哪裡！大俠言重了，昔日誤會，本座首先謝過！」言罷，抱拳一禮。

南宮常恕還了一禮，隨即掉頭對站在廳堂門前發怔的南宮平喚道：「平兒，過來！」

南宮平雖是一千萬個不願，但心知乃父此舉，必有用意，於是低聲囑咐龍飛等人留神戒備，然後步下庭階，走至雙親座前，跪下行禮道：「平兒叩見大人。」

南宮常恕神情一肅，沉聲道：「帥先生將一統武林，你爲何這般不識大禮？」

南宮平垂頭低聲道：「孩兒……」

南宮常恕沉聲喝道：「不准多說，快起來，過去拜見帥先生，然後去與你的朋友敘敘闊契，爲父還有話和你的大師兄說。」

南宮平本來打算分辯幾句，及至聽到後面，他乃何等聰明之人，心頭已自恍然，當下低聲應是，站起身來，對帥先生拱手道：「帥先生！」

帥天帆料不到事情如此容易解決，臉上笑容怒綻，連連點頭道：「公子深明大義，本座定然優禮相待。」

南宮平謝了一聲，便自走入人群當中，和葉曼青、狄揚、依露等被帥天帆迷失了本性之人，一一握手問候敘闊……

南宮常恕這才回過頭來，對龍飛道：「賢侄，『止郊山莊』已危如累卵，你們人單勢孤爲何還不覺悟，聽從帥先生的話？」

龍飛睜圓環眼，高聲道：「伯父乃一代大俠，爲何也說出這種話來，小侄已下決心，寧爲玉碎，不作瓦全，伯父不必多說！」

南宮常恕正色道：「賢侄一意孤行，難道就不替『止郊山莊』設想？」

龍飛厲聲道：「帥天帆狼子野心，小侄等縱然歸附，『止郊山莊』也難保全，即如伯父來說，你能擔保日後不爲帥賊所害嗎？」

此言一出，帥天帆神色微微一變。

南宮常恕「哦」了一聲，緩緩轉過頭來，目注帥天帆，道：「不是他提起，在下倒忘了，敢問先生一統武林之後，愚夫婦及三弟的地位如何？」

帥天帆略一沉吟，笑道：「那時，本座當待各位以貴賓之禮，助大俠恢復昔日基業。」

南宮常恕笑道：「吾家昔日富甲天下，先生能有此力量麼？」

帥天帆道：「本座一統武林之後，將進而一統天下，那時，子女玉帛皆我所有，恢復大俠昔日基業易如反掌。」

南宮常恕長長「哦」了一聲，道：「原來如此，但適才在途中曾見七大門派之人全體撤退，這情形似乎對先生一統武林之雄圖大爲不利，不知先生有何善策？」

帥天帆陰森一笑，道：「彼等性命早已在本座掌中，待此間事了，只須舉手之勞，便可令彼等貼耳臣服。」

南宮常恕道：「敢情彼等性命，已為先生藥物所控制了？」

帥天帆道：「正是如此。」

南宮常恕神色一整，道：「先生此種作法，在下實不敢苟同。」

帥天帆冷冷道：「為什麼？」

南宮常恕正色道：「先生可知道，欲一統武林與天下，必須具備些什麼條件？」

帥天帆目光流轉，徐徐答道：「本座淺陋，望大俠不吝指教！」

南宮常恕沉聲道：「欲一統武林天下，首先必須以德服人，然後掌握人心，取得眾望所歸，方始大事可圖！」

話聲一頓，口氣突轉嚴厲，道：「如今先生所作所為，無一是處，如何能成大事！」

帥天帆勃然變色，推座而起，目注南宮常恕，喝道：「閣下此言是什麼意思？」

南宮常恕哈哈大笑，也自推座而起，朗朗叱道：「我以為先生問鼎中原，自必有過人之處，誰知先生竟是個倚仗藥物，以及利用人性弱點，從中要脅的卑鄙之徒，如此作為，真令我可憐亦復可笑！」

帥天帆氣得面孔鐵青，陰森森地凝注著南宮常恕道：「閣下以為本座如不倚仗藥物，便不能成就大事麼？」

南宮常恕笑道：「正是如此！」

帥天帆嘿嘿冷笑，沉聲喚道：「葉曼青、狄揚、依露，過來聽令！」

葉曼青、狄揚、依露應聲走了過來，齊地躬身道：「先生有何吩咐？」

帥天帆目注三人，語氣如冰地說道：「汝等將南宮常恕人頭繳來，不得有誤！」

葉曼青、狄揚、依露，三人面色呆板，躬身領命，齊地撤出寶劍，齊地身形一展，齊地清叱一聲：「狗賊納命！」

叱聲乍起，三道劍光有如閃電，齊地一閃即斂！

南宮常恕依舊含笑綽立，安然無恙。

帥天帆卻雙手捧胸，臉上充滿了驚駭錯愕與痛苦之色，嘴唇抽搐，卻吐不出半個字來，指縫間，鮮血汩汩流出……

「砰」然一聲，他終於直挺挺的仆倒地上，寂然不動！

這突然的變故，頓令帥天帆的一班爪牙，錯愕失措，一時間，個個呆若木雞，不知如何是好！

南宮平振臂大呼道：「弟兄們動手！」

呼聲才起，忽聽黑暗中傳來任風萍一聲冷笑，立見數十縷淡淡的白氣，骨嘟嘟自地面升起，瞬即彌佈了整個廣庭……

南宮平曾見過這種毒霧，深知厲害，不由大驚失色，慌忙喝道：「這是毒霧，大家快退！」身形一起，躍上半空……

南宮常恕夫婦與魯遷仙以及葉曼青等人睹狀，不由一愣，顧不得誅戮帥天帆的手下，齊地隨著南宮平躍上空中……

只見白霧滾滾，人影晃動，「止郊山莊」的百數十道孔明燈光照射其上已失去了作用。眨眼之間，帥天帆的一班爪牙已隱在白霧之中！

南宮平飛落圍牆上面，不禁頓足嘆息道：「可惜！可惜！首惡雖除，卻讓餘孽漏網了！」

陡聽空中一聲哈哈大笑！一條人影飛掠而來，雙手連揚，發出無數藍色火花，仿似正月裡的花炮一般，飛灑落瀰漫廣庭的白霧之中，同時，口中大喝道：「鼠輩還不給我現身出來！」

那濃濃的白霧與藍色火花一觸之下，立時有若滾湯潑雪一般，「嘶嘶」連聲，頃刻便自消散殆盡！

強烈燈光照耀之下，只見任風萍領著一干爪牙已將退至莊門。

南宮平大喝一聲：「放！」

一陣連珠弩響，登時箭似飛蝗，將莊門堵了個風雨不透，帥天帆的一班手下，當先之人立時慘叫連天，中箭倒斃了二三十個！

任風萍見勢不妙，把手一揮，竟率了群雄反身撲回廣庭，直向廳堂攻去……

龍飛、古倚虹、石沉三人齊聲怒喝，各揮長劍截住！

圍牆上，南宮平一聲長嘯「葉上秋露」有若經天長虹，飛舞而下，葉曼青、狄揚、依露也各揮長劍躍下廣庭。

又是一陣喋喋怪笑，「幽靈群丐」在「窮魂」依風率領之下，紛紛現身……

這天下第一莊，登時一片混戰，刀光劍影，縱橫飛舞，血雨四濺，直殺得天昏地暗……

南宮平獨戰「旋風追魂四劍」唐環，連施絕招，大喝一聲，「葉上秋露」寒光閃處，唐環慘叫半聲，一顆斗大頭顱斜飛尋丈，身軀仆地不起！

狄揚、依露雙戰任風萍，兩柄長劍有若交尾游龍兩個盤旋，任風萍已被斬爲三截！

風雨雙鞭、古虹、破雲手、彭烈等人見勢不佳，更覺賣命無益，不約而同，各展救命絕招，打從刀山劍海之中撤身而出，擋開迎頭灑來的箭雨，落荒而逃。

南宮常恕夫婦與魯遷仙在屋頂督陣，眼看他們逃走，也不爲已甚，就此放過。

剩下來的一班爪牙，哪禁得住龍飛等人的一輪狠殺，轉眼之間，屍橫遍地，已然誅戮殆盡！

一切復歸平靜，「止郊」門下與葉曼青等人滿懷著勝利的喜悅，恭請南宮常恕夫婦與魯遷仙下來，簇擁著進入大廳，南宮平這才想起那最後趕來消滅毒霧之人，忙閃目四下一看，原來竟是那昔日門下食客萬達，忙上前致謝道：「多虧大哥及時趕來，才得大功告成，真不知怎生報答你才好！」

萬達笑道：「小事何足掛齒?倒是小弟在途中遇見了梅姑娘，她托我帶了封信給你。」

說時，拿出一封信交與南宮平。

南宮平心頭一震，忙問道：「她到哪裡去了？」

萬達嘆了口氣，道：「她麼，她已隨那『群魔島』的少島主去了！」

南宮平聞言，腦際登時一陣昏眩，吶吶道：「她……她……那是爲什麼？」

萬達肅容道：「她真是個了不起的女子，她竟不惜以一己的幸福，換得了七大門派的撤退，平哥兒，她這份恩情，恐怕今生你也難報答得了！」

南宮平這才恍然那七大門派之人，是受了「群魔島」的要脅而撤退，那「群魔島」少島主之所以肯這般相助，自然是以梅吟雪相從爲條件的。

他茫然而又昏亂地拆開梅吟雪給他的信，噙著淚水，一字一字的讀著：「……請善視青妹，莫念不祥人，今生已矣，願結來生緣……」

南宮平喃喃道：「……願結來生緣……願結來生緣……」忽地失聲叫道：「不！不！我今生就算踏遍天涯海角，也要尋你回來……」

忽地！一雙纖纖玉手，輕輕地扶住他的雙肩，耳邊只聽一聲嬌喚：「平哥！」

南宮平緩緩轉頭望去，迷濛的眼淚，恰正迎著葉曼青兩道充滿了憐愛的目光……

兩人默默地互相凝視著……

夜幕漸漸揭起，黎明已踏著輕快的腳步降臨大地……

《護花鈴》全書完

國家圖書館出版品預行編目資料

護花鈴 ／古龍著. -- 再版. --臺北市：
風雲時代, 2013.08
面； 公分

ISBN: 978-986-5803-03-2（下冊：平裝）

857.9 102011133

古龍精品集 73

書名 護花鈴（下）

作者 古龍
封面原圖 明人出警圖（原圖爲國立故宮博物館典藏）

發行人 陳曉林
出版所 風雲時代出版股份有限公司
地址 105 台北市民生東路五段 178 號 7 樓之 3
風雲書網 http://www.eastbooks.com.tw
官方部落格 http://eastbooks.pixnet.net/blog
facebook http://www.facebook.com/h7560949
E-mail h7560949@ms15.hinet.net
服務專線 (02)27560949
傳真 (02)27653799
郵撥帳號 12043291

執行主編 劉宇青
封面設計 風雲編輯小組

法律顧問 永然法律事務所 李永然律師
北辰著作權事務所 蕭雄淋律師

出版日期 2013年9月
訂價 240 元

總經銷 成信文化事業股份有限公司
地址 新北市新店區中正路四維巷二弄2號4樓
電話 (02)22192080

ISBN 978-986-5803-03-2

行政院新聞局局版台業字第 3595 號
營利事業統一編號 22759935